De KLOK SLAAT TWAALF

€ 1,50

In deze serie zijn verschenen:

1 Onschuldig veroordeeld?
2 Danseres als moordwapen
3 De vier sleutels
4 De vloek van de Pelgrims
5 Fatale voorspelling
6 De vrouw in het blauw
7 De laatste rekening
8 Het Roosvenster
9 De grendels
10 De ivoren dolk
11 De lankmoedige erfgenaam
12 Stem in de mist
13 Moord op de rotspunt
14 Een vrouw verdween
15 Het stille water
16 Het luisterende oog
17 De gestolen brief
18 Het lege huis
19 De klok slaat twaalf
20 Spotlicht

PATRICIA WENTWORTH

De KLOK SLAAT TWAALF

POEMA POCKET

POEMA-POCKET is een onderdeel van Luitingh ~ Sijthoff

Oorspronkelijke titel: *The Clock Strikes Twelve*
Vertaling: Eny van Gelder
Omslagontwerp: Pete Teboskins
Omslagillustratie: Ingrid Bockting

CIP/ISBN 90 245 3460 7

I

James Paradine boog naar voren en pakte de hoorn van de haak. Birleton was nog niet overgegaan op het automatische kiessysteem. Hij wachtte dus tot de telefoniste zich meldde, vroeg toen een rechtstreeks gesprek aan met de heer Elliot Wray in het Victoria-hotel, en bleef in dezelfde houding zitten wachten tot hij werd doorverbonden. Hij zat aan een groot mahoniehouten bureau, waarvan het blad met dieprood leer was bekleed. Het was een fraai stukje handwerk. Alle meubels in de kamer waren groot en mooi. Er stonden ladekasten en archiefkasten, en aan de muur hingen boekenplanken. De stoelen en leunstoelen waren van dezelfde kwaliteit als het bureau, allemaal van eersteklas hout en eersteklas leer, en met eersteklas vakmanschap vervaardigd. Op de vloer lag een dieprood tapijt. De zware gordijnen van dezelfde warme kleur waren dichtgetrokken en verborgen de ramen. Boven de zwartmarmeren schoorsteenmantel hing een levensgroot portret van mevrouw Paradine zaliger, een keurige dame van enig formaat, afgebeeld in wijnrood fluweel en omhangen met diamanten – een overvloed aan diamanten. Desondanks wist ze de indruk te wekken van een vriendelijke en zelfs huiselijke vrouw. In de kamer was geen enkel nieuw voorwerp te vinden, en ook geen enkel voorwerp dat er versleten uitzag. Alles leek toegespitst te zijn op de robuuste en waardige eigenschappen van James Paradine zelf. Een indrukwekkende vergulde klok onder het portret liet vier welluidende tonen horen en sloeg meteen daarop zeven uur. Bij het wegsterven van de laatste slag begon de hoorn te kraken, de juffrouw van de centrale zei 'uw gesprek' en meteen daarop was Elliot Wray te horen. 'Hallo!' zei hij.

'Ben jij dat Wray? Met James Paradine. Ik wil je spreken. Hier. Nu meteen.'

'Maar eh... meneer...'

'Geen gemaar. Ik wil dat je meteen hiernaartoe komt. Er is iets gebeurd.'

Aan de andere kant van de lijn sloeg Elliot Wrays hart een slag over. Hij hield even zijn adem in. 'Wat dan?' vroeg hij ten slotte.

'Dat vertel ik je wel wanneer je er bent.'

Weer een stilte. 'Is er iets mis?' vroeg Elliot even later heel beheerst.

'Dat mag je wel zeggen. Maar het is zakelijk – niets persoonlijks. Kom nu meteen.' Ondanks de beheerste toon was er even een grimmig lachje in de stem van de oude James Paradine te horen.

'Ik zou bij de Moffats gaan dineren, meneer.'

'Dat zul je dan moeten afzeggen. Ik zal hen wel bellen en zeggen dat ik beslag op je heb gelegd.'

Elliot Wray stond fronsend met de hoorn in de hand. James Paradine was de medefirmant van Robert Moffat, en stond aan het hoofd van de Paradine-Moffat-fabriek. Hij zou hem nooit een afspraak voor een diner, en nog wel op oudejaarsavond, laten afzeggen als het niet echt dringend was. 'In orde meneer, ik kom nu meteen,' zei hij.

'Uitstekend,' zei James Paradine, en hij hing op.

River House lag vijf kilometer buiten Birleton – en zes kilometer van het hotel. Rekening houdend met de verduistering zou het Elliot zeker twintig minuten kosten om hier te komen.

Hij liep naar de deur, deed de twee grote hanglampen uit, liep de nu donkere kamer weer door en ging achter de zware gordijnen staan. De gordijnen liepen in een rechte lijn van muur tot muur, maar daarachter lag een diepe erker met links en rechts ramen en in het midden een openslaande glazen deur. James Paradine draaide de sleutel om, deed de deur open en bleef op de drempel naar buiten staan kijken. Twee ondiepe traptreden leidden naar een breed terras. De balustrade langs de randen van het terras stak donker af tegen het in de diepte gelegen, maanverlichte landschap erachter. Het huis stond op een heuvel boven de rivier, vandaar de naam. James Paradine keek neer op het zilveren landschap, met rechts de lage, beboste heuvels, in het midden het rivierdal en links het donkere, opeengepakte silhouet van Birleton. Dat alles werd door een bijna volle maan in een wolkeloze hemel beschenen. Wray zou bij die heldere verlichting wel eens minder tijd nodig kunnen hebben dan de twintig minuten die hij hem had toegedacht. De rand van het terras, met daarachter de steil aflopende helling naar de waterkant, was vanuit de deuropening net zo duidelijk te onderscheiden als overdag.

Hij stond een tijdje van het uitzicht te genieten, maar zijn gedachten waren er niet bij. Hij dacht aan andere zaken, op zijn eigen, sardonische manier, een manier die hem beviel en die hij in ere hield. Op een gegeven ogenblik keek hij op zijn polshorloge. Hij kon de wijzerplaat duidelijk onderscheiden – kwart over zeven. Hij schoof de gordijnen even uit elkaar, liep de kamer in en deed het licht weer aan.

Precies drie minuten later kwam Elliot Wray binnen. Zijn gezicht stond strak, zijn blonde haar zat in de war en zijn ogen waren blokjes ijs. Goed, hij was gekomen, maar hij mocht hangen als hij ook maar een seconde langer bleef dan nodig was. Pas toen hij het huis was binnengegaan, had hij beseft hoe erg hij het vond om hier te komen. Wat maakte het uit, had hij gedacht – New York of Londen, Birleton of Timboektoe – het kwam toch allemaal op hetzelfde neer. Wat hem betrof was Phyllida dood. Pas toen hij River House binnen was gegaan, had hij gemerkt hoeveel vervloekte wegen haar geest kon bewandelen – ook nu, voortdurend fluisterend, en helemaal met hem mee naar boven, de trap op.

Hij deed de deur dicht en liep naar de andere kant van het bureau. Hij straalde een en al opstandigheid uit.

‘Wat is er aan de hand, meneer?’

Achterovergeleund in de draaistoel en met zijn handen

op de armleuningen, keek James Paradine hem over het bureau heen aan.

'Je kunt maar beter gaan zitten,' zei hij. 'Die blauwdrukken zijn verdwenen.'

Elliots beide handen belandden met een klap plat op het bureaublad en hij boog zich iets voorover. 'Wat!'

James Paradine knikte even.

'Ze zijn verdwenen,' zei hij. 'Je kunt echt maar beter gaan zitten.'

Elliot schonk geen aandacht aan zijn woorden.

'Hoe kunnen ze nu weg zijn?' Hij ging weer rechtop staan en zette een stapje naar achteren. 'Ik heb ze vanmiddag bij u achtergelaten.'

'Precies. Cadogan heeft je gisteren met de blauwdrukken hiernaartoe gestuurd. Bob Moffat, Frank en ik hebben ze besproken. Na een tweede bespreking heb je ze vanmiddag om drie uur bij mij achtergelaten, en om halfzeven ontdekte ik dat ze weg waren.'

'Maar meneer...'

'Wacht nog even. Je zult het denk ik wel met me eens zijn dat je diner moet worden afgezegd. Ik heb Bob Moffat verteld dat ik je hier om zakelijke redenen nodig heb. Maar luister, je moet je er niet al te veel zorgen om maken. De blauwdrukken zijn weliswaar verdwenen, maar we krijgen ze heus wel terug. Dit is een familieaangelegenheid, en ik wil dit op mijn eigen manier afhandelen. Om dat te kunnen doen, zal het nodig zijn dat je vannacht hier blijft logeren. Je oude kamer is in gereedheid gebracht.'

Elliots gezicht verstrakte nog een beetje meer.

'Nee meneer – dat kan ik niet doen.'

'Je wilt dus liever naar Cadogan teruggaan en hem vertellen dat de blauwdrukken weg zijn? Ik zeg je dat ik het op mijn eigen manier zal afhandelen en ik kan je garanderen – inderdaad, garanderen! – dat de blauwdrukken voor de ochtend weer in ons bezit zullen zijn.'

Twee paar ogen keken elkaar strak aan, heldere, harde

ogen, boze ogen ook. Twee wilskrachtige karakters die leken te botsen, en met geen mogelijkheid kon worden voorspeld welke van de twee zou winnen.

Elliot was de eerste die zijn mond opendeed.

'U zei dat het een familieaangelegenheid was. Kunt u dat nader verklaren?'

'Dat wilde ik juist doen. Je hebt me de blauwdrukken om halfvier in mijn kantoor op de fabriek overhandigd. Ik ben om kwart over vier weggegaan. Gedurende die drie kwartier zaten de blauwdrukken in mijn attachékoffertje dat in mijn kantoor op mijn bureau stond, en al die tijd was er iemand in het kantoor aanwezig. Zelf ben ik drie keer het vertrek uit geweest. De eerste keer was ik een minuut of vijf weg. Je zult je nog wel herinneren dat ik samen met jou door de gang liep en dat we Brown tegenkwamen, de bedrijfsleider, die me wilde spreken. In die tussentijd bevond Albert Pearson, mijn secretaris, zich in mijn kantoor. Toen ik terugkwam, heb ik hem met wat gegevens naar Bob Moffat gestuurd, waar hij om had gevraagd. Kort daarop kwam Frank Ambrose, mijn stiefzoon, samen met mijn neef Mark Paradine. Ik was ongeveer een kwartier weg terwijl zij nog in het kantoor waren. Toen ik terugkwam, was Frank vertrokken en wilde Mark juist weggaan. En ten slotte kwam mijn andere neef, Richard Paradine, even langs, en ik vroeg hem te blijven wachten terwijl ik wegging om mijn handen te wassen. Dat heeft hij gedaan. Toen ik terugkwam, pakte ik het attachékoffertje en ben hiernaartoe gereden. Om halfzeven deed ik het koffertje open en kwam tot de ontdekking dat de blauwdrukken waren verdwenen. Je vroeg me waarom ik zei dat dit een familiekwestie was. Ik vertel je nu dat buiten de familie niemand de gelegenheid had om die blauwdrukken weg te nemen.'

Elliot maakte een abrupte beweging.

'En Pearson, uw secretaris?' vroeg hij.

James Paradine trok zijn fijne, zwarte wenkbrauwen op.

'Wist je niet dat hij ook een neef is? Een verre neef, dat wel, maar toch familie. Nee, het is een pure familieaangelegenheid, en ik stel voor dat we het ook binnen de familie houden. Daarom heb ik jou er ook bij betrokken.'

Elliot leek te bevriezen.

'Het spijt me, maar ik kan me er niet op beroepen...' begon hij, maar werd meteen onderbroken. 'Zo is het wel genoeg! Je hoeft tegenover mij niet zo hoog van de toren te blazen! Je doet wat ik zeg, om de doodeenvoudige reden dat we die blauwdrukken terug móéten hebben. Ik mag toch aannemen dat jij net zomin als ik op een schandaal zit te wachten. En wat de straf betreft, daar hoef je je geen zorgen over te maken. Die zal... afdoende zijn.'

Het werd stil. Elliot stond daar maar. Hij kreeg het gevoel dat hij daar al heel lang had gestaan. Wat zit hier allemaal achter – wat is hij van plan – wat weet hij precies? dacht hij. Maar hardop zei hij: 'Misschien trekt u wat overhaaste conclusies, meneer. Uiteindelijk moet het koffertje ook een paar uur hier in huis hebben gestaan. Richt u zich niet wat al te veel op de familie? Hoe zit het met de bedienden?'

James Paradine liet zich achterover zakken. Hij drukte zijn vingers tegen elkaar en liet zijn handen op zijn knieën rusten. 'Die hebben er helaas niets mee te maken, beste Elliot. Toevallig weet ik wie die blauwdrukken heeft weggenomen.'

2

Grace Paradine kwam haar kamer uit en bleef even aarzelend met haar hand op de deurknop staan. Het was een heel blanke hand en daaraan droeg ze een fraaie robijn. De gang was van het begin tot het einde verlicht. Op de grond lag een dik, ouderwets maar uiterst kostbaar tapijt, waarvan het rood, kobaltblauw en groen aan oorlogskleuren deden denken. James Paradine hield van felle kleuren. Dat had hij als kind al gedaan, en hij was sinds die tijd niet veranderd. Wat toen mooi was geweest, zou wat hem betrof altijd mooi blijven. Wat was versleten, werd onveranderlijk naar zijn smaak vervangen. Zijn enige concessies aan de moderne tijd waren van praktische aard. Het huis barstte van de telefoons, het straalde aan alle kanten elektrisch licht uit, en het werd uiterst aangenaam verwarmd door een stookketel in de kelder.

Juffrouw Paradine liet de deurknop los en deed een stapje bij de deur vandaan. Onder het felle, naakte licht leek ze op een porseleinen vrouwenfiguurtje – niet knap, maar wel indrukwekkend in haar zwarte japon en de witte bontstola. Op haar borst zat een diamanten ster gespeld en om haar hals zat een breed parelsnoer met een diamanten sluiting. Haar donkere haar, waarin nog nauwelijks iets van grijs was te zien, was in grote golven vanaf de middenscheiding naar achteren gekamd en eindigde in een elegante chignon laag in haar nek. Het haar en de handen waren haar belangrijkste pluspunten. Zelfs nu ze achter in de vijftig was, kwamen ze haar nog goed van pas. Verder had ze wijd opengesperde bruine ogen, en een vol gezicht, dat wat te zwaar leek wanneer ze ontspannen was. Ze was de zuster van James Paradine en had al twintig jaar het huishouden voor hem bestierd, al sinds de dood van zijn vrouw. Ze keek met een frons op haar gezicht naar beide kanten de gang af. Ze stond duidelijk te luisteren en ergens op te wachten.

Ineens, zo plotseling dat het bijna schokkend was, veranderde de uitdrukking op haar gezicht. De frons, de spanning en de zware trekken verdwenen. Daarvoor in de plaats kwam een charmant glimlachje. Ze draaide zich om en liep naar het meisje dat uit een kamer aan het eind van de gang was gekomen. Ze kwam traag naderbij, en zonder een lachje op het gezicht. Ze was lang, en knap om te zien, elegant. Het zwarte haar krulde in haar nek, ze had een heel blanke huid en de donkerblauwe ogen die er soms mee samengaan. Wanneer de zwarte wimpers de blauwe ogen overschaduwden, zoals ook nu gebeurde, konden haar ogen zelfs voor zwart doorgaan. Pas wanneer ze wijd opengingen of wanneer ze plotseling omhoogkeken, zag je hoe diepblauw ze waren – saffierblauw, blauw als de diepe zee. Dit was Phyllida Wray, de aangenomen dochter van Grace Paradine, en ze was drieëntwintig.

Ze had een lange witte japon aan, en droeg het snoer parels dat ze voor haar eenentwintigste verjaardag had gekregen. Het waren mooie parels die zorgvuldig waren geselecteerd. Het was het enige sieraad dat ze droeg. Aan de mooie handen zaten geen ringen. De nagels waren helderrood gelakt.

Grace Paradine legde een hand op haar schouder en draaide haar om.

'Je ziet er mooi uit, schat. Maar je bent zo bleek...'

De zwarte wimpers knipperden even en het blauw van haar ogen leek te vonken. Het ging te snel om te weten of er woede in lag besloten. Met een stem die volslagen uitdrukkingsloos was, zei ze: 'Is dat zo, tante Grace?'

Juffrouw Paradine lachte even teder en vriendelijk.

'Ja, echt, schat, dat is zo.' Ze lachte weer kort en liet haar hand strelend langs de blote arm naar de vuurrode nagels glijden. 'Misschien had dit wat minder opvallend gekund en had je jezelf voor ons oudejaarsfeest een paar roosjes op je wangen kunnen bezorgen.'

'Maar kerstrozen zijn wit,' zei Phyllida met een vreemd aandoend lachje.

Ze liep samen met juffrouw Paradine naar de trap. Phyllida had haar arm losgetrokken. Ze liepen naar beneden, ver uit elkaar, ieder aan een kant. Grace Paradine hield zich aan de zware mahonie trapleuning vast.

'Het was echt vreselijk dat je met de kerst moest werken,' zei ze.

'Ik heb het zelf aangeboden.'

Juffrouw Paradine zei even niets, maar toen glimlachte ze.

'Nou schat, het is fijn dat je er nu bent. Hoe lang kun je blijven?'

'Dat weet ik nog niet,' zei Phyllida.

'Maar...'

Het meisje bleef even staan, wierp haar een wat smekende blik toe en zei haastig: 'Als ik wil, kan ik een week blijven, maar ik weet nog niet of ik dat wel wil. Ik denk dat ik beter aan het werk kan zijn.' Er kwam iets opstandigs in haar stem. 'Kijk niet zo... ik zei dat niet om u pijn te doen. Het is nu eenmaal zo... nou ja, u weet wel...'

Juffrouw Paradine was ook blijven staan. Ze greep de leuning iets steviger beet. Ze moest moeite doen om zich in te houden, maar het lukte haar uitstekend. Ze klonk vol begrip toen ze zei: 'Dat weet ik heus wel. Je moet jezelf niet dwingen, maar uiteindelijk is dit je huis, Phyl. Dat is toch ook belangrijk, niet? Dat mag hij toch niet bederven. Dat mag hij niet van je afpakken. Het was jouw huis voordat hij op het toneel verscheen, en het zal nog steeds je huis zijn als we hem allang zijn vergeten.'

Phyllida liep abrupt verder. Iets in die woorden had haar gestoken, erg gestoken. Ze zei wat gespannen: 'Alstublieft, tante Grace, ik wil er niet over praten.'

Juffrouw Paradine leek van streek.

'Nee schat, natuurlijk niet. Wat dom van me. We kijken niet terug. Het is voor ons allebei oudejaarsavond, en jij bent thuis en hebt vakantie. Weet je nog dat we, toen je nog op school zat, allemaal plannetjes maakten voor de vakantie? We leken altijd tijd te kort te komen omdat we zoveel wilden. Nou, vanavond is er natuurlijk alleen de familie – Frank en Irene, en Brenda. Ze hebben hun ruzie bijgelegd en ze logeert nu bij hen, maar ik weet niet hoe lang dat zo zal blijven. Lydia is er ook.' Ze moest even lachen. 'Knapper dan ooit en nog altijd even uitdagend. En dan zijn er nog Mark, en Dicky, en Albert Pearson. Ik vind het niet prettig om tien mensen aan tafel te hebben, maar daar is nu eenmaal niets aan te doen.'

Ze liepen verder de trap af. Phyllida zei enigszins opgelucht: 'Wat doet Lydia tegenwoordig?'

'Dat weet ik werkelijk niet – ze praat altijd zulke onzin. Ze is ergens secretaresse, geloof ik. Dat kun je maar beter aan haarzelf vragen. Ik hoop toch zo dat ze vanavond wat op haar woorden zal passen. James mocht haar nooit zo, en onzinnig gepraat begrijpt hij al helemaal niet. Ik heb haar zo ver mogelijk bij hem vandaan gezet, maar ze heeft zo'n vérdragende stem.'

Ze staken de hal over en kwamen in de salon, waar twee jonge mannen zichzelf stonden te warmen bij de open haard. Het waren allebei Paradines, neven van de oude James. Ze waren ook neven van elkaar, geen broers, en ze leken net zomin op elkaar als op hun oom. Mark, de oudste van de twee, was vijfendertig – een lange, donkere man met krachtige trekken en met een waas van somberheid om zich heen. Dicky was een paar jaar jonger, slank, blond, met naïeve, blauwe ogen en een nooit aflatend opgewekt humeur.

Mark gaf hun een hand en begroette zijn tante en Phyllida met zo min mogelijk woorden, terwijl Dicky hen allebei uitbundig kuste en een stroom van complimentjes, wensen en vragen over hen uitstortte.

'U ziet er echt verpletterend uit, tante Grace – vind je ook niet, Mark? Kijk aan, u hebt echt alles opgedaan, hè? En die goeie diamanten ster op de beste plaats! Weet u nog dat u hem een keer boven in de kerstboom hebt gestoken en dat Phil zich helemaal gek brulde omdat ze hem wilde houden?'

'Dat heb ik nooit gedaan!'

'Jawel, wel waar. Je was nog maar drie, daarom zullen we het je niet meer aanrekenen. Je was toen vreselijk knap – ja toch, tante Grace – knap genoeg om bij de ster in de kerstboom te worden gehangen.'

Grace Paradine hoorde het met Dicky's arm om haar middel allemaal lachend aan. Complimentjes voor Phyllida, daar kon ze nooit genoeg van krijgen.

Dicky barstte in lachen uit.

'Jammer dat ze er zo op achteruit is gegaan – hè schat?'

En toen ging de deur open en werden de heer en mevrouw Ambrose, juffrouw Ambrose en juffrouw Pennington door Lane aangekondigd. Ze kwamen allemaal tegelijk binnen: Frank Ambrose, groot en blond, met een bleek en grof gezicht; zijn knappe zwartharige vrouw Irene, die eruitzag alsof ze zich in grote haast had aangekleed; zijn zuster Brenda, wat mannelijk, met dik kortgeknipt haar dat net zo blond was als het zijne, en met dezelfde heel lichtblauwe ogen. Een van de ergste ruzies die met tussenpozen het huis van de Ambroses op zijn grondvesten deed trillen, was gevolgd op de suggestie van Irene en haar zuster Lydia Pennington dat Brenda's uiterlijk er heel wat op vooruit zou gaan als ze haar bijna witte wimpers zwart zou maken. Lydia, die er ruime ervaring mee had, had heel vriendelijk haar hulp aangeboden, maar het hele plan was van de tafel geveegd.

Lydia's eigen wimpers maakten duidelijk dat ze er inderdaad ervaring mee had. Haar wimpers waren van nature net zo rood als haar haar, maar daarmee wenste ze absoluut niet door het leven te gaan. Haar grijsgroene ogen straalden nu fonkelend tussen wimpers die net zo zwart waren als die van Phyllida. Verder was ze een onderdeurtje dat er altijd wist uit te zien alsof ze op het punt stond aan een modeshow mee te doen. De laatste mode wat kleren en schoenen betrof, het nieuwste kapsel, de nieuwste en zo opvallend mogelijke lippenstift en nagellak – dat was Lydia ten voeten uit. Waar ze ook kwam opdagen, er werd altijd over haar gepraat. Mannen hingen om haar heen of achtervolgden haar, maar eigenlijk bereikten ze nooit iets. Iedere keer dat ze kwam logeren, vroeg Dick Paradine haar ten huwelijk. Ze keek hem nu met knipperende ogen aan maar wist handig een kus te ontwijken.

'Hallo Dicky! Hallo Phyl! Ik geloof echt dat je bent gegroeid. Ik moet nodig eens hogere hakken gaan dragen. Jullie zijn allemaal zo overweldigend. Kijk eens naar meneer Paradine, en naar tante Grace, en Frank, en jou – en Mark! Jullie zijn allemaal zo enorm lang – haast onbereikbaar!'

Dicky had zijn arm om haar heen geslagen.

'Ik niet, schat. Het is je misschien niet opgevallen, maar ik ben best aardig en binnen handbereik.'

Ze boog haar hoofd iets achterover en keek hem lachend aan. 'Jij valt me eigenlijk nooit op – daarom hou ik zo waanzinnig veel van je.' Daarna draaide ze haar hoofd iets om, zodat het tegen Dicky's schouder leunde, en keek Mark aan.

'Gelukkig nieuwjaar, schat.'

Hij reageerde niet, draaide zich om en duwde met zijn voet tegen de brandende blokken. Een ervan zakte in en zorgde voor een vonkenregen.

'Ik heb de kous op de kop gekregen,' zei Lydia treurig. Toen maakte ze zichzelf los uit Dicky's arm en holde dwars door het vertrek naar juffrouw Paradine. 'Kan ik ermee door, tante Grace? Of zal hij zoals altijd weer geschokt zijn? Ik wilde eigenlijk mijn brokaten broek aantrekken – schitterende meubelstof en niet op de bon – maar Frank en Irene lazen me net zolang de les tot mijn wil was gebroken, dus heb ik me maar als *jeune fille* uitgedost en een rok aangetrokken.'

'Je ziet er heel mooi uit, lieverd,' zei Grace Paradine glimlachend en voegde eraan toe: 'Dat doe je altijd.'

De rok reikte net niet tot aan de grond, was van zwaar roomkleurig satijn en stond nogal stijf uit. Er was niets jongemeisjesachtigs aan. Erop droeg ze een blouse van crème-met-goud brokaat, die hoog aan de hals sloot en lange mouwen had. Het rode haar was zo hoog mogelijk opgestoken in een uitbundige bos lokjes en krulletjes.

Vergeleken met haar zag haar zuster Irene er slonzig en vaal uit. Ze stond Grace Paradine juist te vertellen dat haar Jimmy veel intelligenter was dan alle andere kindertjes van de kleuterschool. Zodra Lydia zich afwendde, ging ze verder.

Lydia pakte Phyllida bij de arm en draaide haar om. 'Kijk Irene nou toch eens in dat oude zwarte vod! Ze is in ieder geval een waarschuwing voor ons! Als ik ooit merk dat ik verslons, zal ik even goed naar haar kijken, dat moet meteen werken. Ze is nog steeds knap, maar dat blijft niet zo. Ze laat zich met een sneltreinvaartje tot huisvrouwtje afzakken. Kom, je moet me eens gauw alles vertellen. Jeetje, ik met mijn haar in deze kamer, met al dat rood, dat is echt vreselijk! Jammer, ik had moeten doorzetten en die smaragdgroene broek moeten aantrekken. Dan had ik er ook nog lol aan gehad.'

'Oom James zou een toeval hebben gekregen,' zei Phyllida. Ze trok een dik fluwelen kussen met gouden kwasten omlaag dat op de rugleuning van een met brokaat beklede bank lag, en liet zich er elegant tegenaan zakken. 'In dit huis kun je echt alleen zwart en wit dragen. Dat heb ik al jaren geleden begrepen.'

Het was een heel groot en hoog vertrek. De drie hoge ramen gingen schuil achter wijnrood fluweel. Tussen de ramen en boven de schoorsteenmantel hingen spiegels in zware, vergulde lijsten. Op de grond lag een wijnrood karpet. Banken, stoelen en krukken waren allemaal met vlammend rood brokaat bekleed. Uit twee enorme kroonluchters met veelkantig geslepen druppels van fonkelend kristal viel een regen van stralen naar beneden. Het scheelde maar weinig of het was vulgair geweest. Het hele vertrek maakte een vreselijk ouderwetse indruk – iets uit een Victoriaanse roman, maar ondanks de kleur, het marmer en het verguldsel ging er toch iets waardigs van uit. Het had een salon van koningin Victoria kunnen zijn. Prins Albert had zo aan de vleugel kunnen zitten om Mendelssohns *Lied ohne Worte* te spelen.

Lydia had zich aan de andere kant van de bank in de hoek laten zakken.

'Toe, je moet me alles vertellen! Snel, voordat ze ons uit elkaar halen! En dat kan nu elk moment gebeuren. Wat doe je tegenwoordig? Ik dacht dat je je had losgemaakt en dat je was weggetrokken.'

'Niet verder dan Birleton,' zei Phyllida. 'Ik ben daar secretaresse in het Herstellingsoord.'

Ze keek Lydia niet aan, maar Lydia keek haar wel aan... met een vastberaden blik in de groene ogen.

'Waarom ben je niet helemaal weggegaan? Je had in dienst kunnen gaan. Ik schreeuwde het bijna uit van woede toen Irene schreef dat je bij dat herstellingsgedoe was gaan werken en er hiervandaan met je driewielertje naartoe ging.'

Phyllida keek naar haar schoot.

'De afstand bleek te groot,' zei ze lusteloos. 'Tante Grace wilde wel dat ik het zou proberen, maar door de verduistering lukte me dat niet – dat zag zij ook wel in. Daarom woon ik nu daarginds. Ik kan een week vrijnemen, maar ik denk dat ik over een dag of twee weer terugga. Ik heb liever iets om handen.'

Lydia keek haar weer even zo merkwaardig aan.

'Tante Grace vindt het vast en zeker vreselijk, hè?'

Phyllida knikte.

'Hoe vaak per week komt ze je ophalen om te gaan lunchen?' ging Lydia door.

Het lag niet aan de woorden, het was het toontje dat zo uitdagend klonk. Phyllida keek haar met haar donkere ogen gekwetst aan.

'Ze mist me – daar kan zij ook niets aan doen. Ze is heel goed voor me geweest, Lydia. Je weet best wat ze allemaal voor me heeft gedaan.'

'Nou, wat heeft ze dan wel voor je gedaan? Ze heeft je geadopteerd, maar je denkt toch niet echt dat ze dat deed om jou een plezier te doen, hè? Geen mens adopteert een baby omwille van de baby. Ze doen het om precies dezelfde reden waarom ze een jong hondje of poesje nemen – om iets te knuffelen te hebben. Geen mens die het jonge hondje of poesje vraagt of het wel geknuffeld wil worden – en geen mens die het aan de baby vraagt.'

Phyllida stak haar hand op.

'Alsjeblieft, Lydia, niet doen! Ze hield van mijn vader en moeder. Ze waren dikke vrienden, en in de verte zelfs nog familie. Ik weet niet wat er zou zijn gebeurd als zij me niet had geadopteerd. Er was geen cent, weet je. Niemand wilde me hebben. Ik heb alles aan haar te danken.'

Lydia pakte haar bij de hand en gaf haar een kneepje.

'Al goed, sukkeltje. Pas alleen wel op dat je je schuld niet groter maakt dan hij al is.'

Phyllida trok haar hand terug. Ze deed haar mond open alsof ze wat wilde zeggen, deed hem toen weer dicht en zei ten slotte wat gejaagd: 'Waarom mag je tante Grace niet? Ze is altijd erg aardig tegen je.'

Lydia's ogen leken ineens vuur te spuwen.

'Maar schat, ik ben dol op haar, net zo dol als op veren bedden, en bubbels, en mijn hart uitstorten tegen iemand die me het gevoel geeft dat ik de enige kiezel op het hele strand ben. Ik geloof alleen niet dat het ook maar iemand echt goed doet. In kleine beetjes, met grote tussenpozen, ja, maar dag in dag uit? Geen sprake van.'

Phyllida sprong op. Ze wilde geen ruzie met Lydia, maar als ze nog langer bleef zitten zouden ze ruzie krijgen – of ze zou haar gelijk moeten geven. Ze liep naar Irene, die juffrouw Paradine uitvoering stond te vertellen van een plekje op de borst van de kleine Rena.

'Ik zag het vanochtend pas voor het eerst, en ik heb natuurlijk meteen haar temperatuur opgenomen, maar die was normaal. Ik heb dokter Horton laten komen en hij zei dat hij dacht dat het niets bijzonders was. Maar hij heeft natuurlijk zelf geen kleine kinderen meer, en ik geloof niet dat hij het echt serieus neemt. Ik wilde vanavond eigenlijk niet komen. Het vlekje is wel weg, maar je kunt nooit weten, hè, en ik wist dat u het wel zou begrijpen. Maar Frank werd zo vreselijk boos dat ik dacht dat ik me toch maar beter kon gaan omkleden. Ik vind dat hij zich eigenlijk echt onredelijk ten opzichte van de kinderen gedraagt. Hij zou de eerste zijn die zich beklaagde als ik hem zou verwaarlozen, maar aan de andere kant lijkt hij te denken dat ik net als vroeger, voordat we kinderen hadden, maar overal met hem naartoe kan gaan. Ik wou maar dat u eens met hem wilde praten.'

Grace Paradine legde vol begrip een hand op haar arm. 'Je bent een heel toegewijde moeder, lieverd,' zei ze.

En op dat moment kwam Phyllida bij hen staan. Irene wendde zich meteen tot haar.

'O Phyl, ik heb me de hele dag zo'n zorgen gemaakt! Het ging om Rena – ze heeft een vlekje op haar borst en ik heb haar natuurlijk meteen getemperatuurd...'

Grace liep een eindje weg en Frank Ambrose kwam bij haar staan.

'Was Irene je weer aan het vervelen met de kwaaltjes van de kinderen? Dat doet ze nou altijd. Er mankeert niets aan hun gezondheid, maar ze maakt zich aan een stuk door zorgen. Als het 't ene niet is, dan is het wel 't andere. Ze heeft een prima kinderjuffrouw maar die vertrouwt ze voor geen cent. Zeg tante Grace, zou u niet eens met haar kunnen praten? U bent de enige van wie ze nog iets wil aannemen.'

'Ze is nog jong,' zei Grace Paradine vergoelijkend.

'Niet lang meer, als ze op deze manier doorgaat. Ze heeft altijd dezelfde uitvluchten om iets niet te willen of te kunnen doen: ze moet Jimmy's neus vegen of Rena heeft geniest, of ze heeft de hik, of even gehoest. Ik had de grootste moeite om haar vanavond mee te krijgen.'

Grace Paradine keek hem meelevend aan.

'Ach, arme Frank,' zei ze.

Lydia, die hen van de andere kant van de open haard gadesloeg, zag de chagrijnige trek van Franks gezicht verdwijnen. De diepe rimpels werden gladgestreken. Hij praatte en juffrouw Paradine luisterde, met af en toe een glimlachje.

Lydia wierp een fonkelende blik naar Dicky.

'De béste boter...' mompelde ze.

Maar toen hij haar aanstaarde en zei: 'Hè?... Wat bedoel je?' lachte ze en zei: 'Alice in Wonderland, schat.'

En op dat moment ging de deur aan het andere eind van het vertrek open en er kwamen drie mensen binnen. Eerst James Paradine, heel indrukwekkend. Het zwart en wit van avondkleding is altijd indrukwekkend, vooral bij iemand die in dat opzicht toch al rijkelijk bedeeld is. Met schoenen aan mat James Paradine een meter vijfennegentig. Hij bewoog zich gemakkelijk en waardig. Zijn fraai gevormde hoofd ging schuil onder een dikke zilveren haardos, maar zijn wenkbrauwen en ogen waren nog net zo zwart als toen hij twintig was. En bij zijn binnenkomst werd het wijnrode met gouden vertrek tot achtergrond gereduceerd. Schuin achter hem, aan zijn linkerkant, volgde Albert Pearson, een jongeman met een bolrond gezicht en een dikke hoornen bril. Zijn pak wekte de indruk dat het in de uitverkoop was gekocht. En rechts van James Paradine liep Elliot Wray.

Iedereen hield ineens de mond. Iedereen keek naar Elliot. James Paradine liep naar zijn zuster en merkte met een boosaardig lachje op: 'Het zal je plezier doen, mijn beste, dat we een extra gast hebben. Je klaagde vanochtend nog dat je bij een diner van tien personen nooit tot een goede tafelschikking kon komen. Nu, hier is Elliot Wray dan, om er elf van te maken. We hadden wat zaken af te handelen en ik heb hem weten over te halen om te blijven logeren.'

3

Bij het binnenkomen keek Elliot Wray naar het groepje zwarte en witte mensen dat aan het andere eind van het vertrek bij de brandende haard stond. Ze stonden een eind bij hem vandaan en leken daardoor klein. De vrouwenfiguurtjes waren in het zwart of wit, de mannen in zwart-wit, allemaal omgeven door de gloed van het vuur, het verguldsel en het fonkelende licht van de kroonluchters. De drie figuurtjes in het zwart waren Grace Paradine en Irene en Brenda Ambrose, de twee in het wit Lydia Pennington en Phyllida. Hij zag ze in die volgorde, want zo wilde hij het. Hij liet zijn blik even op de afzonderlijke figuurtjes rusten, voordat hij bij Phyllida stopte. Ze was bleek en ze was magerder geworden. Ze had een witte japon aan, en ze droeg de parels van Grace Paradine. Ze stond tussen Mark en Irene, met haar ogen op Mark gericht. Elliot had in het kielzog van James Paradine al meer dan de helft van het vertrek doorkruist voordat ze zich omdraaide en hem in het oog kreeg.

Iets in Marks gezicht had ervoor gezorgd dat ze zich omdraaide. Die sombere, broedende ogen waren opgelicht en er was iets van schrik en belangstelling in verschenen. Phyllida wilde weten wat de reden daarvan was, draaide zich om en zag haar man. Ze had hem in geen jaar gezien, en ze kon niet geloven dat ze hem nu ineens wel zag. Het schokte haar zo ongelooflijk dat ze haar hand uitstak en de arm van Mark Paradine greep. Ze kon even helemaal niet meer denken, en toen begon ineens alles in haar te stromen en te bruisen – haar bloed, haar hart, en gedachten die ze niet kon bevatten of beheersen. Ze werd overspoeld door kleur en schoonheid. Het was alsof ze even buiten tijd en rede kwam te staan.

Elliot Wray passeerde haar op weg naar zijn gastvrouw, die hij formeel begroette en door wie hij net zo formeel welkom werd geheten. Hij gaf Irene en Brenda een hand, werd door Lydia, die op haar tenen was gaan staan, op de wang gekust, en bleef toen voor zijn vrouw staan. 'Hallo, Phyllida,' zei hij zo kortaf dat het net zo goed tegen een oppervlakkige kennis kon zijn gericht. En vervolgens wendde hij zich weer tot Lydia. Lane deed de deur open en kondigde aan dat het diner was geserveerd. James Paradine bood Irene de arm, en de anderen volgden. Phyllida met Mark, Brenda met Elliot, Lydia met Dicky en Albert Pearson, en Grace Paradine met Frank Ambrose.

Ook de grote eetkamer was vol kleur, verguldsel en

heldere, niet-afgeschermde verlichting. Het behang, lakrood, werd enigszins gedempt door een rij sombere familieportretten. Drie generaties Paradine in zwarte lakense pakken, en twee echtgenotes in fluweel en brokaat. In de grote, kostbare lijsten leken ze zich geen van allen echt op hun gemak te voelen in hun beste kleding. Ze keken allemaal neer op het gezelschap dat plaatsnam.

James Paradine bleef even aan het hoofd van de tafel staan en liet zijn blik rondgaan. Hij neeg heel iets het hoofd en zei op gewone gesprekstoon: ‘Here, laat ons oprecht dankbaar zijn voor wat we zullen ontvangen.’ Toen pas ging hij zitten, waarna Lane een massief zilveren soepterrien voor hem neerzette. Ook wat dit betrof gaf James Paradine de voorkeur aan de ouderwetse gewoonte. Hij vond het plezierig om soep op te scheppen voor zijn gasten en om aan het hoofdeinde van de tafel het vlees voor te snijden. Dat was hij vanavond ook van plan. De aanblik van het sneeuwwitte damasten tafellaken deed hem genoegen. Het onbedekte mahoniehout bleef voor het dessert en de wijn gereserveerd, want zo hoorde dat en zo wilde hij het graag.

Elliot merkte dat hij aan de linkerkant van de tafel was geplaatst, tussen Brenda en Lydia in. Tussen hem en Phyllida, die tegenover hem zat, stond een monstrueus pièce de milieu. Door de tafelversiering kon hij maar af en toe een glimp van haar opvangen wanneer ze zich naar Mark wendde, die links van haar zat, of naar Albert aan haar rechterkant. Een toevallig opgevangen glimp van zwart krullend haar, van een ronding van een wang die niet langer bleek was, maar waarop een vurig kleurtje lag, veel meer kreeg hij niet te zien. Het irriteerde hem mateloos, maar hij hield zich voor dat hij opgelucht diende te zijn. Waarom zou hij nog naar Phyllida willen kijken? Er stond heel wat meer tussen hen beiden dan een bos bloemen en takken. Hij richtte zijn aandacht op Lydia die hem met schitterende ogen aankeek.

‘Waarom heeft hij voor het eten gebeden? Dat doet hij

anders ook niet, daarom gingen we ook allemaal zitten. Denk je dat we iets speciaals zullen krijgen?'

'Dat zou me niets verbazen.'

'Weet jij dan wat het is?'

'Wacht maar af,' zei hij droog. 'Wat heb jij de laatste tijd gedaan, en waar heb je uitgehangen?' ging hij door.

'Uitgehangen? Overal en nergens. En wat ik doe? Mijn plicht natuurlijk. Dat doe ik toch altijd?'

'Nou, laat het me dan zo stellen. Welke vorm heeft die plicht aangenomen? Je bent toch niet toevallig een WAAF, of een *Wren* of een AT?

De groene ogen keken hem treurig aan terwijl het rode hoofdje ontkennend schudde.

'Ik heb zo'n gevoel dat ik gek zou worden als ik documenten zou ondertekenen waarmee ik beloofde alles te doen wat me werd opgedragen. Ik zit gewoon op kantoor en vertaal van alles.'

'Wat bijvoorbeeld?'

'Ssst. Geen woord daarover! Wat zou je zeggen als ik je vertelde dat ik IJslands kan lezen?'

Elliot lachte.

'Ik zou zeggen dat je loog.'

'En dan zou je groot gelijk hebben. Heerlijk om zoveel verstand te hebben! Hoe vaak heb jij sinds 1940 dingen uitgevonden? Ik heb je toch voor het laatst in 1940 gezien, hè?'

'Dat klopt.'

Ze knikte. 'De vorige oudejaarsavond. Ik heb je nog onder de mistletoe gekust. Als je braaf bent, doe ik dat misschien wel weer.'

'Ik vrees dat ik me helemaal niet zo braaf voel.'

Ze trok haar wenkbrauwen op, die in dezelfde tint als de wimpers waren bijgekleurd.

'Wat merkwaardig, schat! Hoe vind je Phyllida eruitzien?'

'Ik heb nog niet veel gelegenheid gehad om dat te beoordelen, wel?'

Lydia wierp hem een snelle blik toe.
'Nee, dat is waar. Dan zal ik het je maar vertellen. Ze is te bleek en ze is te mager. Ze is ongelukkig, ze verveelt zich, en ze is aan handen en voeten gebonden. Wat denk jij daaraan te doen? En terwijl ik even met Dicky ga praten, mag jij bedenken wat je daarop zult antwoorden. En steek me geen mes in de rug, want dan zul je mijn brokaat verruïneren, en bovendien kan ik me deze maand geen begrafenis permitteren – niet na het betalen van mijn inkomstenbelasting en de huur van mijn flat.'
De laatste woorden werden hem over haar schouder toegeworpen. Voordat ze ze goed en wel uit de mond had, zei Dicky: 'Hoor eens, eerlijk is eerlijk. Ik heb jou hier binnengeleid, dus nu moet jij met me praten totdat tante Grace met Frank is uitgepraat.'
Elliot richtte zich tot de chagrijnige Brenda die zich kennelijk beledigd voelde. Er was zo weinig voor nodig om haar te beledigen, dat hij onder andere omstandigheden niet de moeite zou hebben genomen, maar vandaag moest hij praten, interesse tonen, zich bezig houden – alles doen om de aandacht af te leiden van de afgewezen echtgenoot die er voor spek en bonen bij zat. Hij deed zo zijn best dat Brenda voldoende ontspande om hem mee te delen dat ze erover dacht om bij het Vrouwenkorps van de politie te gaan.
'Wat een schitterend idee!'
Ze keek hem achterdochtig aan.
'Wat bedoel je daarmee precies, Elliot?'
'Wat kan ik daar nu mee bedoelen. Ik vind het een ábsoluut schitterend idee.'
Brenda snoof hoorbaar.
'Nou, ik eigenlijk niet, en ik kijk er ook bepaald niet naar uit. Maar als je vindt dat vrouwen bij de politie nodig zijn, dan accepteer je ook dat er personeel nodig is, en aangezien dat het geval is, vind ik het mijn plicht om me aan te melden.'
'Ik denk dat je het leuk zult vinden.'

De lichte ogen tussen die heel lichte wenkbrauwen staarden hem agressief aan. Hij dacht: Waarom verft ze die niet? en herinnerde zich toen dat er ruzie was geweest, een heftige ruzie, juist omdat Lydia dat had voorgesteld. Phyllida had hem er alles over verteld. De echo's van haar stem – de manier waarop ze erbij had gekeken... Hij verstijfde en hoorde Brenda heftig beweren dat ze absoluut niet van plan was om het leuk te vinden.

Dicky zei tegen Lydia: 'Ik neem aan dat je weet dat je me, iedere keer als ik naar je kijk, hartkloppingen bezorgt?'

'*Hartkloppingen* – van Richard Paradine.' Lydia wierp hem een gevoelige blik toe. 'Wat jammer dat je dat niet in versvorm kunt gieten. Je zou het prima van je af kunnen schrijven in een gedicht, en ik zou het heerlijk vinden als een dichtbundel aan mij werd opgedragen. Wit leer, denk ik, met een gouden opdruk, en binnenin "voor Lydia" – of misschien simpel "voor L.". Wat denk je?'

'De critici zouden misschien misbruik maken van "voor L.". Wat dacht je van "voor Lydia die ik aanbid"?'

'"Omdat ze me nooit verveelt",' zei Lydia. 'Wat zou je liever willen zijn, Dicky – afschuwelijk lelijk maar heel amusant, of afschuwelijk knap maar saai? Ik heb nooit kunnen kiezen.'

'Dat hoef je ook niet – jij bent van allebei het beste.'

Ze wierp hem een kushandje toe.

'Dank je, schat, en vooral omdat het niet waar is. Als ik mijn haar niet had, en mijn gave huid, en het feit dat ik mijn wimpers verf, zou ik alleen maar Irenes jongere zusje zijn – "een onbeduidend onderdeurtje, maar het arme kind kan er ook niets aan doen, dus moeten we maar lief voor haar zijn". Het zou wel beter voor mijn karakter zijn. Ik zou me dan wel in huishoudelijke aangelegenheden moeten verdiepen, want dat is het enige dat voor alledaagse vrouwen overblijft.'

Dicky voelde zich wat draaierig worden. Dat gebeurde altijd wanneer Lydia hem zo aankeek. 'Hoor eens, wil je echt dat ik je ten huwelijk vraag terwijl je kalkoen zit te eten? Want daar ben je wel op uit.'

'Nou, dat weet ik nog niet zo,' zei Lydia peinzend. 'Het zou wel een nieuwe ervaring zijn – dat heeft tot nu toe nog niemand gedaan. Maar er was wel een man die me bij de kerriesoep vertelde dat hij me aanbad, en toen verslikte hij zich en bleef er bijna in. Het maakte me echt van streek, en mijn soep werd koud omdat ik hem op de rug moest kloppen. Dus liever toch maar niet. Ik zou die kalkoen niet graag bederven.'

Phyllida zat tussen Albert Pearson en Mark Paradine. Een gesprek met Albert was eerder leerzaam dan onderhoudend. Hij kon je op ieder gewenst moment vertellen hoe ver het van Saturnus naar de aarde was, of van Colombo naar Singapore, of het exacte aantal vitamines in de nieuwe margarine, of de oorsprong van steenkool, of alles over de uitvinder van staal – een overvloed aan informatie die hij op zo'n manier te berde bracht dat ieder spoortje belangstelling meteen in de kiem werd gesmoord. Door lange ervaring wijs geworden liet Phyllida alles met een glimlachje langs zich afglijden.

Nadat hij haar het een en ander over beton had verteld, wendde ze zich tot Mark. Ze vond dat hij er ongelukkig uitzag. Irene, die aan zijn andere kant zat, was met James Paradine in gesprek. Mark was even op zichzelf aangewezen. In rust zag zijn gezicht er zo somber uit, dat Phyllida zich er zorgen over maakte.

'Waar zit je aan te denken?' vroeg ze glimlachend.

De rimpels werden wat minder diep.

'Niets bijzonders, Phyl.'

'Nou, waar zullen we dan eens over praten? Heb je de laatste tijd nog wat goeds gelezen?'

Hij greep met beide handen die opening aan. Ze praatten over boeken, films en muziek. Het kwam Elliot van de andere kant van de tafel voor alsof ze diep in gesprek waren. Het pièce de milieu schermde hen af, maar een keertje, toen Phyllida zich iets opzij boog, zag hij haar stralende ogen en haar gloeiende wangen. De champagne in haar glas was onaangeroerd – het moest dus iets anders zijn wat haar in vuur en vlam zette. Terwijl hij zijn moeizame gesprek met Brenda voortzette, vroeg hij zich af wat dat wel kon zijn. Bij de eerste aanblik van haar, in de salon, had hij haar er bleek en lusteloos vinden uitzien. Of was dat verbeelding geweest? Nee, beslist niet. Zijn hart had een slag overgeslagen omdat ze zo bleek zag.

Brenda Ambrose staarde hem met een blik vol verwijt aan.

'Echt, Elliot! Ik geloof niet dat je ook maar een woord hebt gehoord van wat ik zei!'

Met moeite maakte hij zijn gedachten los van Phyllida en probeerde de schade zo goed mogelijk te herstellen.

Nadat de kalkoen was afgeruimd, werd een brandende plumpudding voor James Paradine op tafel gezet, terwijl Lane en een binnenmeisje gelatinepuddinkjes en pasteitjes uitdeelden. Op het moment waarop Phyllida zich omdraaide en zich van een schepje gelatinepudding bediende, kreeg Elliot haar goed te zien. Maar zodra hij haar in beeld kreeg, wendde hij zijn ogen weer af. De blik die hij van haar gezicht had losgemaakt, was op de hand komen te rusten waarmee ze de aangeboden schotel stilhield. Het was haar linkerhand, en die was net zo onbedekt als op de dag dat ze het levenslicht had aanschouwd – een kale hand en een kale arm – geen enkele onderbreking vanaf haar schouders tot aan haar vingers. Het bloed stroomde naar zijn gezicht, kleurde zijn wangen helrood en trok langzaam weer weg. Hij voelde zich koud tot op het bot. Het was nooit bij hem opgekomen dat ze haar trouwring zou afdoen. Het had hem overvallen, en het was alsof hij een klap in zijn gezicht kreeg.

Nadat de withete woede was weggetrokken, werd hij zo vreselijk kwaad als hij nog nooit was geweest.

4

Grace Paradine zat tegenover haar broer aan het ondereind van de tafel. Heel even was ze dol van woede geweest, maar zo te zien was dat weer over. Ze was weer de charmante, elegante gastvrouw, de vriend en vertrouwelinge van de hele familie. Twintig jaar lang was er, iedere keer dat er iets moest worden gedaan, gezegd: 'Vraag het maar aan tante Grace' en 'Tante Grace weet dat wel'. Alleen Elliot Wray had zich afzijdig gehouden, en had haar nooit in vertrouwen genomen – hij had haar nooit iets gevraagd, maar hij had wel Phyllida van haar afgepakt. Ze zag hem altijd als een dief. Hij had haar bestolen, hij had haar beroofd, maar hij was niet in staat geweest om dat wat hij had weggenomen, te behouden. Phyllida was teruggekomen. Dat James nu Elliot hier had gebracht, en nota bene op deze avond, dat Elliot zo weinig fatsoen toonde en gewoon was gekomen, dat was nauwelijks te bevatten. Ze was nog nooit zo kwaad geweest, maar ze had zich weten te beheersen. En als ze al wat extra kleur had, dan stond haar dat goed. Misschien praatte ze iets minder dan gewoonlijk, maar eerlijk was eerlijk, ze luisterde uiterst vriendelijk naar Dicky die over Lydia praatte, en naar Frank Ambrose die zich in een lange klaagzang over Irene en Brenda stortte.

'Het is toch heel ongebruikelijk dat twee vrouwen niet met elkaar kunnen opschieten, maar die twee vrouwen zijn altijd aan het bekvechten.'

'Dat weet ik, en ik vind het ook heel akelig.'

'Mannen hebben nooit zulke onzinnige ruzies. Uiteindelijk is Brenda tien jaar ouder dan Irene. Je zou denken dat ze blij zou zijn om raad te krijgen over de kinderen en het huishouden. Uiteindelijk hebben Brenda en ik negen jaar lang ons eigen huishouden gevoerd. Je zou denken dat Irene blij zou zijn met iemand die zoveel ervaring heeft, maar nee, iedere keer is het weer "bemoei je er niet mee". Brenda vindt dat natuurlijk vervelend, en het komt op mij over alsof ze uit haar eigen huis wordt verdreven, of nou ja, wat vroeger haar eigen huis was. Vindt u ook niet dat Irene dat zou moeten inzien?'

Grace Paradine keek hem ernstig aan.

'Ik weet het niet, lieve jongen. Irene stelt geen prijs op advies. Het zou meer kwaad dan goed kunnen doen.'

Hij kreeg een kleur.

'Ze is absoluut onredelijk.'

Grace Paradine glimlachte.

'Dat is vaak het geval met jonge echtgenotes. Je moet geduld met haar hebben, Frank.'

Lane en het binnenmeisje namen het tafellaken af. Het pièce de milieu werd weggenomen en op het buffet gezet, en ervoor in de plaats kwam de gebruikelijke uitstalling van zilveren schalen met kasdruiven, stemgember en appels. Voor James Paradine werden zware kristallen karaffen met port, sherry en madeira neergezet.

Nu de tafel was afgeruimd, kon Elliot Phyllida goed zien. Ze was verrukkelijk. Ze was van hem geweest. Ze was een vreemde. Een verrukkelijke vreemde met Phyllida's haar en Phyllida's ogen, en met de lippen die hij had gekust. Er was niets overgebleven, er was helemaal niets overgebleven – ze was een vreemde. Hij bekeek haar vol ijskoude woede, en wendde zijn blik weer af. Lane zette het pièce de milieu weer tussen hem en Phyllida op tafel.

James Paradine gaf Irene een vingerhoedje port, want meer wilde ze niet, schonk een glas half vol sherry voor Brenda in die links van hem zat, en liet de karaffen vervolgens rondgaan. Ze gingen naar Grace Paradine aan het ondereind van de tafel en kwamen weer terug. Lane en Louisa hadden zich teruggetrokken. James Paradine schoof zijn stoel naar achteren en stond op. Onder het heldere licht dat recht op hem viel, leek hij sprekend op het portret dat achter hem hing, dat van Benjamin Paradine, zijn grootvader, de grondlegger van het familiefortuin en de Paradine-fabriek. Ze waren allebei erg lang, ze hadden hetzelfde zilvergrijze haar en de contrasterende zwarte wenkbrauwen, dezelfde scherpzinnige blik, dezelfde scherp gesneden gelaatstrekken met de overheersende neus en de harde, geprononceerde kin. Geen knap gezicht, zelfs geen aantrekkelijk gezicht, maar wel het gezicht van een man die weet wat hij wil, en die het ook krijgt.

James Paradine stond met zijn rug naar het portret en richtte zich tot de verzamelde familieleden.

'Voordat we de gebruikelijke heildronk uitbrengen, heb ik iets te zeggen. Het is mijn gewoonte om oudejaarsavond met de hele familie te vieren. Het was niet mijn gewoonte om op dit punt een toespraak af te steken, maar vanavond vraag ik jullie om mij te willen aanhoren. Ik kan jullie twee dingen beloven: ik zal het kort houden, en ik zal jullie niet vervelen.' Hij hield even op, zag dat alle ogen op hem waren gericht, sommige onverschillig, andere strak gespannen, en weer andere vol verbazing, en ging door. 'Het betreft hier een persoonlijke maar helaas niet aangename aangelegenheid. Dit is een familiefeest. Iedere aanwezige is lid van de familie, door bloed of huwelijk met de familie verbonden.' Zijn ogen gingen de tafel rond. 'Brenda, Elliot, Lydia, Richard, Grace, Frank, Albert, Phyllida, Mark, en Irene, allemaal net als vorig jaar ook nu weer aanwezig. Wat ik jullie heb te zeggen, komt hierop neer: een van jullie heeft verraad gepleegd. Gezamenlijke belangen houden een familie bijeen. Als die belangen worden verraden, is er geen zekerheid meer. Ik verklaar hierbij dat het onomstotelijk vaststaat dat een van jullie verraad heeft gepleegd ten aanzien van deze belangen. Ik zeg dat niet om de schuldige te overvallen, zodat hij zich op de een of andere manier zou verraden. Dat is niet nodig, want ik weet wie de schuldige is.'

Hij wachtte opnieuw en liet zijn blik weer langs de tafel gaan. De uitdrukkingen waren onveranderd gebleven, maar ze waren wel zonder uitzondering verstrakt, verhard, alsof de spieren waren verstijfd en niet meer konden bewegen. Uit Brenda's lichte ogen straalde agressiviteit, Elliot leek koel beheerst, Lydia's starre glimlachje bevatte iets van ongeloof. Dicky had een frons op zijn gezicht en zijn blik was net zo strak als die van Lydia. Grace Paradine zat kaarsrecht met de handen op de armleuningen, en haar hoofd raakte maar net de hoge, bewerkte rugleuning. Frank Ambrose leunde met een elleboog op de tafel, terwijl de grote, blanke hand, waarop zijn hoofd rustte, zijn mond en kin voor de helft bedekte. Albert Pearson had zijn bril afgezet. Zonder bril knipperden de bijziende ogen tegen het licht. Hij zag alleen wazige figuren. Hij poetste op een wat onhandige manier de glazen en zette daarna zijn bril weer op. Phyllida's handen lagen ineengeklemd in haar schoot. Ze waren ijskoud. Haar ogen, wijd opengesperd en bang, zochten niet James Paradine maar Elliot Wray. Het pièce de milieu stond in de weg. Ze kon hem niet zien. Ze leunde iets opzij, maar ze kon alleen zijn hand om de steel van een wijnglas zien. De knokkels van de hand waren wit. Het drong niet tot haar door dat ze Mark aanraakte, dat ze hard tegen zijn schouder duwde. Ze kon Elliots gezicht niet zien. Mark Paradine was de enige die nauwelijks geraakt leek te zijn. Met een nog steeds somber gezicht keek hij recht voor zich uit en voelde Phyllida tegen zijn schouder leunen. Irene had een verschrikt kreetje geslaakt. Ze was achteruit gaan zitten en staarde haar schoonvader met een ontsteld gezicht aan. James Paradine, die haar altijd al een uitermate onbenullige jonge vrouw had gevonden, zag die mening nu definitief bevestigd. Het deed hem goed dat Irene precies zo reageerde als hij had verwacht. En toen sprak hij verder.

'Ik wil niet dat er enig misverstand kan ontstaan, dus zal ik het nog eens herhalen. Ik weet wie de schuldige is. Ik heb er om verschillende redenen voor gekozen om het op deze wijze mee te delen. Straf is een van die redenen. De betreffende persoon bevindt zich in een weinig benijdenswaardige positie. Die persoon vraagt zich op dit moment af of ik zijn naam zal noemen – of haar naam. Welnu, dat ben ik niet van plan – niet op dit moment, niet nu... en misschien wel nooit. Dat zal van de persoon in kwestie afhangen. Ik neig naar clementie, of dat nu uit familiezin voortvloeit of uit de wens om de vuile was binnenskamers te houden, of wat ook de reden mag zijn. Daarom zeg ik hier en nu dat ik, nadat we van deze feesttafel zijn opgestaan, tot middernacht in mijn studeerkamer zal zijn. De persoon die ik niet met name heb genoemd, zal me daar kunnen vinden en merken dat ik bereid ben om bepaalde afspraken te maken. Dat is wat ik wilde zeggen. We zullen nu de gebruikelijke heildronk uitbrengen. Ik hef het glas op de Paradine-Moffat-fabriek, met daaraan verbonden de namen van John Cadogan en Elliot Wray. Ons land is hem grote dank verschuldigd voor zijn uitmuntende ontwerpen. Moge de productie een stijgende lijn blijven vertonen en moge de uitvindingen daaraan voorafgegaan.' Hij hief het glas.

Niemand aan tafel verroerde zich. Irene zoog verstikt haar adem in. Het klonk bijna als een snik. Frank Ambrose zei met iets van protest: 'Meneer!' Grace Paradine was de enige die zich vooroverboog en haar glas pakte.

James zei wat scherp: 'Niemand, met uitzondering van de schuldige, kan enig bezwaar hebben tegen het uitbrengen van deze heildronk. Ik vrees dat ik een in gebreke blijven van het uitbrengen van deze heildronk als een openlijke schuldbekentenis zal opvatten. Ik hef het glas op de Paradine-Moffat-fabriek.'

Dit keer werden alle glazen geheven. Phyllida's glas raakte ternauwernood haar lippen toen ze het alweer neerzette. Irene's hand trilde zo dat ze wijn knoeide en rode druppels op het glanzende mahonie kwamen te liggen. Een beetje aan de late kant reageerde Elliot met een 'Dank u zeer, meneer.'

James Paradine hief opnieuw zijn glas.

'Op afwezige vrienden.'

De spanning, die bijna op barsten had gestaan, nam wat af. Er zou niet meteen iets onherstelbaars of rampzaligs gebeuren.

Daarna volgde een derde heilwens.

'Op geliefden en echtgenotes.'

Die woorden werden door James Paradine op een iets andere toon en manier uitgesproken. Er lag iets van uitdaging in. Hij keek van Irene naar Frank, en van Phyllida naar Elliot Wray. En hij keek naar Lydia en Dicky. Hij besloot op kalme toon: 'Daarbij betrek ik ook de herinnering aan mijn vrouw.' Dit keer dronk hij zijn glas leeg en ging zitten.

Iedereen slaakte een zucht van opluchting. Het ergste was achter de rug. Grace Paradine keek naar Irene en schoof haar stoel naar achteren.

5

De salon leek een veilige haven. Nadat de deur achter hen dicht was getrokken, keken de vrouwen elkaar aan.

'Wat had dat allemaal te betekenen?' Brenda klonk bruusker dan ooit. 'Is hij gek geworden?'

Grace Paradine leek van streek.

'Ik weet niet meer dan jij, lieve.'

'Hij moet wel gek zijn!' zei Brenda. 'Ons allemaal uitnodigen voor een feest en dan zoiets zeggen! Dat is toch wel het toppunt!'

Irene had staan trillen en barstte nu in tranen uit.

'Ik weet dat hij denkt dat ik het ben – en ik heb niets gedaan – eerlijk niet. Ik wilde niet eens komen. Vraag het maar aan Frank. Ik wilde bij mijn baby blijven en ik wilde – o, ik wilde dat ik maar niet naar hem had geluisterd! Waarvan verdenkt hij me eigenlijk? En waarom denkt hij dat ik het gedaan heb? Ik weet niet eens waarover hij het had. Waarom zou het niet iemand anders kunnen zijn?'

Na een heleboel gegrabbel had ze een zakdoek te voorschijn gehaald. Jammer genoeg hield ze bij het deppen van haar ogen haar blik strak op haar schoonzuster gericht. Brenda keek kwaad terug.

'Waarmee je mij bedoelt, neem ik aan. Je wordt bedankt, Irene! Dat zal Frank echt op prijs stellen, denk je ook niet?'

Grace Paradine stak haar handen naar hen uit.

'Lieve kinderen, lieve kinderen – dit moeten we niet doen! Irene, Brenda! Het is al erg genoeg zonder dat wij het nog eens erger maken. Ik heb het gevoel dat er een vreselijke vergissing is begaan. Als we het op die manier bekijken, kunnen we elkaar helpen, en proberen om de zaken recht te zetten. Zien jullie dat dan niet? We moeten het hoofd niet verliezen en geen dingen zeggen waar we morgen spijt van hebben. Kom, Irene, droog je ogen. Wil je misschien even naar Phyllida's kamer gaan?... Nee? Ik weet zeker dat Lydia je wel een poederdoos kan lenen. Lane komt zo meteen met de koffie en je mag er niet uitzien alsof je hebt gehuild. Phyl, schat, zorgen jij en Lydia nu voor Irene. Natuurlijk verdenkt niemand haar, dat zou bespottelijk zijn. Brenda en ik gaan eens even een gezellig praatje met elkaar houden. Hoe lang is het wel geleden dat we dat hebben gedaan, beste kind? Maanden, geloof ik. Kom eens bij me zitten.'

Brenda was maar al te blij gehoor te vinden. Ze had talloze grieven, en wanneer ze die uitsprak, nam ze geen blad voor de mond.

'Waarom willen mannen in vredesnaam trouwen? Frank en ik waren samen heel gelukkig. En kijk hem nu eens! Irene denkt alleen maar aan de kinderen. Dat is wat er aan haar mankeert – ze is stom. Ze kan niet eens fatsoenlijk het huishouden besturen. De rekeningen zijn het dubbele van vroeger, maar dat zie je nergens aan af.'

Grace Paradine glimlachte.

'Wel, beste kind, we kunnen niet allemaal zo'n goede huishoudster zijn als jij. Frank vertelt altijd hoe geweldig je was.'

'Juist ja – wás!' Brenda klonk verbitterd. 'Waarom kon ze ons niet met rust laten? Frank zou nooit bij haar hebben stilgestaan als ze zich niet aan hem had opgedrongen.

Maar nu ze hem heeft, hoeft ze hem niet meer.' Er kroop een lelijke, dofrode kleur over haar vale huid. De harde mond verkrampte.

Grace Paradine werd ineens een beetje bang. Het zou vreselijk moeilijk worden om de avond door te komen zonder dat er een scène ontstond. Ze zag Irene aan de andere kant van de haard, die nog steeds haar ogen depte en de poederdoos negeerde die Lydia haar voorhield. Ze nam spontaan een besluit, legde een hand op Brenda's schouder, en stond op.

'Lieve kinderen...' – ze had meteen de aandacht van de anderen – 'lieve kinderen, ik had voor ieder van jullie een klein aandenken gekocht. Ik ga nu snel even naar boven om ze te halen. Ik zie niet in waarom een of ander stom, ongelukkig voorval me ervan zou weerhouden om cadeautjes te geven. Phyl, kom even hier om met Brenda te praten. Ik ben zo terug... Nee schat, ik wil ze liever zelf halen, ik weet waar ze liggen.'

Ze draaide zich bij de deur om, keek naar de anderen en voelde zich opgelucht. Irene poederde haar neus, en zelfs Brenda zou het moeite kosten om ruzie met Phyl te krijgen. Maar ze moest wel snel zijn. Het had geen zin om extra risico's te nemen. Ondanks haar statige voorkomen was ze snel ter been. Ze trok haar rok op en rende bijna net zo snel als Phyllida de trap op.

Ze was alweer beneden voordat Irene haar gezicht helemaal had bijgewerkt, en Brenda was nog steeds bezig Phyllida's vraag naar gezamenlijke vrienden te beantwoorden. Ze kwam met vier kleine pakjes binnen die allemaal in kerstpapier waren verpakt – goudkleurige hulst en rode bessen op een witte achtergrond, met verschillend gekleurde linten dichtgebonden. Zilver voor Irene, rood voor Brenda, groen voor Lydia en goud voor Phyllida.

'Het is maar een kleinigheidje,' zei ze verontschuldigend.

Ze waren druk bezig hun pakjes open te maken toen de

deur werd opengegooid en Lane als eerste binnenkwam met een groot zilveren dienblad waarop het koffiestel stond, gevolgd door Louise met een grote gebakhouder.

Grace Paradine blies tevreden haar adem uit. Niets kon natuurlijker lijken of huiselijker overkomen dan dit: zijzelf elegant en charmant, nadat ze de cadeautjes had uitgedeeld; de vier jonge vrouwen die het kleurige papier eraf haalden; het dienblad op de lage walnoten tafel; de drukbewerkte zilveren koffiepot, het melkkannetje en de suikerpot; de oude, donkerblauw met goud Worcester-kopjes. Het leek op een doodnormale oudejaarsavond.

Louisa zette de gebakhouder neer, met onderop een kersttaart, en op de twee andere schalen gemengde biscuitjes en chocoladevingers. Het zag er allemaal veilig uit, traditioneel, zoals het hoorde – Lane met zijn welgedane figuur en zijn kale hoofd met het kransje zilvergrijze haren; Louise, een waardig plaatsvervangster, kaarsrecht van houding en karakter, met een figuur dat door een ouderwets baleinenkorset in toom werd gehouden en het haar in een chignon, met daarop vastgespeld een authentiek Edwardiaans kapje... het was allemaal uitermate geruststellend.

Het tweetal trok zich terug. Tante Grace kreeg kusjes en bedankjes. Lydia's favoriete badzouten – 'Waar hebt u die in vredesnaam kunnen kopen!' Een zaklamp voor Brenda – 'Dat is pas een nuttig cadeau.' Een uitvergrote en ingelijste foto van Jimmy en Rena voor Irene – 'O tante Grace!' En voor Phyllida zes heel fijngeweven zakdoekjes met haar monogram in de hoek geborduurd – 'O schat, dat had u niet moeten doen! Uw bonnen!' Ze stonden allemaal glimlachend en kwebbelend om haar heen toen de deur openging en de mannen binnenkwamen.

Ze waren met hun vijven. De lange, overheersende gestalte van James Paradine was er niet bij.

6

Grace Paradine had nog meer geschenkjes uit te delen – dit keer niet ingepakt en zo onopvallend mogelijk in de handen van de vier mannen gestopt die ze had verwacht. Het feit dat er een vijfde gast was, werd luchtig genegeerd. Elliot Wray werd genegeerd. De anderen ontvingen een kleine zakagenda, compact en nuttig, met een bijbehorend potlood – bruin leer voor Frank, rood voor Dicky, blauw voor Mark en aubergine voor Albert Pearson. Uit geen woord of gebaar liet ze blijken dat er een ongenode gast aanwezig was.

Elliot bekeek het eerst met iets van wrang vermaak, maar dat veranderde al snel in woede. Er was vanavond niet zo heel veel voor nodig om hem kwaad te maken. De cadeautjes hadden op zich niets te betekenen, maar wat daaronder verscholen ging, was een kil, krachtig verzet. Hij had dat altijd wel geweten, maar hij was er zich nooit zo van bewust geweest als nu. Dwars over die plotselinge afkeer kwam als een bliksemschicht een bittere, grappige gedachte bij hem op. Zou hij koffie krijgen, of zou hij echt volledig worden genegeerd?

Vlak daarop kwam Lydia met een kop koffie naar hem toe. Haar blik ving de zijne en haar ogen flitsten. 'Maar dat is jouw kopje,' zei hij.

'Ik haal wel een ander.'

Ze stonden aan de rand van het groepje en omdat ze zacht praatten tegen het achtergrondgebabbel van de anderen, hadden ze alleen kunnen zijn, met het koffiekopje tussen hen in. Lydia's hand kwam omhoog om het hem aan te bieden. Elliot raakte even het schoteltje aan maar nam het nog niet van haar over. Met haar stralende groene ogen keek ze hem aan. Hij keek op haar neer met ogen waarin de woede smeulde.

'Doe niet zo stom,' zei ze.

'Het was stom van me om te blijven,' zei hij.

'Waarom deed je het dan?'

'Hij stond erop. Een zakelijke aangelegenheid.'

Het was niet oneerbiedig bedoeld. In dit huis was *hij* synoniem aan James Paradine.

De lange donkere oogwimpers knipperden.

'Dat was alles?'

'Wat had jij dan gedacht.'

Ze lachte.

'Ik ben niet van plan om voor anderen de puntjes op de i te zetten. Hier, pak die koffie aan! En doe niet zo stóm!'

Ze duwde het kopje in zijn hand en verdween.

Even later liep hij achter haar aan. Hij liep om de groep mensen bij het dienblad met de koffie, totdat hij bij Phyllida kwam. Hij stond achter haar toen hij Grace Paradine vastberaden en opgewekt hoorde zeggen: 'We moeten ons allemaal zo gewoon mogelijk gedragen, net als anders, om het personeel geen aanleiding tot roddelen te geven. Dat meen ik oprecht. Zijn jullie het met me eens? Ik kan niet begrijpen wat James ineens in zijn hoofd heeft gehaald, maar als we ons erdoor van streek laten maken, dan zal hij – o, jullie moeten toch ook inzien dat als we ons ook maar enigszins anders gedragen, hij zal denken dat wat hij zei, waar is. Dus moeten we ons niet anders gedragen – niemand. Alles moet precies zo gaan als vorig jaar.'

Vlak bij Phyllida's schouder zei Elliot Wray: 'Op basis daarvan moesten wij maar eens gaan zitten om een praatje te maken. Dat deden we vorig jaar toch ook, hè?'

Ze draaide zich geschrokken om, niet omdat hij zo dichtbij stond, want dat had ze allang gevoeld, maar omdat er iets in zijn stem was wat ze niet kende. Hij had op heel wat verschillende manieren tegen haar gesproken, het hele scala tussen liefde en haat, maar dit was nieuw. De woorden klonken luchtig, gladjes, maar er zat iets scherps in. Het deed pijn, en juist daarom glimlachte ze. De dagen dat ze hem liet merken dat hij de macht had haar pijn te doen, waren verleden tijd. Ze glimlachte, en liep met hem naar de bank waar ze eerder op de avond met Lydia had gezeten. Het was vlak bij de anderen, maar het leek alsof ze zich afzonderden.

Elliot voelde zich onevenredig uitgelaten, maar dat had alles met Grace Paradine te maken, en niets met Phyllida. Hij had zijn vrouw pal onder haar neus weggehaald, en ze had er niets tegen kunnen doen. Dat was een aangename ervaring – en het moest juffrouw Paradine toch goed uitkomen, want alles moest toch net als vorig jaar verlopen? Best, dat zou haar leren. Op oudejaarsavond van vorig jaar waren hij en Phyllida juist van hun huwelijksreis teruggekomen. Een week later waren ze uit elkaar. In die ene week was alles onder hun voeten afgebrokkeld. Maar ze hadden hand in hand het nieuwe jaar ingeluid – ze hadden ernaar uitgekeken in de verwachting dat het hun geluk zou brengen. Hij hield zich voor dat hij al die dingen nog moest verrekenen. En op die nieuwe toon, die pijn deed, zei hij: 'Waar zullen we het eens over hebben?'

Maar dit keer was Phyllida er klaar voor. Wanneer er genoeg druk wordt uitgeoefend, grijp je ieder wapen dat binnen je bereik komt. Of het nu instinctief was of opzettelijk, ze koos het eenvoudigste, het minst verwachte, het oudste wapen ter wereld. Ze glimlachte en zei: 'Over jou. Wil je me niet vertellen wat je zoal hebt gedaan? Ik heb zo lang niets meer gehoord.'

Het was heel ontwapenend, maar hij wilde zich niet laten ontwapenen. Zijn wrok hield stand.

'Ik dacht niet dat het je nog interesseerde.'

'O jawel,' zei ze eenvoudig. 'Er zijn zoveel dingen die ik wil weten. Waar je mee bezig was – is dat wat geworden? Je maakte je daar zorgen over.'

'Daarover kan James Paradine je veel meer vertellen.'

Ze schudde het hoofd.

'Nee. Hij zegt nooit wat – je weet dat toch wel. Bovendien… Is het allemaal in orde gekomen?'

'Nee, we moesten het schrappen.'

'O, wat jammer!'

'Niet echt. We kregen iets beters – iets veel beters. Daar ben ik nu mee bezig.'

Ongemerkt gingen ze op een wat gemakkelijker toon over. Ze keek hem ernstig en enigszins weemoedig aan, met iets van vertrouwen en spijt – als een kind dat heel erg zijn best doet maar niet zeker weet of dat wel genoeg is. Hij herinnerde zich dat ze eens had gezegd: 'Ik vind het heerlijk wanneer je me vertelt wat je doet – maar ik ben niet zo slim. Ik begrijp er niets van. Dat vind je toch niet erg, hè?' En hij had gezegd: 'Iedereen die dat wil, kan slim zijn. Jij hoeft alleen maar lief te zijn.'

Waar was het allemaal gebleven? Ze hadden nu een leeg, verloren jaar om op terug te kijken. Dat was verdwenen. De grond was onder hun voeten weggezakt en had ze uit elkaar gedreven.

Maar Phyllida bleef doorpraten alsof er geen leegte was.

'Waar woon je nu?'

Nee – als die leegte er niet was, zou ze dat niet hoeven te vragen – 'Waar gij woont, zal ik wonen...'

Hij antwoordde vrijwel zonder haperen.

'Ik woon bij de Cadogans. Het is heel vriendelijk van hen, en het komt natuurlijk heel goed uit. Alleen klaagt Ida dat John en ik voortdurend over het werk praten.'

Hij dacht verbitterd: ze wist dus niet eens waar ik was – het kon haar niets schelen. Wat zitten we hier nu eigenlijk te praten. Net alsof je vanuit de dood met elkaar praat. Dit is Phyllida niet, dit is een geest die probeert weer naar het verleden terug te keren. En dat kan niet, dus wat heeft het voor zin?

Haperend en aarzelend zei ze: 'Waarom kijk je zo? Wat is er?'

'Ik zat net te denken dat je een geest was.'

Ze keek hem recht aan. Hij zag haar ogen wat verschrikt opensperren. Ergens diep vanbinnen was hij er razend blij om, want hij wist dat hij haar pijn had gedaan. Zo had hij eens een man zien kijken die onverwacht een klap had gekregen. Op zachte, lage toon vroeg ze: 'Zie ik er dan uit als een... een geest?'

'Nee.'

Ze zag er bloeiend en blozend uit, haar ogen glansden en waren diepblauw, haar wangen en lippen waren afwisselend roze en helderrood. 'Waarom zei je dat dan?' vroeg ze. 'Ik vind het niet leuk.'

'Is het dan niet waar?'

Ze boog het hoofd, niet als instemming, maar alsof ze hem niet langer kon aankijken. Ze werd nog roder.

'Wat ben jij dan?' vroeg ze.

'Dat vraag ik me af...'

'Ook een geest?'

Hij liet een kort lachje horen.

'Geesten komen niet bij elkaar spoken, of wel soms?'

'Dat weet ik niet.' Ze keek weer op. 'Elliot...'

'Ja?'

'Zouden we niet over... over gewone dingen kunnen praten?'

Zijn waakzaamheid was even verslapt. 'Ik weet het niet, Phyl. Daar is het wel een beetje laat voor,' zei hij.

'Alsjeblieft, Elliot...' Ze liet haar stem nog verder dalen. 'Het is allemaal zo... vreselijk geweest, vind je ook niet? Deze avond, bedoel ik. Irene heeft zitten huilen, en alles is al erg genoeg zonder dat wij het nog erger maken. Toe nou, Elliot...'

'Goed dan, Phyl... maar dat geldt dan voor ons allebei.'

'Natuurlijk. Wat bedoelde hij nu, Elliot... waar had hij het over. Weet jij het?'

'Nou, hij was toch behoorlijk duidelijk.'

Ze boog zich naar hem toe.

'Denk jij dat het waar is? Denk jij ook dat iemand echt... o, ik kan niet geloven dat het waar is!'

'Ja. Ik geloof wel dat het waar is.'

De roze wangen verbleekten. Ze zag er verward en bang uit. 'Waar gaat het dan om?' vroeg ze.

Maar voordat hij daarop kon antwoorden, riep Grace Paradine haar. 'Phyl lieverd... Phyl!'

Er bleef hun niets anders over dan naar de anderen terug te gaan.

Het glimlachje van Grace Paradine was nog nauwelijks waarneembaar. Ze leek behoorlijk van streek.

'Phyl, ze vinden dat we een eind moeten maken aan deze bijeenkomst. Frank vindt dat ook. Hij wil Irene mee naar huis nemen. En dat zou misschien... ik vind dat we zouden moeten doorgaan, maar Irene is erg uit haar doen, en Frank denkt... Het is moeilijk om de juiste beslissing te nemen.'

Frank Ambrose stond fronsend naast haar.

'Het heeft geen zin, tante Grace. Tot op zekere hoogte kun je de schijn wel ophouden, maar daar komt eens een eind aan, en dat punt heb ik nu bereikt. Ik ga naar huis, en ik neem Irene mee. Brenda en Lydia kunnen zelf beslissen.'

'Nou, je verwacht toch niet dat wij gaan lopen, wel?' zei Brenda bot.

Voor één keer was Lydia het met hen eens. Hoe eerder ze allemaal naar huis gingen, hoe beter. Tante Grace zou het in haar eentje prima tegenover de bedienden kunnen goedpraten. Niemand zou dat beter kunnen – 'mevrouw Ambrose maakte zich zo'n zorgen over het kleine meisje – ze leek vanmiddag niet helemaal in orde – en aangezien meneer Paradine zich niet zo goed voelt...' Ze kon het haar al horen zeggen, en Lane zou haar zijn respect en medeleven betonen.

Er werd afscheid genomen en de Ambroses vertrokken.

Grace Paradine legde het aan de bedienden uit. Het zou Lydia enorm plezier hebben gedaan dat ze bijna woordelijk haar gedachten vertolkte – 'mevrouw Ambrose maakt zich zo'n zorgen om het kleine meisje' enzovoort enzovoort.

Tien minuten later namen Mark en Dicky ook afscheid. Het feest was afgelopen.

7

Er bleven vier mensen over in de grote salon: Elliot, Phyllida, en Grace Paradine, met Albert Pearson als buffer. Het was onmogelijk om erachter te komen of hij besefte in welke positie hij verkeerde en die onhoudbaar vond, of dat hij alleen naar zijn geweten te werk ging toen hij zei dat hij nog werk had te doen, wat maar beter nu meteen kon worden gedaan. Hij leek niet zenuwachtig, maar dat leek Albert nooit. Of er zich in de negenentwintig jaar van zijn bestaan ooit een gelegenheid had voorgedaan waartegen hij zich niet opgewassen had gevoeld, wist hij alleen. Naar buiten toe toonde hij zich onveranderlijk efficiënt, wat soms irritatie opwekte. Om onfeilbaarheid acceptabel te maken, is een behoorlijke dosis charme nodig. Jammer genoeg bezat Albert totaal geen charme. Maar in dit geval zagen drie mensen hem met spijt vertrekken.

Toen volgde een vervelende stilte. Phyllida stond bij de haard in de vlammen te staren. Ze had zich half afgewend van de kamer achter haar. Ze had zich wat afzijdig opgesteld en had een blos op de wangen. Grace Paradine was niet meer gaan zitten. Een paar meter van haar vandaan stond Elliot, die eruitzag als een beleefde gast die een lichte verbazing en wat sarcasme probeert te verbergen. Als ze stond te wachten totdat hij iets zou zeggen, dan kon ze lang wachten.

Ze stonden allemaal te wachten. Phyllida teruggetrokken, en Grace Paradine op dit moment wat verontwaardigd. Hij had de onbeschaamdheid gehad om hier te komen, om zich aan hen – aan Phyllida! – op te dringen. Ze vond het moeilijk, echt heel moeilijk om James te vergeven dat hij hem die kans had gegeven. Het was onvergeeflijk om Phyllida zo'n schok te bezorgen. En waar stond hij nu nog op te wachten, terwijl iedereen al weg was? Ze gebaarde even snel met haar hand en zei: 'Ik denk dat we maar beter afscheid kunnen nemen. Lane zal je wel uitlaten.'

In plaats dat het Elliot nog minder op zijn gemak deed voelen, zorgde die opmerking ervoor dat zijn gevoel van onbehagen in een klap verdween. Hij was ineens zo woedend dat het hem allemaal geen barst meer kon schelen. Hij hoorde zichzelf opgewekt zeggen: 'O, heeft meneer Paradine dat niet gezegd? Ik moet tot mijn spijt zeggen dat ik vannacht hier blijf slapen. We zaten middenin een nogal belangrijke zakelijke bespreking, en hij stond erop.'

Grace Paradine was sprakeloos. Het bloed vloog naar haar wangen. Aangespoord door een withete woede stormden de woorden haar naar de mond, maar ze hield ze nog even binnen. Want de wetenschap dat Phyllida stond te luisteren en dat ze zichzelf niet in het verkeerde daglicht moest plaatsen, was sterker dan haar wrok. Die wetenschap was allesoverheersend. Hoe erg ze ook werd geprovoceerd, niets van wat ze deed of zei mocht tot gevolg hebben dat Phyllida Elliots kant zou kiezen. Ze hield de opkomende woorden in, zocht naar de juiste woorden en zei: 'Nee, dat heeft hij me niet verteld. Ik vind dat ik het wel had moeten weten.'

Wat hem afkeer inboezemde, wist Elliot soms toch wel op waarde te schatten. Grace Paradine boezemde hem nogal wat afkeer in, maar als tegenstander had hij haar nooit onderschat. Ze hadden om Phyllida gevochten, en zij had gewonnen. Dat beetje bewondering wat hij nog voor haar had gevoeld, werd nu door zijn woede om die naakte overwinning weggevaagd.

'Dat ben ik beslist met u eens. Maar u mag het mij niet aanrekenen. Meneer Paradine had mij hier dringend nodig. Ik ben absoluut niet uit vrije wil gekomen. Ik moet hem nu spreken, daarom wens ik u nu goedenacht,' zei hij.

Grace Paradine neeg het hoofd en zette een stapje naar

achteren. Elliot keek naar Phyllida en ineens wendde ze zich van het vuur af en kwam naar hem toe.

'Welterusten, Elliot.'

'Welterusten,' zei hij, en bleef haar aankijken om te zien wat ze verder zou doen – of misschien kon hij ook zijn blik niet afwenden.

Nog steeds met die zachte en dromerige houding kwam ze regelrecht op hem af en bood hem haar wang voor een kus. Het was zo'n eenvoudig, natuurlijk gebaar dat hij onwillekeurig reageerde. Hij liet zijn lippen heel licht op haar wang rusten en trok zich terug toen zij zich terugtrok. Ze keek over haar schouder en zei: 'Welterusten, tante Grace,' liep de kamer door en de deur uit.

Hij had niet de neiging om haar achterna te gaan. Hij stond stokstijf van verbijstering. Ze waren geliefden geweest, en ze waren uit elkaar gegaan. Ze hadden elkaar als vreemden ontmoet en als oppervlakkige kennissen met elkaar gepraat. Hoever had Phyllida in vredesnaam al hun hartstochtelijke liefde en woede wel achter zich gelaten, dat ze zich nu door hem kon laten kussen alsof hij haar grootvader was? Het leek alsof de schok hem had verdoofd. Hij verroerde zich niet toen hij zag dat Grace Paradine achter Phyllida aan ging.

8

Dat gevoel van verdoving bleef hij tijdens het hele gesprek met James Paradine houden. Het was geen lang gesprek. Hij had het eigenlijk als een excuus gebruikt. James verwachtte hem niet en was er ook niet op gebrand hem vast te houden. Hij zat grimmig en sarcastisch aan zijn bureau en zei: 'Je komt dus een bekentenis afleggen, begrijp ik? Ga weg! Het is dat ik druk ben, anders zou ik je zeggen dat je een dwaas bent.'

'Dank u wel, meneer. Dat heeft Lydia me ook al verteld.'

'Zij spreekt veel te vrijmoedig. Die heeft een echtgenoot nodig om haar in toom te houden. Het is heel dwaas van je om hier te komen. Het is compromitterend, zo is het – verdomde compromitterend.' Hij liet een kort, hard lachje ontsnappen. 'Als iemand je heeft gezien, is het met je gedaan. Ze zullen ervan overtuigd zijn dat je een bekentenis kwam afleggen.'

'Waarover?'

'Over de een of andere dwaasheid,' zei James Paradine. 'Er zijn meer dwazen dan wijzen, en ik ben tot de conclusie gekomen dat de duivel verantwoordelijk is voor de dwazen. Maar hoe dan ook, maak je uit de voeten! Je krijgt je blauwdrukken morgenochtend terug.'

Elliot ging de kamer uit en zag een ernstig uitziende Albert Pearson vlakbij staan.

'Zou ik je misschien even kunnen spreken, Wray...'

Albert was wel de laatste persoon die Elliot zou willen spreken, maar hij kon het onmogelijk weigeren. Hij zei nog wel: 'Ik dacht dat je nog moest werken,' maar dat haalde niets uit. Albert antwoordde alleen dat hij dat wel kon uitstellen en liep achter Elliot aan naar zijn kamer. Die kamer, dezelfde die hem altijd was toegewezen voordat hij met Phyllida trouwde, lag aan het uiteinde van de slaapkamerverdieping. Het was een betrekkelijk grote kamer, die groter zou hebben geleken als er niet zoveel meubels in hadden gestaan: een bureau, een leunstoel en een paar kleinere stoelen.

Albert kwam binnen, deed de deur dicht en zei: 'Vind je het goed als ik hier tot na twaalven blijf?'

'Wát!'

Albert herhaalde zijn afschuwelijke vraag.

'Vind je het goed als ik tot na twaalven hier blijf? Want zie je, het maakt het er voor mij niet gemakkelijker op dat ik in dit huis woon. Het is voor de Ambroses allemaal goed en wel – die kunnen naar huis gaan en elkaar een alibi verschaffen, en dat geldt ook voor Richard en Mark. Juffrouw Paradine en Phyllida kunnen ook onder een hoedje spelen, als ze dat willen. Maar hoe zit dat met mij, als je bedenkt wat hij zei? "Ik zal tot twaalf uur in mijn studeerkamer zijn." Nou, wie zal kunnen bevestigen dat ik niet naar binnen ben gegaan en een gesprek met hem heb gehad en een bekentenis heb afgelegd over wat hij tijdens het diner zei? Ze zouden liever zien dat ik in de schijnwerpers kwam te staan dan een van de anderen van de familie, denk je ook niet? Misschien begrijp jij niet dat ze er alles voor over zouden hebben, maar ik wel. Dat laat ik echter niet toe. Mijn reputatie is mijn enige kapitaal, en dat wens ik niet te riskeren. Ik heb een getuige nodig die kan bewijzen dat ik tot aan het verstrijken van de tijd niet bij hem in de buurt ben geweest.'

Elliot stond met zijn handen in de zak tegen het voeteneinde van het bed geleund en zei met een spoortje boosaardigheid: 'Nou, voordat ik kwam had je toch een paar minuten de tijd om een bekentenis af te leggen, niet?'

Albert schudde het hoofd.

'Nee, niet waar. Toen ik in de studeerkamer was, was Lane er die een blad met drinken klaarmaakte – dat kan hij getuigen. En ik ben nog geen halve minuut nagebleven. Ik neem aan dat niemand zal geloven dat ik in dertig seconden een bekentenis zou kunnen afleggen.'

'Dat zou wel snel zijn.'

'Goed. Dus als ik tot na twaalven hier blijf, zal niemand mij ervan kunnen beschuldigen.'

Elliot trok zijn wenkbrauwen op. De wijzers van de klok op de schoorsteenmantel stonden op kwart over tien. Hij had nooit iets van Albert begrepen, en dat deed hij nu ook niet. Bijna twee uur met Albert als enige gezelschap, dat was een schrikwekkend vooruitzicht. Het liefst van alles wilde hij alleen zijn. Hij zei zo nuchter mogelijk: 'Als ik jou was, zou ik gewoon naar bed gaan.'

Maar Albert bleef koppig. Hoewel alle Paradines koppig konden zijn, was het zijn moeder Millicent, geboren Paradine, die de bijnaam Milly de Muilezel had gekregen.

'Ik moet om mijn reputatie denken.'

Elliot wist een vriendelijk lachje te produceren.

'Ik zou je kunnen opsluiten en de sleutel meenemen.'

Albert begon steeds meer op mevrouw Pearson zaliger te lijken. Hij liep naar de leunstoel en ging zitten.

'Ik zou nog een sleutel kunnen hebben. Ik neem geen enkel risico. Buiten dat, heb je wel aan je eigen positie gedacht? Nicht Grace is niet bepaald dol op je, weet je nog, en wat voor mij geldt, geldt ook voor jou. Als we bij elkaar blijven, kan ze ons geen van beiden iets in de schoenen schuiven. Begrijp je? Ik kan zeggen dat je niet lang genoeg bij hem binnen was om wat dan ook te bekennen. Dus zal het ons allebei goed uitkomen.'

Het was haast niet mogelijk om de situatie nog beknopter uit te leggen. Het was zoals hij zei. Elliot zag wel in dat er een zekere humor in zat. Hij legde zich bij het onvermijdelijke neer.

Omdat Albert de enige leunstoel in beslag had genomen, ging hij zelf op bed zitten en nam zich voor het dan maar te verdragen. Er zou in ieder geval nauwelijks van hem worden verwacht dat hij een gesprek gaande hield. In heel Engeland was geen mens beter dan Albert in staat om een monoloog te voeren. Een vakkundige analyse van de Japanse buitenlandse politiek gedurende de afgelopen twintig jaar leidde heel vanzelfsprekend naar een samenvatting van de persoonlijke achtergrond en carrière van maarschalk Tsjang K'ai-sjek. De woordenvloed gleed langs Elliot af zonder zijn eigen gedachtegang te beïnvloeden. Het had zelfs een beetje een kalmerende uitwerking. Alberts stem rees en daalde. Elliot luisterde niet.

Als er een stilte viel, werd hij even wakker en werd zich er dan van bewust dat Albert een verhandeling gaf over het communisme, over evenredige volksvertegenwoordiging, of over de levensloop van de paling, maar voor het grootste deel hield hij zich verscholen voor zijn eigen gedachten en voor Alberts aanhoudende monoloog.

9

Zodra Phyllida de deur van de salon achter zich dicht had gedaan, pakte ze haar lange witte rok op en vloog als een haas naar boven en de gang door, naar haar eigen kamer. Zelfs al voordat ze het licht aanknipte, deed ze de deur op slot. Voor geen geld ter wereld wilde ze dat er vanavond iemand binnenkwam die met haar zou willen praten. De deur was op slot en bleef op slot!

Ze deed het licht aan en keek met een zucht van opluchting om zich heen. Na al het rood en mahonie van de rest van het huis deed deze kamer plezierig aan: bijna witte muren, bleekblauwe gordijnen met een rustig patroontje van schelpen; tamelijk modern, zilvergrijs meubilair dat alleen maar hoefde te worden afgestoft, een zilverkleurig bed met bleekblauwe lakens en kussens en een blauw met zilverkleurig dekbed, en een effen grijs tapijt. Alles even fris en simpel. Alles uitgekozen door Grace Paradine.

Phyllida bleef aarzelend midden in de kamer staan. Ze stond te wachten op wat beslist zou komen – het klopje op de deur en de stem die haar naam noemde.

'Phyl, schat, mag ik even binnenkomen?'

Ze zag de deurknop omdraaien en weer teruggaan. 'O, bent u dat, tante Grace? Ik ga net naar bed,' zei ze haastig.

'Ik wilde alleen even welterusten zeggen.'

'Welterusten, tante Grace.'

Het bleef even stil maar toen verwijderden de voetstappen zich. Phyllida haalde diep adem. Nu was ze echt alleen. Het eerste dat ze deed, was alle lichten aanknippen, eentje boven de commode, een tweede boven de lange spiegel. De kamer, bijna wit en vergeet-mij-nietjesblauw, en Phyllida in haar witte japon, werden in een zacht licht gezet.

Ze keek in de spiegel en zag de kamer en zichzelf. Het leek precies alsof ze door een smalle, met zilver omlijste opening naar een ander meisje in een andere kamer keek.

Zo licht en zo helder, zo kleurig en fleurig. Dit was niet het meisje dat ze het afgelopen jaar iedere dag in de spiegel had gezien. Het jaar 1941 stond op het punt van vertrekken, net als dat meisje. Dit was een heel ander iemand. Ze keek en keek, en ging dichterbij staan om die andere Phyllida in de ogen te kijken. Maar ineens wendde ze zich af, liep traag naar de deur en deed alle lichten uit behalve het schemerlampje naast het bed. Nog steeds traag liep ze naar de haard en ging in het stoeltje ernaast zitten. Zo verstreek er een kwartier.

Ten slotte stond ze op, liep naar de deur en deed die open. Voor zich zag ze de lange gang, donker en leeg. De harde plafondverlichting was uitgedaan en vanuit het trappenhuis kwam niet meer dan een zwak schijnsel. Ze bleef staan luisteren, maar hoorde niets.

Toen er een volle minuut was verstreken, kwam ze haar kamer uit, deed de deur geruisloos achter zich dicht en liep de gang uit. Twee deuren aan haar kant. Aan de overkant die van een badkamer en de slaapkamer en zitkamer van Grace Paradine. Dan een korte trap naar de grote overloop, waarvandaan de brede trap naar de hal beneden liep.

Op de onderste trede bleef ze weer staan luisteren. In de hal bleef een lamp de hele nacht branden. Daardoor kon ze links van haar de deuren naar de eetkamer en de salon zien, en rechts de deur van de bibliotheek en de met groen laken beklede deur die naar de zogenaamde westelijke vleugel leidde. In die westelijke vleugel bevonden zich de kamers die James Paradine had laten inrichten toen zijn vrouw invalide was geworden: een slaapkamer, een zitkamer, een badkamer en een kleedkamer. Ze keken uit op het terras en de rivier en de deuren kwamen uit op de gang die achterlangs de bibliotheek en de biljartkamer liep. Achter in de gang bevond zich een trap die naar de slaapkamerverdieping erboven leidde. De slaapkamer die van mevrouw Paradine was geweest, was na haar dood nooit meer gebruikt, maar James Paradine gebruikte wel de badkamer, hij sliep in de kleedkamer en had van de zitkamer een studeerkamer gemaakt.

Hij zat in zijn studeerkamer met zijn ogen op de deur gericht, en zijn oren gespitst op het geringste geluid. Op het bureau voor hem lag keurig gerangschikt een vloeiblad, een pennenbakje, een schrijfblok en het mooie zilveren inktstel dat hij ter gelegenheid van zijn huwelijk van zijn werknemers had gekregen. Op de linkerhoek van het blad lag de *Times*.

Hij had al een tijdje onbeweeglijk zitten wachten toen hij heel licht op de deur hoorde tikken. Het was zo zacht dat het hem gemakkelijk had kunnen ontgaan, maar aangezien hij erop had zitten wachten, riep James Paradine: 'Kom binnen!'

Het viel niet van zijn gezicht af te lezen of de komst van Phyllida hem verraste. Ze kwam bijna op een holletje binnen, maar bleef daarna met de rug tegen de deur staan, alsof al haar energie ineens was verdwenen. Ze hield nog steeds de deurknop vast.

'Kan ik u even spreken, oom James?'

Hij keek haar met die scherpe, felle blik aan die haar, toen ze nog klein was, bang had gemaakt. En dat gebeurde bijna weer. Ze ging sneller ademen en er verscheen een verschrikte blik in haar ogen.

'Natuurlijk, Phyllida,' zei James Paradine. 'Ga zitten. Wil je de deur even op slot doen, dan weten we zeker dat we niet worden gestoord.'

Ze draaide de sleutel om, liep naar de andere kant van het bureau en ging in dezelfde stoel zitten waarin Elliot een uur of twee eerder had gezeten. Heel even bleef ze James Paradine met die opengesperde, verschrikte ogen aankijken, maar toen kreeg ze een kleur en wendde haar blik af.

Zijn mond vertrok tot een licht sarcastische glimlach.

'Nou, Phyllida, ben je gekomen om een bekentenis af te leggen?' vroeg hij.

Ze keek weer op.

'In zekere zin wel, denk ik, oom James.'
'En wat heb je dan te bekennen?'
Ze reageerde meteen. 'Toen u dat tijdens het diner zei – toen bedoelde u toch niet Elliot?'
'Waarom dacht je dat dan?'
'Nou, hij zou nooit... hij zou zoiets niet eens kunnen...'
'Dat zijn mooie gedachten, lieve kind. Een echtgenote hoort altijd overtuigd te zijn van de integriteit van haar man.'
Het cynisme in zijn stem werkte als een lap op een rode stier en Phyllida's hoofd vloog omhoog. 'U denkt dat ik niet langer het recht heb om namens Elliot te spreken,' zei ze simpel maar trots. 'Dat is misschien waar, maar ik weet gewoon zeker dat hij bepaalde dingen nooit zou doen.'
James Paradine knikte.
'Je hebt gelijk, lieve kind, en je hebt dat keurig onder woorden gebracht. Tot je opluchting kan ik je verzekeren dat ik geen bekentenis van jouw echtgenoot verwacht. Maar hoe zit het nu met die van jou?'
Ze liet haar blik weer zakken.
'Het is eigenlijk geen bekentenis... het is meer dat ik geloof... dat ik een... ik weet niet goed hoe ik het moet zeggen...'
'Een dwaas ben geweest?' opperde James Paradine.
Ze keek hem even vluchtig aan, met weer die verschrikte blik, maar ook met een nauwelijks waarneembaar sardonisch lachje.
'Misschien wel, ja. Daarover wilde ik met u praten.'
'Waarom met mij? Ik dacht dat Grace de enige echte vertrouwelinge was.'
'Ze is er te nauw bij betrokken,' zei Phyllida vertwijfeld. 'Ik wilde er met iemand over praten die er niet bij is betrokken.' Ze zweeg even en voegde eraan toe: 'Niet zo nauw, bedoel ik.'
James Paradine keek haar met een merkwaardig vonkje humor aan.

'Een onpartijdige mening dus. Juist. Wel, ga door.'

'Ik weet niet wat tante Grace u vorig jaar over Elliot en mij heeft verteld,' zei ze.

Zijn zwarte wenkbrauwen gingen omhoog.

'Laat me even denken – jullie kwamen terug van de huwelijksreis, hebben de kerst doorgebracht met de Lionel Wrays, en kwamen op de dertigste december naar ons. Op oudejaarsavond hadden we het gebruikelijke feest, en op de zesde – of was het de zevende – januari deelde Grace me mee dat jullie uit elkaar waren gegaan.'

'Heeft ze ook gezegd waarom?'

'Voor zover ik het me kan herinneren,' zei James Paradine op zeer droge toon, 'zei ze dat hij "absoluut onwaardig was gebleken", en ze gaf aan dat jij gronden had voor een echtscheiding. Het leek wel een beetje erg snel. Mag ik je vragen of het je bedoeling is me te vertellen wat er werkelijk is gebeurd?'

'Ja,' zei Phyllida. Ze keek hem aan. 'Ik heb er met niemand over gesproken. De mensen trekken het zich te veel aan, of juist helemaal niet, en ze willen je altijd raad geven.'

'Een verwerpelijke gewoonte,' zei James Paradine. 'Ik begrijp dat je me een compliment maakt.'

Phyllida bleef hem aankijken.

'Tante Grace heeft alles voor me overgehad – alles. Ik ben haar heel dankbaar. Maar wanneer iemand zoveel van je houdt, geeft het je soms het gevoel alsof je niets kunt doen zonder haar pijn te doen. Toen ik me met Elliot verloofde, had ik dat gevoel ook – dat ik tante Grace pijn deed. Dat ik haar nog meer pijn zou doen, zonder dat ik er iets aan kon doen. Ze mocht hem niet.'

James Paradine knikte.

'Nee, ze mocht hem niet. Ik mag wel zeggen, lieve kind, dat er geen schijn van kans was dat ze iemand zou mogen met wie jij zou willen trouwen.'

Die verschrikte blik verscheen weer.

'Het heeft me veel verdriet gedaan, maar ik kon er

niets aan veranderen. We gingen trouwen en we gingen op huwelijksreis. Twee dagen later kreeg tante Grace een brief die door de post was opgehouden. Die kwam van een vriendin van haar, van die mevrouw Cranston die ik nooit aardig heb gevonden, en het ging over Elliot.'

'Vrouwen zijn er heel goed in om zich met andermans zaken te bemoeien,' zei James Paradine.

'Ze zei dat ze vond dat tante Grace moest weten dat hij... dat hij...'

'Ja, lieve kind?'

Ze werd erg bleek. 'Het ging over een auto-ongeluk. Hij had een meisje bij zich gehad en ze was gewond geraakt. Ze werd naar het huis van de Cranstons gebracht... daarom wist mevrouw Cranston het. Elliot had gereden. Ze moesten natuurlijk hun naam en adres opgeven. Het meisje heette Maisie Dale. Mevrouw Cranston zei dat ze in een hotel langs de grote weg hadden overnacht.'

James Paradine trok weer zijn wenkbrauwen op.

'Was dat alles?'

'Nee, natuurlijk niet. Alleen... ik heb er nooit eerder over gepraat – het valt me niet gemakkelijk.'

'Juist. Krijg ik de rest ook te horen?'

Ze knikte.

'Ja. Er was heel wat meer aan de hand. Ik heb de brief niet gezien – dat wilde ik niet. Ik vind haar een afschuwelijke vrouw, en ik geloof dat ze gewoon heeft geschreven wat er werd gezegd – over Elliot en dat meisje. Tante Grace was vreselijk van streek. We waren getrouwd. Mevrouw Cranston zei dat Elliot het met dat meisje hield. Ik weet niet hoe zij dat weet.'

'Ze is precies het soort vrouw dat er wel voor zorgt dat soort dingen aan de weet te komen,' zei James Paradine. 'Tussen twee haakjes, was dat meisje ernstig gewond?'

'O nee. Mevrouw Cranston zei van niet – dat ze alleen even buiten westen was geweest. Ze zei dat er, zodra ze weer bij kwam, niets aan de hand bleek te zijn.'

'Juist. Ga door.'

Phyllida kreeg een kleur. Ze wendde haar blik af.

'Tante Grace... wilde erachter komen of... of het waar was. Ze heeft dat door iemand laten onderzoeken.'

'Wat enorm eh... ondernemend van haar.'

'Ze... ze dacht dat ze er goed aan deed. Toen we terugkwamen, zag ik dat ze niet gelukkig was. Ik wist niet wat ik eraan kon doen... ik dacht dat het alleen was omdat ik weg was gegaan. En toen kwam ze op een dag mijn kamer binnen en vertelde me alles. Ze las me de brief van mevrouw Cranston voor, en net toen ze ermee klaar was, kwam Elliot binnen. Ik kreeg geen tijd om erover na te denken, begrijpt u wel. Het gebeurde allemaal net zo snel als bij een ongeluk... het ene moment is er niets aan de hand en het volgende ogenblik stort alles in elkaar. Elliot zei: "Wat is hier aan de hand?" en tante Grace zei: "Phyllida wilde graag weten wat jij over Maisie Dale hebt te zeggen." Ze gaf me niet eens de kans om zelf iets te zeggen.'

'Nee, dat zal wel niet.'

Ze was knalrood en keek hem met felle ogen aan.

'Elliot was heel boos... dat waren ze allebei. Tante Grace zei: "Je hebt in juni een weekend met haar in *Pedlar's Halt* doorgebracht," en hij zei: "Het gaat u niets aan of ik dat wel of niet heb gedaan." Toen zei ze: "Wil je ontkennen dat je haar onderhoudt?" en hij zei: "Ook dat gaat u niets aan." En toen zei ze: "Wil je ontkennen dat je haar nog vorige week heb bezocht, op 26 december, 's middags?" en hij zei: "Ik ben niet van plan om ook maar iets te ontkennen. En wilt u nu verdwijnen, en mij met mijn vrouw laten praten!"'

'En deed ze dat? Weggaan?'

Phyllida schudde het hoofd.

'Ze zei: "Jij denkt dat je haar wel kunt bepraten."'

'En wat zei jij, Phyllida?'

'Ik zei niets – helemaal niets. Het klinkt idioot, maar zelfs als ik in gedachten alles nog eens naga – en dat heb ik wel honderden keren gedaan – dan weet ik nog steeds niet wat ik had moeten zeggen. Ik voel me dan als verdoofd – ik lijk helemaal niets te voelen, of te willen, of in staat te zijn iets te zeggen. Het voelde net alsof ik ineens op een eindpunt was aangekomen. En als ik eraan terugdenk, voelt het nog steeds zo. Ik hoorde ze de meest afschuwelijke dingen tegen elkaar zeggen. En toen zei Elliot: "Ga je mee, Phyllida. Ik blijf hier niet." En toen sloeg tante Grace een arm om me heen en zei: "Nee," en Elliot liep de kamer uit en sloeg de deur achter zich dicht, en... het was heel stom... ik viel flauw. Ik dacht dat hij terug zou komen, maar dat deed hij niet, en ik dacht dat hij zou schrijven, maar dat deed hij ook niet. En tante Grace zei dat hij naar háár was gegaan.'

'Weet je zeker dat hij niet heeft geschreven?'

'Wat bedoelt u?'

'Nou, ik had verwacht dat hij wel zou schrijven.'

'Dat heeft hij niet gedaan.'

'Ik geloof dat ik, als ik jou was, het hem zelf zou vragen.'

'Het hem vragen?' vroeg ze.

'Natuurlijk. Nu hij hier is, ben je toch zeker niet van plan om hem te laten gaan zonder de zaak met hem door te praten?'

'O...'

James Paradine leunde achterover en nam haar peinzend op.

'Het is tot nu toe nogal een eenzijdige aangelegenheid geweest, vind je ook niet? Er was een prima aanklager, maar geen verdediger, en de beschuldigde is niet gehoord.'

Opnieuw zei Phyllida: 'O.' En toen: 'Laat me uitpraten, oom James. Ik wil u ook over vanavond vertellen.'

'Ga je gang.'

'Toen Elliot binnenkwam...'

'Ja, lief kind?'

'Ik ben heel ongelukkig geweest... ik wist niet eens dat je zo ongelukkig kon zijn... maar toen Elliot binnenkwam, verdween dat. Meteen toen ik hem zag, was dat helemaal weg. Ik was verschríkkelijk gelukkig.'

'Dat heb ik gezien.'

'O...'

'Als je zo staat te stralen, valt dat natuurlijk op.'

Dat deed ze nu ook. Met een zuchtje zei ze zacht: 'Het leek er allemaal niet meer toe te doen... het kon me niets meer schelen.' En toen ineens heel ernstig: 'Daarover wilde ik met u komen praten. Komt dat omdat ik er genoeg van heb me zo ongelukkig te voelen? Laat ik nu alles maar voor wat het is en trek ik me nergens meer iets van aan, ook al zou ik dat wel moeten doen? Dat wil ik zo graag weten. Want ziet u, tante Grace trekt het zich te veel aan en dat doe ik ook, maar ik weet niet of Elliot zich nog ergens iets van aan trekt. Misschien weet hij het wel niet.'

'Ik zou het hem maar vragen,' zei James Paradine kortaf. Hij leunde wat naar voren, trok een lade van het bureau open en haalde er een blikken doosje uit met een vaderlandslievende afbeelding op het dekseltje. Toen hij het openmaakte, bleken er allerlei smaken zuurtjes in te zitten. Hij koos een citroenzuurtje en hield daarna Phyllida het blikje voor.

'Neem er ook een, beste kind, en hou op met over jezelf te prakkiseren. Je moet nu eens aan Elliot denken. Zelfs een beschuldigde heeft bepaalde rechten... en gevoelens. Ik zou hem maar eens aanhoren. Iemand heeft aan mijn zuurtjes gezeten – dat vermoed ik al een tijdje. Albert? Nee, dat geloof ik niet – dat zou een wat al te menselijke fout zijn. Ik betwijfel vaak oprecht of Albert wel menselijk is. Wie zou jij verdenken? Hoe heet dat kind met die appelwangen ook weer, dat paars wordt wanneer ik haar in de gang tegenkom?'

Phyllida lachte wat beverig.

'Polly Parsons. Ze is pas zestien. Ze zal wel van zuurtjes houden.'

'Dan moet ik haar maar een extraatje geven. Hoe zou

ze reageren als ik een zakje snoepjes boven op het blikje legde en er "Polly" op zette?'

Phyllida schoof haar stoel naar achteren en stond op.

'Ik denk dat u haar de stuipen op het lijf zou jagen,' zei ze en op datzelfde moment ging de deurknop achter haar omlaag, maar de deur zat op slot.

James Paradine kreeg ineens iets scherps over zich. Hij riep: 'Momentje – ik zal de deur van slot doen!'

Daarna legde hij een vinger tegen zijn mond en gebaarde met zijn andere hand dat Phyllida naar de ongebruikte slaapkamer moest gaan. Terwijl ze er snel naartoe liep, hoorde ze hem door de kamer lopen en op het moment dat ze de tussendeur achter zich dichtdeed, hoorde ze nog iets anders – de sleutel in de deur van de studeerkamer die werd omgedraaid.

Het was donker in de oude slaapkamer – stikdonker. Phyllida kon zich niet herinneren dat ze ooit eerder in die kamer was geweest. Ze had een paar keer in de deuropening gestaan en naar binnen gekeken, maar daar was het bij gebleven. Toen ze nog klein was, had ze er helemaal niet mogen komen. De paar keer dat ze een glimp vanaf de drempel had opgevangen, hadden nogal angstaanjagende herinneringen nagelaten van zware, donkerrode gordijnen, een enorm hemelbed dat schuilging onder stoflakens, en zwaar mahonie meubilair. Er stond een garderobekast die alle ruimte tussen deze deur en het raam aan de linkerkant in beslag nam.

Ze bleef staan en probeerde zich te herinneren waar de rest van de meubels stond. Ze moest de deur naar de gang zien te bereiken, en dat moest ze doen zonder ergens tegenaan te lopen. Ze meende dat er een ladekast stond... Ja, daar was hij, rechts van haar, een hoge, brede ladekast. Als ze nu vijf stappen naar voren zette en zich dan negentig graden draaide, dan moest ze bij de deur uitkomen.

Op het moment dat ze de eerste stap zette, hoorde ze stemmen uit de studeerkamer komen – de stem van

James Paradine en nog een andere. Beide stemmen kende ze goed. In het donker zette ze snel de eerste vijf stappen, draaide zich half om en liep met de handen voor zich uitgestrekt verder totdat ze de panelen van de slaapkamerdeur naar de gang raakte.

10

Rond halftwaalf werd Elliot Wray uit zijn zweverige gedachtewereld losgerukt en stond hij weer met beide benen op de grond. Albert was al een heel eind op weg met zijn verhaal over de trektocht van palingen naar de Sargassozee om zich daar te vermenigvuldigen, maar ineens werd de woordenstroom die door die belerende stem werd aangevoerd, onverdraaglijk. Net als het gestaag vallen van een druppel water op steeds maar dezelfde plek, was ook zijn stem geleidelijk aan tot een kwelling uitgegroeid. Hij stond op, rekte zich uit en zei: 'Zullen we iets gaan drinken?'

Albert staarde hem aan. Hij zat in gedachten nog bij de palingen. Hij staarde hem aan door de dikke brillenglazen die sterk aan koeienogen deden denken. Dezelfde tint bruin, en ze stonden ook een beetje bol. Stel je een koeienoog met een gekwetste blik voor, dan heb je Albert ten voeten uit.

Elliot grinnikte.

'Kom op! Lane liet altijd een blad in de eetkamer achter. Laten we eens gaan kijken wat er te halen valt.'

De kamers aan hun kant van het huis lagen recht boven de suite van James Paradine, de bibliotheek en de biljartkamer. Ze konden via de trap achter in de gang in de eetkamer komen, of linksaf gaan, zodat ze bij de grote trap kwamen die naar de hal voerde. Zo waren ze naar boven gegaan. Het was ook de snelste manier. Bovendien hoefden ze dan niet langs de studeerkamer.

Elliot sloeg linksaf en liep het korte trapje naar de grote overloop af. Op de eerste zes treden ging de grote hal beneden hen nog grotendeels schuil achter de enorme vergulde kroonluchter. Het licht was uit en hij hing in het licht van een enkele lamp eronder als een zwarte schaduw in de lucht. Vlak voor de overloop kwam de hal in zicht, en de hoge, dubbele mahoniehouten deuren die naar de voorhal en het portiek voerden. Het rechterdeel van de deur bewoog. Naderhand moest Elliot er heel goed over nadenken: was hij er echt zeker van dat de deur had bewogen? Maar net als wijlen Galileo bleef hij koppig van mening dat de deur inderdaad had bewogen. Toen hij op de overloop was aangekomen en zich half had omgedraaid om de rest van de trap af te lopen, was er geen beweging meer te zien. Hij bedacht dat als James Paradine bezoek had gehad, hem dat absoluut niet aanging, en dat het misschien maar goed was ook dat hij net te laat was gekomen om de bezoeker te zien.

Toen ze de hal hadden bereikt, kwam er van boven een of ander geluidje. Net als de deur die zou hebben bewogen, was het eerder een indruk dan een zekerheid.

Hij liep door naar de eetkamer, waar hij een met flink wat sodawater aangelengde whisky nam en toekeek hoe Albert Pearson boven een spiritusbrandertje een kop chocolademelk maakte. Alberts plan om het verhaal over de palingen voort te zetten, kapte hij af door te verklaren dat zijn hersens onmogelijk nog meer inlichtingen zouden kunnen opnemen, en dat hij, als hij nog meer in zijn hoofd zou moeten proppen, er subiet mee zou ophouden hem een alibi te verschaffen. Waarop Albert hem vernietigend aankeek en troost zocht bij zijn chocolademelk.

Toen ze de eetkamer verlieten, probeerde Elliot te definiëren wat dat tweede geluidje was geweest. Hij had iets gehoord, dat wist hij zeker, een geluidje dat van boven kwam, uit dat deel van het huis dat boven de salon lag. Daar sliep Grace Paradine, en daar sliep ook Phyllida. Ze hadden er allebei een zitkamer en een badkamer. Verder sliep er niemand in dat gedeelte. De vertrekken van de bedienden lagen aan de achterkant, in een andere vleugel. Als er al iemand had gelopen, moest het Phyllida zijn, of anders Grace Paradine. Het geluid deed denken aan iemand die rondliep. Op het moment dat hij gedwongen werd om het nader te definiëren, zag hij geen kans het beter te omschrijven. Het geluidje dat hij had gehoord, had een voetstap kunnen zijn, of misschien het openen of sluiten van een deur. Het was en bleef een indruk. Beter kon hij het niet omschrijven. Hij had iets gehoord – en hij dacht dat hij iemand had horen lopen. Hij ging naar zijn kamer terug en zag dat de wijzers van de klok op de schoorsteenmantel op acht minuten over twaalf stonden.

Het was 1942. Albert had niet langer een alibi nodig.

II

Vlak daarvoor, op het moment dat Elliot Wray en Albert Pearson nog in de eetkamer waren, zat James Paradine nog steeds aan zijn bureau in de studeerkamer. Het was nu drie uur geleden dat hij de bom in de familiekring tot ontploffing had gebracht. Het was niet aan hem te zien of hij daarvan nu de reactie voelde of dat de moeheid had toegeslagen. Integendeel, hij zag eruit als een man voor wie de tijd snel en plezierig was verstreken. Terwijl hij daar zat te wachten totdat de klok twaalf uur zou slaan en hem zou ontheffen van de belofte die hij had gedaan, leek hij zeer ingenomen met zichzelf en zijn omgeving. Zeker, er verscheen een frons op zijn gezicht en zijn wenkbrauwen werden scherp naar elkaar getrokken toen zijn blik even naar een kartonnen cilinder gleed die in het oog springend links op het bureau lag, maar vrijwel meteen veranderde de uitdrukking. De frons verdween en meteen daarna vloog het sarcastische lachje weer over zijn gezicht. Zijn blik was over een in leer gebonden dagboek gegleden dat aan de andere kant op de tafel lag. Het was opengeslagen en lag ondersteboven, waardoor het helderblauwe kaft scherp afstak tegen het donkerrode leer van het bureaublad. Hij stak zijn hand uit, pakte het op, keek wat verbaasd naar de datum waarop het was opengeslagen: 1 februari, en liet het dichtgeslagen op het vloeiblad vallen. Daarna leek hij een tijdje in aangename gedachten te verzinken.

Op een gegeven ogenblik schoof hij zijn stoel naar achteren, pakte met zijn rechterhand een sleutelbos uit zijn broekzak, liep naar een archiefkast links van de haard, trok die van de muur weg en opende de kluis die er achter was verscholen. Hij haalde er een aantal ouderwetse roodlederen dozen uit, waarop in goud de initialen CP waren gestanst. Het leer was verschoten en het goud was dof, maar de diamanten die erin lagen straalden als vanouds. Het halssnoer, dat ook als tiara kon worden gedragen, de oorhangers, de ringen, de armbanden, de broches – ze schitterden nog net zo fel na twintig jaar in het donker als toen Clara Paradine ze had gedragen toen ze model zat voor het portret boven de schoorsteenmantel.

Zijn blik ging keurend van de echte juwelen naar de geschilderde. Het was een goed portret, het was sprekend Clara, en de diamanten waren heel goed uitgebeeld. Hij had er een aardig centje voor betaald. Niemand had ze na Clara's dood nog gedragen. Het was zelfs nooit bij hem opgekomen om ze aan Brenda of Irene te geven. Ze mochten dan Clara's dochter en schoondochter zijn, maar de diamanten kwamen van de kant van de Paradines en ze maakten deel uit van het kapitaal van de Paradines.

Hij legde de dozen terug in de kluis, deed hem op slot, en duwde de kast weer tegen de muur. En met de sleutels nog in de hand liep hij naar de haard en keek op de klok. Twee minuten voor twaalf... Nou, hij nam aan dat er nu wel niemand meer bij de studeerkamer zou aankloppen. Oudejaarsavond was bijna verstreken. Een wonderbaarlijke avond, dacht hij, maar niet slecht besteed.

Hij liep net als eerder op de avond naar de deur en knipte het licht uit. En alsof het een gewoonte was, ging hij tussen de zware gordijnen door die voor de erker hingen, en deed de deur naar het terras van de grendel. Links was er nog een spoortje maanlicht achtergebleven, maar de maan zelf was niet te zien. De wind was opgestoken en had er zwarte wolken voor geschoven. Zo meteen zou alle licht zijn verdwenen. Achter hem, in de kamer, liet de klok op de schoorsteenmantel de eerste van de vier slagen horen waarmee het hele uur werd aangekondigd. James Paradine liep het terras op, wandelde naar de borstwering en keek naar beneden. Het laatste beetje maanlicht weerkaatste op de rivier waar die bij Hunter's Lea een bocht maakte. Het deed hem vaag aan de diamanten denken die hij zojuist had weggesloten. En toen was het donker.

Toen de laatste van de twaalf slagen in de kamer wegstierf, openden de zwarte wolken zich en kwam de regen neergestort.

12

Een halfuur later was het stil geworden. Het geluid van heen en weer lopende voetstappen in de vleugel boven de studeerkamer, het rumoer van een bad dat werd gevuld en weer leegliep, het gorgelen en murmelen van de leidingen bij het vullen van de stortbak – al die geluiden waren verstild. Opgefrist door het bad was Elliot vrijwel meteen toen zijn hoofd het kussen raakte in slaap gevallen. In het huis heerste de intense stilte die ontstaat wanneer alle menselijke gedachten en activiteiten zijn weggevallen. De stilte van een slapend huis heeft iets bijzonders. Het is de stilte van het leven, heel anders dan de stilte in een onbewoond huis. Je zou het kunnen vergelijken met het verschil tussen slaap en dood.

Phyllida had gedroomd dat ze in de schemering in de tuin liep. De lucht was zwaar van de rozengeur, en ze wist dat Elliot er ook was. Ze kon zijn arm om haar heen voelen, maar ze kon zijn gezicht niet zien. Toen kwam er een vrouw met een lange zwarte sluier uit de schemering opdagen en nam hem mee. Vanwege de sluier kon Phyllida haar gezicht ook niet zien, maar ze dacht dat het Maisie Dale was. In haar droom was alle trots verdwenen. Ze rende achter hem aan, riep hem, maar hij was er niet, en de vrouw met de sluier draaide zich om en tilde hem op. En toen bleek het niet Maisie Dale te zijn, maar Grace Paradine, die zei: 'Ik zal je nooit laten gaan.'

Phyllida werd wakker met het geluid van een schreeuw nog in haar oren. Ze wist niet of het wel echt een schreeuw was geweest. Ze werd in het donker wakker, en was bang. Een adembenemend gevoel van gevaar waaraan ze maar net was ontsnapt, was haar uit de droom bijgebleven.

Ze stak haar hand uit en knipte het lampje op het nachtkastje aan. De droom was weg. Ze knipperde tegen het licht en zag dat de wijzers van het verchroomde klokje op even na twaalf uur stonden. Dit vreselijke jaar was voorbij. Ze was blij dat ze niet wakker had hoeven te blijven om het uit te luiden. Veel beter dat het gewoon weggleed en kon worden vergeten. Het jaar was te vergelijken met een gast die te lang was blijven logeren en die iedereen zonder enige spijt zag vertrekken.

Ze deed het licht weer uit en begon te denken over een gesprek met Elliot morgenochtend. Dit keer mocht niemand tussenbeide kunnen komen. Ik vraag hem gewoon mee naar mijn zitkamer, dacht ze. Diep vanbinnen deed die gedachte een lachje opborrelen. Grappig om een afspraak met je echtgenoot te beramen – grappig, en ook prettig. Ze had sterk het gevoel dat ze alle akelige dingen achter zich had gelaten. Langzaam aan zakte ze weg in een droomloze slaap.

Het was Lanes gewoonte om de kamer van James Paradine om halfacht precies binnen te gaan. Dat ging altijd op dezelfde manier. Hij liep twaalf stappen, zette het blad neer dat hij had meegebracht, deed vervolgens het openstaande raam dicht, trok de gordijnen dicht en knipte het licht aan. Op de eerste ochtend van 1942 deed hij dat ook, maar toen hij zich naar het bed omdraaide, zag hij tot zijn verrassing dat er niemand in lag.

Aanvankelijk was dat het enige dat hij dacht: het bed is leeg. Maar vlak daarop drong het tot hem door dat het ook niet beslapen was, en dat maakte hem ongerust. De dekens lagen keurig teruggeslagen, de rood-wit gestreepte pyjama lag klaar maar was niet gedragen. Hij schrok er zo van dat hij dichter naar het bed liep om nog eens goed te kijken. Daarna ging hij snel naar de badkamer, doodsbenauwd dat meneer Paradine misschien door een beroerte was getroffen. Maar de badkamer was keurig opgeruimd – te keurig zelfs. De badmat lag netjes recht, het bad was droog, de tandenborstel en de tandpasta waren opgeborgen.

Behoorlijk van streek liep hij naar de studeerkamer, ging naar de ramen, liep tussen de gordijnen door naar de lange deur in het midden, en werd toen echt bang, omdat de deur van het slot was en op een kier stond, waardoor de wind naar binnen blies. Die blies recht in zijn gezicht, koud en een beetje nat. Het moest vannacht hebben geregend. Hij duwde de deur wijd open en keek in het donker naar buiten.

Het was heel erg donker. Het zou nog een uur duren voordat het licht werd. Hij kon niets zien. Zelfs al wist hij precies hoever het terras zich tot aan de balustrade uitstrekte, toch kon hij het uiteinde niet zien.

Hij liep terug de kamer in, vond een zaklantaarn, knipte die aan en liep het terras op. Het moest vannacht hard hebben geregend. Op de uitgesleten plekken vormde het water plasjes in de tegels. De straal van de zaklantaarn zorgde voor schitteringen op de natte flagstones, nog verergerd door het feit dat Lane, hoe hij zijn best ook deed, de lamp niet stil kon houden.

Hij kwam bij de balustrade die nog geen halve meter hoog was, en bleef daar staan. Zijn lippen bewogen en de hand met de zaklantaarn hing slap naar beneden.

'Ik heb het altijd al gezegd. Lizzie kan dat getuigen – ik heb het altijd al gezegd. Het is niet veilig om voor zo'n steile helling een afscheiding van nog geen halve meter te hebben – ik heb het altijd al gezegd.'

De woorden werden niet hardop uitgesproken. Zijn mond bewoog wel, maar er was niets te horen.

Uiteindelijk hief hij de zaklantaarn en liet het licht over de balustrade omlaag schijnen naar het pad langs de rivier. Daar lag iets – een hoopje donkere kleren, een gestalte die met uitgespreide armen en benen net zo onbeweeglijk in de zwakke lichtstraal lag als de rotsblokken erachter.

Lane hield op met beven. De afgrijselijke zekerheid bracht hem tot kalmte. Aan de rechterkant van het terras leidde een trap naar een klein gazon, en aan de andere kant kronkelde zich een rustiek pad naar de rivieroever, soms een stukje recht, dan weer een aantal traptreden naar beneden. Die waren glibberig van het vocht. Hij kende het pad op zijn duimpje en liep naar beneden. Het was een pad voor mooie zomerse middagen – niet voor nu, niet in het duister van een januari-ochtend. Het schoot hem te binnen dat het nieuwjaar was.

Eindelijk bereikte hij het pad langs de rivier en richtte de straal van de zaklantaarn op de donkere gestalte. Het was James Paradine, en hij was dood.

13

Phyllida werd wakker door een klop op de deur en murmelde slaperig automatisch: 'Kom binnen!' De deur ging open en dicht, het bovenlicht werd aangeknipt, en daar kwam Elliot op haar af. Hij had snel wat kleren aangetrokken, zijn blonde haar zat nog in de war en hij zag er weggetrokken en grimmig uit. Toen ze hem zag, verdween op slag alle pas herwonnen blijheid. Ze wist meteen dat er iets vreselijks was gebeurd. Het leek niet eens raar dat hij binnenkwam. Ze was in een oogwenk uit bed. Haar haar hing los om haar schouders.

'Wat is er, Elliot? Wat is er gebeurd?'

'Ik moet je iets akeligs vertellen.'

Ze stond te trillen. Ze moest zijn arm pakken om zich staande te houden.

'Het gaat om meneer Paradine – hij heeft een ongeluk gehad.'

'Een ongeluk...'

Ze hield zich heel stevig aan hem vast. Ze vonden het allebei doodgewoon. Hij zei: 'Ik ben bang dat hij dood is.'

Phyllida begon te huilen en de tranen stroomden over haar gezicht.

'Je kunt maar beter even gaan zitten,' zei Elliot. 'Hoor eens, Phyl, je moet je zien te beheersen. Het zal heel belangrijk worden wat we allemaal gaan doen en zeggen – en dat geldt voor iedereen. We moeten ons zien te beheersen, en we moeten het hoofd koel houden.' Hij nam haar mee naar het bed, en ze gingen naast elkaar op de rand zitten. 'Luister, ik zal je vertellen wat er is gebeurd. Lane heeft hem gevonden. Hij is van het terras gevallen. Hij lag helemaal onderaan, bij het pad langs de rivier. Je weet dat hij 's avonds voor het slapen gaan altijd nog even naar buiten ging om een luchtje te scheppen en naar de rivier te kijken. Of het nu droog was of regende, dat sloeg hij nooit over. Nou, hij moet duizelig zijn geworden en over de balustrade zijn gevallen. Zijn bed was onbeslapen, en de deur van de studeerkamer stond open. Lane is met een zaklantaarn naar buiten gegaan en heeft hem gevonden. Daarna is hij naar mij gekomen, en ik ben naar Albert gegaan. Ik heb het aan hem overgelaten om iedereen op te bellen die op de hoogte moet worden gebracht – Moffat, Frank Ambrose, Mark en Dicky, dr. Horton en de politie.'

Ze hield zich nog steeds aan hem vast. Haar hand klemde zich iets steviger om zijn arm.

'De politie...'

Met een merkwaardig ingehouden stem zei hij: 'Omdat het een ongeluk was... je moet de politie inlichten wanneer er een ongeluk is gebeurd.'

Ze werd door een heftige rilling overvallen. Ze liet hem los en draaide zich om, zodat ze elkaar aankeken.

'Wat bedoelde je toen je zei dat het zo belangrijk was... wat we zouden gaan zeggen...'

Elliot gaf even geen antwoord, maar stond op, pakte haar bleekblauwe ochtendjas die over een met chintz beklede stoel lag, en kwam ermee terug.

'Je kunt dit maar beter aantrekken.' Pas nadat hij hem om haar schouders had geslagen, zei hij nuchter: 'Ik denk dat jij het juffrouw Paradine moet vertellen. En ik vind dat we allemaal goed moeten overwegen wat we de politie zullen vertellen.'

Ze waren allebei gaan staan. Nog met haar handen aan het koord dat ze om haar middel knoopte, keek ze op en zei verschrikt: 'Wat bedoel je daarmee?'

'Ik heb het over wat er gisteravond tijdens het diner is gebeurd. Dat is nu eenmaal gebeurd, en we kunnen niet doen alsof het niet is gebeurd. Heel wat mensen hebben gehoord wat hij zei. Als we onze mond erover willen houden, zullen we dat allemaal moeten doen. Als iemand erover wil praten – al is er maar eentje die erover wil praten – dan zal de politie heel wat te vragen hebben.'

Ze legde eerst de knoop in het koord voordat ze zei: 'Wat ga jij doen?'

Ze keken elkaar recht aan. Er lag een harde, boze, vijandige blik in zijn ogen. 'Ik weet het niet,' zei hij. En na een abrupte pauze voegde hij eraan toe: 'Was het echt een ongeluk?'

'O...'

Hij bleef haar met die harde blik aankijken.

'Was dat zo? Jij weet het niet, en ik ook niet. Als het een ongeluk was, dan kwam dat voor één persoon bijzonder goed uit. Je hebt gehoord wat hij heeft gezegd. We hebben het allemaal gehoord. Iemand van de familie heeft de familie gedupeerd, en die persoon zou er ongenadig van langs krijgen. Hij had zo zijn eigen ideeën over straffen, en hoewel het zijn bedoeling was het in de familie te houden, zou de schuldige er niet zo gemakkelijk van afkomen. En hij wist wie het had gedaan. Daar draait het om – hij wist wie het had gedaan. En hij zou tot middernacht in zijn studeerkamer blijven. Leg een bekentenis af en aanvaard de gevolgen, dat zei hij toch, niet? Dus gaat iemand naar hem toe en bekent. Maar er zijn geen gevolgen, want James Paradine krijgt een ongeluk. Daar komt het toch zo ongeveer op neer, hè?'

Phyllida was inmiddels spierwit geworden.

'Hoe weet je dat... dat iemand naar hem toe is gegaan om een bekentenis af te leggen?'

'Ik weet het gewoon,' zei Elliot.

'Maar hoe dan?'

Na een korte stilte zei hij: 'Er was iets weggenomen, en nou ja, dat is teruggelegd.'

'Wat was er weggenomen?'

Hij schudde het hoofd.

'Dat kan ik je niet vertellen. Ik kan je alleen wel zeggen dat er gisteravond inderdaad iemand naar de studeerkamer is gegaan.'

Phyllida keek hem recht aan en zei eenvoudig: 'Ik ben ernaartoe gegaan.'

Hij legde zijn hand zo hard op haar schouder dat het bijna pijn deed.

'Weet je wel wat je daar zegt?'

Ze knikte.

'Natuurlijk weet ik dat. Ik ben naar de studeerkamer gegaan omdat ik met oom James wilde praten.'

'Na wat hij tijdens het diner had gezegd, was je toch zo verrekte stom om naar de studeerkamer te gaan?' Ze vond het echt hartverwarmend dat Elliot tegen haar vloekte. Een beleefde vreemde vloekte niet tegen je. Maar dit was Elliot, en hij was boos. Er zat iets knus en vertrouwelijks in.

'Ach, doe niet zo zot! Daar heb ik helemaal niet aan gedacht. Ik wilde gewoon met hem praten,' zei ze.

Geen man zal ooit helemaal kunnen begrijpen langs welke kronkelwegen de gedachten van een vrouw kunnen lopen. Elliot staarde haar aan.

'Hij heeft dat hele verhaal tijdens het diner afgestoken, maar jij hebt er geen seconde aan gedacht, jij wilde alleen maar met hem praten. Waarover wilde je dan praten?'

'Over ons.'

Hij liet haar los en liep weg totdat de commode hem tegenhield. Daar bleef hij met zijn rug naar haar toe staan en liet zijn vingers langs de spulletjes glijden die erop lagen: een nagelschaartje, een poederdons, een potje crème, een potlood.

'Waarom wilde je dat?'

Phyllida glimlachte heel even wat bibberig, maar dat moment ging snel voorbij. Haar ogen werden vochtig. Als hij in de spiegel had gekeken, had hij dat allemaal kunnen zien. Maar zijn ogen waren op de onbeduidende dingsigheidjes gericht die hem op de een of andere manier in het hart troffen en hem witheet van woede maakten.

'Nou, gewoon, dat wilde ik,' zei ze.

Na die woorden draaide hij zich met een ruk om en liep weer naar haar toe.

'Heeft iemand je op weg ernaartoe gezien, of toen je terugkwam?'

'Dat geloof ik niet.'

'Hoe laat was dat?'

'Dat weet ik niet... na tienen in ieder geval. Ik denk dat ik er een minuut of twintig ben geweest, maar precies weet ik het niet. Ik heb niet op de tijd gelet... toen niet tenminste.'

'Wat bedoel je met "toen" niet.'

Ze zag er ineens een beetje bang uit en kwam dichter bij hem staan.

'Dat was later. Ik ben gaan slapen... en toen werd ik wakker... ik had afschuwelijk gedroomd... en net op het moment dat ik wakker werd, dacht ik dat er iemand schreeuwde. O Elliot, denk je...'

'Heb je toen wel op de klok gekeken?' vroeg hij snel. 'Hoe laat was dat?'

'Vlak na twaalven... ongeveer een half minuutje over twaalf. Ik heb het licht aangedaan om te kijken. O vreselijk, zou het toen zijn gebeurd?'

'Zo te horen wel. Maar luister eens goed. Je moet er niets over zeggen. Je bent vlak voor tienen naar je kamer gegaan en je bent naar bed gegaan en je hebt de hele nacht geslapen. Je hebt niets gehoord en je weet niets. Basta. Je houdt je mond stijf dicht – begrepen?'

'Nou... ik weet eigenlijk niet...' zei ze.

Hij pakte haar bij de schouders en rammelde haar door elkaar.

'O jawel, je weet het prima! Jij luistert naar wat ik zeg, en je doet wat ik zeg! Ik laat jou niet in dit alles betrekken, punt uit!'

Ergens vanbinnen begon het bij Phyllida te zingen. Als hij niets om haar gaf, zou hij niet zo kwaad zijn. En hij was verschrikkelijk kwaad. Hij had zijn kin wel een kilometer naar voren gestoken. En hij bezorgde haar blauwe plekken op de schouders. Ze sloeg haar ogen neer omdat ze niet wilde dat hij de blik in haar ogen zag. En op datzelfde moment ging de deur open en kwam Grace Paradine binnen.

Ze had het haar opgestoken, maar droeg nog steeds een bruinrode ochtendjas en met bont afgezette slofjes. Wat zij te zien kreeg, kon uitstekend op een verkeerde manier worden uitgelegd – Phyllida met neergeslagen ogen en Elliot die juist zijn handen van haar schouders liet vallen. Het had het einde van een omhelzing kunnen zijn – of het begin. Haar ogen spuwden vuur toen ze zei: 'Wat heeft dit te betekenen?'

Het speet Elliot oprecht dat hij de woorden die hem te binnen schoten, fatsoenshalve niet hardop kon zeggen. Het gaat niet aan om een vrouw te vernederen die vlak daarop te horen zal krijgen dat haar broer een dodelijk ongeluk heeft gehad. 'Phyllida zal het u wel uitleggen, juffrouw Paradine,' zei hij en liep langs haar de kamer uit.

Grace Paradine liep meteen naar Phyllida en sloeg haar armen om haar heen.

'O schat, kijk niet zo! Ik had nooit kunnen denken... Hoe durft hij hier binnen te komen... het is schandalig! Maar je moet je er niet door van streek laten maken. Ik zal ervoor zorgen dat het niet weer gebeurt.'

Phyllida hield haar ogen neergeslagen. 'Het was niet Elliots schuld dat ik van streek ben, tante Grace,' zei ze tamelijk rustig.

Grace Paradine verstijfde.

'Wat bedoel je?'

Phyllida wist zich te bedwingen. Als ze het toch moest doen, dan maar zo snel mogelijk. Ze kreeg zichzelf weer in de hand en zei: 'Er is iets gebeurd. Dat kwam Elliot me vertellen. Het is iets vreselijks. Het is... het is... om James...'

'Wát dan!' zei Grace Paradine met bange stem.

'O, tante Grace... hij is dood!' zei Phyllida.

14

De hele familie was bijeengekomen in de zitkamer van Grace Paradine, een fraai gemeubileerd vertrek met diepblauwe gordijnen en stoelbekleding. Er stond een prachtig oud walnoten bureau in, en een paar Queen Anne-stoelen, en aan de roomwitte, effen muren hingen een stuk of zes redelijk goede waterverfschilderijen. Maar wat het meest in het oog sprong, waren de foto's van Phyllida, in alle soorten en maten, vanaf de babyjaren tot aan de dag van vandaag. Het viel ook meteen op dat er geen enkele foto was van Phyllida als bruid. De fotoserie eindigde bij Phyllida Paradine. Phyllida Wray ontbrak volledig. Alleen een vreemde zou dat zijn opgevallen. De familie was er zo aan gewend dat het ze helemaal niet meer opviel. Die familie was nu hier bijeengekomen: Grace Paradine, Frank en Brenda Ambrose, Mark en Richard Paradine, oftewel zuster, stiefzoon en dochter, en twee neven, plus natuurlijk Phyllida.

Op het moment dat Elliot Wray de kamer binnenkwam, was Grace Paradine aan het woord. Hij deed de deur achter zich dicht en nam het beeld in zich op. Grace Paradine en Phyllida op de bank; Mark bij het raam met zijn rug naar de kamer; Frank Ambrose en Dicky bij de open haard, waarbij Frank met een elleboog op de schoorsteenmantel leunde en Dicky met een stukje snoer stond te frutselen; ze zagen er allebei gespannen en geschokt uit; en Brenda, die kaarsrecht op een van de Queen Anne-stoelen zat; haar zwarte vilthoed was scheefgezakt.

Grace Paradine schonk geen aandacht aan het openen en dichtgaan van de deur. Ze bleef met haar diepe, volle stem gewoon verder praten.

'Daar is toch geen twijfel aan. Hij was absoluut niet zichzelf. Ik kan me niet herinneren ooit zo'n schok te hebben gehad. Het is niet alleen totaal onnodig om er iets over te zeggen – het zou een smet op zijn nagedachtenis werpen. Hij zou dat nooit hebben gezegd als hij zichzelf was geweest. Het was' – haar volle stem trilde alsof hij op het punt stond te breken – 'het was vreselijk pijnlijk. Dat hebben we allemaal zo gevoeld, en ik vind dat we het zo snel mogelijk dienen te vergeten. We zouden hem niet graag op die manier in herinnering houden.' Ze wist een bibberig glimlachje te voorschijn te toveren terwijl ze de een na de ander aankeek.

Aan Marks rug was niet te zien wat hij ervan vond. Brenda zag er koppig uit, Frank Ambrose ernstig en weifelend. Alleen bij Dicky wist ze een reactie op te wekken. Elliot was heel opvallend buitengesloten, maar juist hij reageerde hardop. Hij kwam verder de kamer binnen, ging bij het groepje bij de haard staan, en zei: 'Ik begrijp dat jullie bespreken of er iets moet worden gezegd over wat er gisteravond tijdens het diner is gebeurd.'

'Waarom zouden we?' zei Brenda uitdagend. Dat kwam zo onverwachts dat iedereen haar aanstaarde. 'Ik zie niet in dat het iemand iets aangaat.'

Dicky knikte instemmend.

'Natuurlijk gaat het geen mens wat aan. Waarom ook? Dat hele gedoe was absoluut belachelijk – ik begrijp niet eens waarom we er nog over moeten praten. Tante Grace heeft alles al gezegd. Hij was gisteravond zichzelf niet – dat kon iedereen zien. Ik dacht dat hij zijn verstand had verloren – dat dachten we denk ik allemaal. Heel pijnlijk en heel onthutsend. Hij zal wel last hebben gehad van een hersenstoring, denk ik. En vervolgens ging hij naar het terras, wat hij altijd deed, om naar de rivier te kijken, en toen is hij over de balustrade gevallen. Hij zal wel duizelig zijn geworden of zo. Het is een akelige geschiedenis, die we niet nog erger hoeven te maken.'

Frank Ambrose zei: 'Ja, het is een akelige geschiedenis.' En toen: 'Ze zullen neem ik aan geen vragen gaan stellen die moeilijk te beantwoorden zijn – waarom zouden ze.' Hij zei het met vlakke stem en er klonk geen overtuiging door in zijn woorden. Ze vielen mismoedig op het gezelschap neer.

Er heerste een matte stilte totdat Elliot zich weer liet horen. 'Ze zullen vragen of hij gisteravond anders was dan gewoonlijk, en ze zullen willen weten wie hem het laatst heeft gezien.'

Dit keer was de stilte verre van mat. De spanning droop eraf. Opnieuw was het Elliot die de stilte verbrak. Hij zei wat hij ook al tegen Phyllida had gezegd.

'Als we onze mond willen houden, zullen we dat allemaal moeten doen. Jullie kunnen het maar beter onder ogen zien. Buiten meneer Paradine zaten er tien mensen aan tafel. Hij heeft een van ons ernstig beschuldigd. Hij zei niet wie dat was, maar hij zei wel dat hij wist wie dat was. Hij zei ook dat hij van plan was de betreffende persoon op zijn eigen wijze te bestraffen, en dat de strafmaat afhankelijk was van het feit of hij voor middernacht een volledige bekentenis te horen zou krijgen. Hij zei dat hij tot die tijd in zijn studeerkamer zou zijn. We weten allemaal dat hij nooit iets zei wat hij niet meende. Als hij zei dat hij tot twaalf uur in zijn studeerkamer zou zitten, dan heeft hij dat ook gedaan. En iedereen weet dat hij, voordat hij naar bed ging, altijd het terras overstak om het uitzicht te bewonderen. We hebben hem er allemaal over horen praten en we hebben hem horen zeggen dat hij vijftig jaar lang geen avond had overgeslagen, met uitzondering van de keren dat hij afwezig was geweest. Nou, als die drie punten bij elkaar worden gevoegd, dan zullen ze ons een aantal vragen gaan stellen waarop we allemaal liever het antwoord schuldig blijven. We zouden allemaal liever de mond willen houden, maar het gaat erom dat als een van ons dat niet doet, we allemaal met de gebakken peren zullen zitten. Wat hier en nu vastgesteld moet worden, is of die tien mensen allemaal te vertrouwen zijn.'

Grace Paradine negeerde hem en zei met veel nadruk: 'Dat zal de familie moeten beslissen.'

Haar bedoeling was zo duidelijk dat niemand die over het hoofd kon zien: Elliot Wray bemoeide zich met zaken die hem niet aangingen. Hij begreep dat ook, en ging meteen op haar uitdaging in.

'Dit is iets waarover alle tien de personen, tegen wie meneer Paradine gisteravond het woord heeft gericht, het eens zullen moeten worden. Pearson maakt zich op dit moment nuttig, maar hij zal zo ook hierheen komen. Hoe zit dat met Irene en Lydia? Kun jij daar iets over zeggen, Frank? Want we hebben nog maar weinig tijd. De hoofdinspecteur zal zo meteen met juffrouw Paradine willen praten. Dus wat denk je?'

Hij had het aan Frank Ambrose gevraagd, maar Brenda gaf antwoord. Ze liet een kort lachje horen waarin geen spoortje vrolijkheid was te bespeuren, en zei: 'Lydia en Irene! Ik denk niet dat een van die twee de mond zal kunnen houden, ook al probeerden ze het! Ik geloof niet eens dat een van beiden het zelfs maar zal proberen!'

Frank Ambrose fronste het voorhoofd, en zei: 'Dat zullen ze wel moeten, en daarmee uit.'

'Maar als ze dat niet doen?'

'Ze zullen wel moeten.' Hij leek zichzelf even bij de kraag te grijpen en ging wat rechter op staan. 'Ik zou willen zeggen dat er veel te veel waarde wordt gehecht aan wat er gisteravond is gebeurd. Ik ben het met tante Grace eens dat hij zichzelf niet was – dat kan gewoon niet. Het was allemaal vreselijk pijnlijk, en ik zie geen enkele reden waarom iemand daarover zou willen praten. Ik stel voor dat we er dan ook over ophouden. Het heeft niets met de politie van doen, en het heeft niets te maken met wat vader is overkomen. Ik stel voor dat we het onderwerp laten vallen.'

'Daar ben ik het mee eens,' zei Grace Paradine.

Daarna volgde een stilte die door Brenda Ambrose werd verbroken. Onomwonden zei ze: 'Ik vraag me af wat hem op die gedachte heeft gebracht. En ik vraag me af of er gisteravond inderdaad iemand naar de studeerkamer is gegaan om met hem te praten.'

Phyllida kreeg een kleur. Elliot zag dat omdat hij naar haar stond te kijken. Hij was kwaad en tegelijk vroeg hij zich af of iemand anders had gezien dat ze een kleur kreeg, en in die verwarring dacht hij dat Lydia gelijk had. Ze was mager geworden. En hij vond die grijze jurk afschuwelijk – ze zag er als een geest in uit. Maar hij nam aan dat ze die wel moest dragen. Stomme gewoonte, dat rouwen, barbaars eigenlijk. Hij wist met zijn ogen haar aandacht te trekken en verbood haar om iets te zeggen. Daarna keerde hij zich naar Brenda.

'Dat is nog iets wat de politie zal willen weten – wie van ons hem het laatst heeft gezien. Nadat ik uit de salon ben weggegaan, ben ik een paar minuten bij hem geweest. Als niemand hem na die tijd nog heeft gezien, neem ik aan dat ik de laatste was.'

Grace Paradine liet heel even haar blik over hem glijden.

'Heb jij hem in de studeerkamer opgezocht?'

'Inderdaad.'

'Mogen we vragen waarom?'

'Met alle plezier – ik wil daar best antwoord op geven. Hij heeft me gisteren gevraagd om hier te blijven omdat we iets zakelijks hadden te bespreken. Ik ben naar de studeerkamer gegaan om mijn gastheer welterusten te wensen. Ik was er nog geen drie minuten, zoals Albert kan getuigen. Hij zag me naar binnen gaan, en wachtte tot ik er weer uitkwam.'

Brenda richtte haar fletse ogen op hem en zei op een toon alsof ze ineens iets had ontdekt: 'Albert, kijk, dat is een idee! Ik wil er wat om verwedden dat vader Albert op het oog had. Daar durf ik wel wat om te verwedden. Ik vraag me af waar hij mee bezig is geweest... zakelijke geheimen verraden, of met geld gerommeld? Wanneer je er goed over nadenkt, is Albert de meest voor de hand liggende persoon.'

Elliot lachte.

'Mijn lieve Brenda, dat is precies wat Albert al dacht. Daarom bleef hij op mij wachten. Hij zei volkomen openhartig dat de familie zou proberen de schuld op hem te schuiven, en dat hij een alibi wilde. Dus klampte hij zich tot na middernacht aan mij vast. Het was net alsof de *Encyclopaedia Britannica* bij me zat. Maar ik verkeer daardoor wel in de positie dat ik met stelligheid kan zeggen dat hij geen enkele kans heeft gehad om zelfs maar in de buurt van de studeerkamer te komen in de tijd dat het ongeval moet hebben plaatsgevonden.'

'Maar niemand weet wanneer het is gebeurd – niet precies tenminste. Hoe zouden ze dat ook kunnen weten,' zei Dicky.

Elliot draaide zich naar hem om.

'Nou, toevallig weten ze dat wel, want het begon vlak na twaalven te regenen, en de grond onder het lichaam was droog. De hoofdinspecteur zei dat het heel hard heeft geregend. Albert en ik hebben rond die tijd een drankje genomen in de eetkamer. Het was bijna tien over twaalf toen we weer in mijn kamer kwamen, waar we elkaar welterusten wensten. Ik ben dus bang dat het geen zin heeft om Albert de zwartepiet toe te schuiven.'

'Jammer...' zei Brenda, en op dat moment ging de deur open en kwam Albert Pearson binnen.

'De hoofdinspecteur zou graag juffrouw Paradine spreken.'

Grace Paradine stond op.

'Ik kan denk ik maar beter naar hem toe gaan. Wat vinden jullie?'

Elliot zei: 'Doe die deur dicht, Albert! Luister, we zijn overeengekomen dat het geen zin heeft om iets te zeggen over wat er gisteravond tijdens het diner is gebeurd.'

'O juist,' zei Albert, 'geen slapende honden wakker maken en zo. Maar dat zal niet zo eenvoudig zijn, hè?'

Voor het eerst draaide Mark Paradine zich om. Hij had naar buiten staan kijken, naar het natte, bochtige grintpad, naar het bevroren gras van het gazon, en naar de natte, donkere struiken, het enige dat er vanaf deze kant van het huis was te zien. Phyllida's zitkamer keek uit op de rivier, die kamer had een fraai uitzicht. Grace Paradine had genoegen genomen met het mindere uitzicht.

Het valt te betwijfelen of Mark had geweten waarnaar hij stond te kijken. Hij draaide zich om en Elliot kreeg een lichte schok. Over de donkere huid lag een groenige waas. Alle spieren leken gespannen. Zijn kaken stonden strak. Aan de ogen was te zien dat hij niet had geslapen. 'Wat bedoel je daarmee?' vroeg hij schor.

Albert kwam een eindje verder de kamer in.

'Nou, zie je, het zal wat moeilijk worden.'

'Hoe bedoel je dat?'

'Nou, ze zijn niet tevreden. Ik ben erbij gebleven, en ik heb mijn best gedaan, maar ze zijn niet tevreden.'

'Hoe bedoel je dat ze niet tevreden zijn?'

Mark had zijn handen diep in de zakken gestoken en Elliot vermoedde dat hij zijn handen tot vuisten had gebald. Alles aan hem leek samengebald. Hij begon bang te worden, want hij mocht Mark graag.

Met een stem die altijd al een tikje voldaan klonk, zei Albert: 'Nou, zo is het gewoon. Ze weten niet zeker of het wel een ongeluk was.'

'Wat zou het anders kunnen zijn?' vroeg Grace zeer verontwaardigd.

Albert draaide zich naar haar om.

'Nou, dat hebben ze niet gezegd, juffrouw Paradine, maar het is duidelijk genoeg dat ze niet tevreden zijn. Want ziet u, er zijn heel wat schrammen en kneuzingen die het gevolg moeten zijn van het feit dat hij tegen de balustrade is gevallen. Dokter Horton zegt dat hij er hard mee in aanraking moet zijn gekomen, en ze lijken niet te geloven dat dat zou zijn gebeurd als hij duizelig was geworden. Ik ben bang dat het moeilijk zal worden.'

15

Hoofdinspecteur Vyners binnenkomst deed denken aan de traditionele olifant in de porseleinkast. In feite voelde hij zich niet op zijn gemak omdat hij zich ervan bewust was dat zijn zware schoenen niet alleen groot waren, maar ook nog modderig, en dat de hele situatie, zoals de heer Pearson al had gezegd, behoorlijk netelig was. Eerdere contacten met juffrouw Paradine hadden heel wat plezieriger zaken betroffen, zoals de medewerking van de politie voor het dirigeren van auto's bij openbare aangelegenheden. Er waren ook fikse donaties aan de politie geschonken voor dansavonden en het liefdadigheidsfonds. Maar ja, zaken waren zaken, en plicht was plicht. Diep vanbinnen wilde hij maar dat dr. Frith, de politiearts, wat minder stellig was geweest over die wonden en kneuzingen. Dr. Horton, tja, die deed zijn best om het de familie zo gemakkelijk mogelijk te maken – hij was niet voor niets al bijna twintig jaar hun huisarts. Maar toen Frith hem de zaak had voorgelegd... nou ja, er kon geen misverstand over bestaan en hij had geen kans gezien hem tegen te spreken, niet zo dat het iets uithaalde tenminste. Hij had dat graag gewild, natuurlijk, maar hij zag er geen kans toe. Hij was voorzichtig, en hij moest natuurlijk ook om zijn reputatie denken. Frith was zo'n zelfverzekerd type, maar zoals die het had uitgelegd, moest hij het wel met hem eens zijn. Als iemand duizelig wordt, dan zakt hij gewoon in elkaar. Dan komt hij niet zo hard tegen een balustrade van nog geen halve meter aan dat hij zijn broek scheurt en dat er een stukje uit zijn knie wordt gehaald, bijvoorbeeld. En toen Frith ook nog zei dat die wonden en kneuzingen voor het intreden van de dood waren toegebracht, en dat hij met eigen ogen kon zien waar de steen uit de balustrade was weggeslagen – nou, dan was het ook geen wonder. Dr. Horton wilde niet verder gaan dan zeggen dat hij zich niet geroepen voelde om een mening te geven. In gewone taal betekende het dat het ernaar uitzag dat meneer Paradine over die balustrade was geduwd, en meteen daarna kwam de vraag: wie had hem een zet gegeven? Hij kon er niet omheen, het was een netelige zaak.

Met die gedachten in zijn hoofd liep hij verder de kamer in en kreeg toen de lange, waardige gestalte van juffrouw Paradine in het oog. Ze had een effen zwarte jurk aan. Ze neeg het hoofd iets, zei goedemorgen en vroeg hem te gaan zitten. Toen hij om zich heen keek, koos hij de stoel waarop Brenda Ambrose had gezeten. Hij wilde maar dat het onderhoud al achter de rug was. De familie was weggestuurd. Juffrouw Paradine zat er ernstig bij maar ze leek wel op haar gemak.

'Dit is wel een heel treurig ongeval, hoofdinspecteur,' zei ze.

De manier waarop ze dat zei was net genoeg om hem tegen de haren in te strijken. Albert Pearson wist heel goed dat dr. Frith zich er niet bij kon neerleggen dat het een ongeluk was geweest. Die Frith had geen blad voor de mond genomen, en niemand zou hoofdinspecteur Vyner wijs kunnen maken dat Albert Pearson zijn mond had gehouden. Kom nou, het zou onnatuurlijk zijn geweest als hij niet had doorverteld wat hij had gehoord. Frith zou eigenlijk niet zo vrijuit moeten praten. Maar ja, er was niks aan te doen, hij had in de aanwezigheid van de butler en Albert Pearson gezegd dat het geen ongeluk was, en de kans dat Pearson dat zou doorvertellen, stond honderd tegen een. Dus toen juffrouw Paradine begon te zeggen dat het een treurig ongeval was geweest, was het heel normaal dat ze hem daarmee tegen de haren in streek, want zo te horen probeerde ze hem dat aan te praten. Terwijl hij nota bene in functie was.

Hij ging rechtop zitten op de Queen Anne-stoel, en hij keek de dame recht aan toen hij plompverloren zei: 'Dokter Frith gelooft niet dat het een ongeluk was.'

Ze had een zakdoekje in de hand. Misschien had ze zitten huilen, en misschien ook niet. Ze raakte er even haar mond mee aan, ging kaarsrecht zitten en zei: 'Dokter Frith? Wat bedoelt u? Dokter Horton was de huisarts van mijn broer.'

De hoofdinspecteur knikte.

'Dokter Frith is de politiearts. Hij is van mening dat het geen ongeluk was.' En hij vertelde haar waarom.

Onder het luisteren raakte ze steeds meer van streek.

'Maar hoofdinspecteur, dat kan ik niet geloven. U bedoelt dat u denkt – nee, dat dr. Frith denkt – dat mijn broer een duwtje heeft gekregen?'

'Dat maakt hij uit het bewijsmateriaal op, en ik moet zeggen dat ik het wel met hem eens ben.'

Ze staarde hem ontzet aan.

'Maar wie... niemand zou... het is toch verschrikkelijk...'

'Dat moeten we aan de weet zien te komen. Ik neem aan dat u bereid bent om met ons mee te werken?'

'Vanzelfsprekend.'

'Misschien wilt u dan een paar vragen beantwoorden.'

'O nee.'

Hij ging iets voorover zitten. Hij was lang, en zwaar, het grijze haar begon al iets terug te wijken, en hij had een vierkant, verweerd gezicht. Het haar was ooit blond geweest, en de nogal diepliggende ogen waren verrassend blauw. Hij zei: 'Ik wil graag weten of er iemand is die u zou kunnen verdenken.'

'Beslist niet.'

'Niemand met een motief? Niemand die hem uit de weg zou willen hebben? Geen ruzies? Geen dreigementen of dreigbrieven?'

'Niet dat ik weet.'

'Geen verschil van mening wat de zaak betreft, of de familie?'

Juffrouw Paradines stem werd ijzig toen ze antwoordde: 'Zeer zeker niet.'

Hij zei wat verontschuldigend: 'U moet het mij maar niet kwalijk nemen dat ik dit soort vragen stel. Ze moeten nu eenmaal beantwoord worden. Goed, gisteravond was er een familiefeestje. Dit zijn de namen die uw butler mij heeft opgegeven. De aanwezigen in het huis zijn, uzelf en de heer Paradine niet meegerekend, de heer en mevrouw Wray en de heer Pearson. De heer en mevrouw Ambrose, juffrouw Ambrose, en juffrouw Pennington, de heer Mark Paradine en de heer Richard Paradine hebben hier gedineerd. Klopt dat?'

'Jawel.'

'Hoe laat vond het diner plaats?'

'We gaan altijd om acht uur aan tafel, maar we hadden ons een paar minuten verlaat. Meneer Wray was hier vanwege zaken. We hadden hem niet verwacht, daarom gingen we iets later aan tafel.'

'Juist. Kunt u me vertellen hoe laat u uit de eetkamer wegging?'

'Ongeveer negen uur, geloof ik – ik heb er niet speciaal op gelet.'

'Het feestje was nogal vroeg afgelopen, hè?'

'Mevrouw Ambrose maakte zich zorgen om haar dochtertje. Ze vertrokken rond halftien.'

'En Mark en Richard Paradine?'

'Vlak daarna.'

'Is meneer Paradine na het diner ook mee naar de salon gekomen?'

'Nee.'

'Was dat gebruikelijk?'

Juffrouw Paradine aarzelde en zei vervolgens: 'Ik weet niet zeker wat u bedoelt.'

De hoofdinspecteur keek haar strak aan.

'U had een oudejaarsavondfeestje. Meneer Paradine heeft zich niet in de salon bij het gezelschap gevoegd. Hij is rechtstreeks van de eetkamer naar zijn studeerkamer gegaan. Was dat niet tamelijk ongewoon?'

'Ik geloof dat hij niet helemaal zichzelf was,' zei ze.

'Bedoelt u dat hij ziek was?'

'O nee... niet ziek... dat bedoelde ik niet. Hij leek gewoon niet helemaal zichzelf, en toen hij niet naar de salon kwam, dacht ik dat hij liever alleen wilde zijn. Hij had de hele dag zaken af te handelen. Meneer Wray was tot aan het diner voortdurend bij hem, geloof ik. En hij was niet meer de jongste.'

Hij dacht: ze legt wel erg veel uit. Hij vroeg: 'Hebt u hem dan nog wel gezien nadat u de eetkamer had verlaten?'

'Nee,' zei ze. Het zakdoekje ging weer naar haar mond.

'Ook niet toen er een eind aan het feestje kwam?'

'Nee.'

'Is hij niet uit zijn studeerkamer gekomen toen meneer en mevrouw Ambrose en de anderen vertrokken?'

'Nee.'

'Zijn ze dan naar de studeerkamer gegaan om afscheid te nemen?'

'Nee,' zei ze weer.

Hij ging iets verzitten.

'Was dat niet nogal ongebruikelijk, juffrouw Paradine?'

Op haar gezicht was niets anders dan gegriefdheid te bespeuren, maar de knokkels van de handen die het zakdoekje vasthielden, staken wit af.

'Nee... dat zou ik niet kunnen zeggen. We namen allemaal aan dat hij niet gestoord wenste te worden. Het was een familiefeestje. Het was niet nodig om het allemaal volgens de regels te doen.'

'Heeft niemand hem dus nog gezien?'

'Niet dat ik weet. O ja, meneer Wray geloof ik wel.'

'O ja? Meneer Wray dus wel? Ja, ik herinner me dat hij zoiets zei. Hij is naar binnen gegaan om hem welterusten te wensen. Heeft iemand anders dat nog gedaan?'

'Dat zou ik echt niet kunnen zeggen.'

'Deden meneer en mevrouw Ambrose dat niet – of juffrouw Ambrose – of Mark – of Richard?'

'Nee.'

'Of uzelf?'

'Ik dacht dat hij niet gestoord wilde worden.'

'Of mevrouw Wray?'

'O nee. Zij ging al voor mij naar boven.'

'Juffrouw Paradine, u moet toch beseffen dat dit allemaal erg ongewoon klinkt. Ik voel me genoodzaakt om u te vragen of er een bepaalde reden was om het feestje af te breken, en dat behalve meneer Wray niemand meneer Paradine welterusten heeft gewenst. Ik wil u wel zeggen waar het mij aan doet denken. Aan een familieruzie.'

'We hebben geen ruzie gehad.'

'Er was geen meningsverschil? Geen onplezierig voorval? Niets dat meneer Paradine reden gaf om naar zijn studeerkamer te vertrekken? Geen speciale aanleiding om het feestje om halftien af te breken en weg te gaan zonder afscheid van hem te nemen?'

Ze zat kaarsrecht en zei op kille toon: 'Het feestje werd afgebroken omdat mevrouw Ambrose zich zorgen maakte om haar dochtertje.'

'Was ze ernstig ziek?'

'O nee. Ze maakt zich vaak al te veel zorgen.'

'U moet toch inzien dat dit geen reden is om al voor kwart voor tien een eind te maken aan de feestelijke bijeenkomst. En het verklaart ook niet waarom niemand afscheid nam van meneer Paradine. Wilt u echt volhouden dat er geen enkele aanleiding was? Dat er niets vervelends was gebeurd?'

Ze keek hem recht aan en zei: 'Er was niets aan de hand.'

16

De familie zat in Phyllida's zitkamer, aan de overkant van de gang. De drang om bij elkaar te blijven, om niet alleen te worden gelaten, had ze ernaartoe gedreven – het oeroude, primitieve kudde-instinct. Dit keer was niemand gaan zitten. Mark leunde op de schoorsteenmantel en stond met zijn schouder naar de kamer gekeerd in de vlammen te kijken. Dicky zat nog steeds aan het stukje koord te frummelen. Er heerste zo'n afschuwelijke stilte die niemand durfde te verbreken omdat niemand de eerste wilde zijn om onder woorden te brengen wat iedereen dacht. Het feit dat zelfs Albert niets wist te zeggen, was genoeg om alle anderen de mond te laten houden. Dat was nog nooit gebeurd en zou vermoedelijk ook nooit meer gebeuren. Hij was als laatste binnengekomen en stond erbij alsof hij zo uit een fotoalbum was gestapt. Dezelfde stijve houding, dezelfde starre blik, dezelfde vergeefse poging om een losse houding aan te nemen.

Uiteindelijk nam Brenda het woord. 'Ik wilde maar dat we wisten wat tante Grace hem vertelt,' zei ze bruusk en recht uit het hart.

Haar broer keerde zich om en keek haar fronsend aan.

'Wat we met elkaar hebben afgesproken natuurlijk, wat anders?'

Albert Pearson kwam iets verder de kamer in.
'Het is uitermate jammer dat we niet wat meer tijd hadden om de zaken door te spreken. Dokter Frith was er absoluut van overtuigd dat het geen ongeluk is geweest, en toen ze van Lane te horen hadden gekregen hoe vroeg het feestje was afgebroken, zag ik meteen dat ze een heleboel vragen zouden stellen. We willen natuurlijk geen onwaarheden vertellen, maar we willen ook geen moeilijkheden veroorzaken.'
'Hoe zit dat met Irene... en Lydia?' zei Brenda. 'Veronderstel eens dat hij met hen gaat praten? Kun je ze niet beter opbellen en ze vertellen dat ze op hun woorden moeten passen?'
'Nee,' zei Frank Ambrose.
'Nou, ik zou het wel doen.'
'Veel te riskant. Bovendien doet de telefoon het niet – gisteravond deed-ie het in ieder geval niet.'
Brenda trok een schouder op.
'In dat geval durf ik er wat om te verwedden dat zij het hele zaakje zullen verraden.'
'Lydia is veel te verstandig,' zei Dicky.
Brenda liet een onaangenaam lachje horen.
'Maar Irene heeft helemaal geen verstand.'
Heel rustig en heel zachtjes zei Frank Ambrose: 'Hou je mond.'
Elliot Wray liet zijn blik rondgaan met een gevoel van naderend onheil. Phyllida's mooie, pastelkleurige kamer, waaraan hij altijd een hekel had gehad, omdat het absoluut niet Phyllida's kamer was. Grace Paradine had alles bedacht – het was haar smaak, haar meubilair, haar idee van hoe de kamer van een jong meisje eruit moest zien. Lathyruskleurtjes... een tikje lichtpaars, een tikje roze, een snufje donkerpaars, en een heleboel blauw. Hij dacht: we hebben heel wat meer voor de kiezen gekregen dan we aankunnen, daar komt het zo'n beetje op neer. Als hij ons alle tien stuk voor stuk onder handen gaat nemen, zal iemand door de mand vallen.

Op dat moment legde Phyllida haar hand op zijn arm en zei zo zacht dat het alleen voor hem hoorbaar was: 'Ik kan niet zo goed liegen, Elliot... ik geloof echt niet dat ik het kan.'

Hij keek haar aan met een blik waarin een tikje woede en een tikje humor lag.

'Ach, kun je dat niet?'

Ze schudde het hoofd.

'Waarom kunnen we niet gewoon de waarheid vertellen?'

Hij legde zijn hand op de hare. 'Je gaat niet vertellen dat je naar de studeerkamer bent gegaan – hoor je me?' Hij zei het bijna onhoorbaar, maar de woede was niet mis te verstaan.

'Alleen als hij het me vraagt.'

'Dat vraagt hij je niet. Waarom zou hij?'

'Dat weet ik niet. Hij zou het kunnen vragen.'

'En dan zeg jij "Nee".'

Ze schudde het hoofd.

'Eerlijk Elliot, dat kan ik niet.'

'Hebben we last van een George Washington-complex?' Hij hield haar zo stijf vast dat het pijn deed. 'Wees niet zo verdomde stom, Phyl!'

'Je doet me pijn,' zei ze, waarop hij cru reageerde met 'Ik zou je met liefde de nek omdraaien!'

Hij was er niet op voorbereid dat ze hem met een lachje zou aankijken. Wat kun je nog doen wanneer zo'n schepsel je op die manier aankijkt? En hoe haalde ze het in haar hoofd om hem zo aan te kijken, terwijl hij haar net nog verdomde stom had genoemd en had gezegd dat hij haar met liefde de nek wilde omdraaien. Hij liet haar abrupt los toen Brenda haar eerdere opmerking herhaalde. 'Ik wilde maar dat we wisten wat tante Grace hem vertelt.'

Hoofdinspecteur Vyner, die klaar was met juffrouw Paradine, overwoog wie hij als volgende zou nemen. Hij was niet van plan om haar toe te staan zich bij de rest van de familie te voegen, en had een plannetje in zijn hoofd om dat te voorkomen. Brigadier Manners werd binnengeroepen en kreeg te horen dat juffrouw Paradine er allervriendelijkst in had toegestemd om een verklaring af te leggen. Zelfs zonder dat hij hem vooraf had geïnstrueerd, kon hij erop vertrouwen dat Manners ongelooflijk veel tijd nodig zou hebben om een dergelijke routinehandeling te verrichten, want hij schreef heel langzaam, terwijl hij wel alles altijd uiterst nauwkeurig wilde noteren. Wanneer iemand probeerde hem op te jagen, werd het er alleen maar erger op.

Zelf was de hoofdinspecteur van plan om de volgende persoon die moest worden ondervraagd, te selecteren en dan naar de studeerkamer te gaan. Maar hij had nog geen paar stappen in de gang gezet toen hij het geluid van stemmen uit de hal hoorde komen. Hij keek over de leuning en wat hij daar zag, maakte dat hij zonder verder getreuzel meteen de trap afliep. Toen hij de laatste trap afliep, kwam hij mevrouw Frank Ambrose en haar zuster tegen, die naar boven kwamen. De beide dames hadden een poging gedaan om rouwkleren aan te trekken. Mevrouw Ambrose droeg een bontjas en een kleine zwarte tulband, en juffrouw Pennington droeg een grijs mantelpakje en een witte sjaal. Het enige dat ze op het hoofd had, waren haar eigen koperkleurige krullen. De hoofdinspecteur maakte zich breed en hield hen tegen.

'Goedemorgen, mevrouw Ambrose. Het spijt me vreselijk dat u om zo'n akelige reden hierheen bent gekomen. Hebt u een paar minuutjes tijd voor me? Ik zou graag een verklaring van u hebben, dus als u zo vriendelijk wilt zijn? Dan is dat maar achter de rug.'

Irene sperde haar ogen wijd open.

'Een verklaring?'

'Ja, natuurlijk, mevrouw Ambrose. Het gaat hier om een onverwachte dood en daarom zou ik graag een verklaring willen hebben van iedereen die hier gisteravond te dineren was. Vindt u het niet erg om even mee te gaan naar de studeerkamer – ik vraag maar een paar minuutjes van uw tijd...'

Ze deed haar mond open, en toen weer dicht. Twee traptreden hoger stond Lydia op hen neer te kijken. Ze was bleek en had zich niet opgemaakt. Zonder make-up zag ze er als een onbeduidend schepseltje uit, was de gedachte die door het hoofd van de hoofdinspecteur schoot. Maar toen zag hij de vaste blik uit de grijsgroene ogen en wijzigde zijn mening. Ze was beslist niet over het hoofd te zien, en ze had lef ook. Uit Lydia Pennington zou hij niet veel loskrijgen. Hij wendde zich weer tot Irene die haar mond een tikje open had staan, en bedacht dat hij de juiste zuster had uitgekozen. Nou, hij zou haar maar beter mee naar de studeerkamer kunnen nemen, voordat iemand de kans kreeg haar voor te kauwen wat ze moest zeggen.

Lydia's stem kwam achter hem aan. 'Wilt u mij er niet bij?'

Het deed hem enorm veel genoegen om te kunnen zeggen: 'Nee dank u, momenteel niet, juffrouw Pennington.'

17

Lydia rende de trap op, bleef even op de gang staan, hoorde dan stemmen uit Phyllida's zitkamer komen, deed de deur open en liep naar binnen. Frank, Brenda en Dicky, allemaal vroegen ze hetzelfde.

'Waar is Irene?'

'Bij een grote politieman. Hij kwam ons in de hal tegen en nam haar mee naar de studeerkamer om een verklaring af te leggen. Hoezo?'

Brenda zei: 'Nu kunnen we het schudden!' en Dicky zei: 'Goh Frank, zou je niet ook naar beneden gaan? Misschien kun je nog voorkomen dat ze te veel zegt.'

Frank haalde zijn schouders op.

'Heeft een van jullie ooit geprobeerd om Irene tot zwijgen te brengen wanneer ze iets wil zeggen? Ze begrijpt geen zachte wenk, en al helemaal niet van mij. Bovendien, wat voor indruk zou dat wekken? Vyner zou het meteen doorhebben.'

'Je had haar moeten opbellen,' zei Dicky.

'Ik zei toch dat de telefoon het niet deed.'

'Nou, iemand heeft jou toch ook kunnen bellen om je het nieuws door te geven, niet?'

'Albert heeft de Brethertons naast ons gebeld en ze gevraagd een boodschap door te geven. Wil jij zeggen dat ik naar Jack Bretherton had moeten bellen om hem te vragen tegen Irene te zeggen dat ze haar mond moest houden?'

'Al goed, al goed...' zei Dicky.

Lydia was naar het midden van de kamer gelopen en kwam tussen hen in staan.

'Waar gaat dit over, Frank? Elliot... wat heeft dit te betekenen?'

Maar Mark Paradine was degene die antwoord gaf. Hij draaide zich om en zei met een vreselijk barse stem: 'Frith zegt dat hij vermoord is.'

Tot nu toe had niemand dat hardop gezegd. Het was alsof er een steen door de ruit was gegooid. De stilte viel in scherven. Er volgde een storm van protest, en boven alles uit was Lydia te horen, die 'Mark!' zei.

'Nou, dat is de waarheid. Jullie hebben er allemaal om heen gepraat en net gedaan alsof het niet zo was, maar daar komt het wel op neer. Frith zegt dat hij een duw heeft gekregen. En twee plus twee is vier, of niet soms? Tel het zelf maar bij elkaar op. Als hij werd geduwd, is hij vermoord,' zei hij.

Lydia bleef stokstijf staan en keek hem aan. Even later draaide ze zich om naar Elliot Wray.

'Zegt dokter Frith dat hij een duw heeft gekregen?'

'Ja, inderdaad.'

'Waarom?'

Hij legde het haar uit.

'Juist...' zei ze, en toen, 'maar door wie dan... door wie!'

'Daar probeert Vyner nu achter te komen.'

'Als Irene hem vertelt wat vader gisteravond heeft gezegd, dan zal hij vrijwel zeker denken dat een van ons het heeft gedaan,' zei Brenda Ambrose.

'Juist...' zei Lydia weer. Toen ging ze naar Mark, pakte hem bij de arm en liep samen met hem door de verbindingsdeur naar Phyllida's slaapkamer.

'Nou zeg!' zei Brenda.

Achter de gesloten deur bleef Lydia Mark vasthouden.

'Wat is er met jou aan de hand?'

Hij staarde haar aan.

'Wat is er mis, Mark... waarom kijk je zo?'

'Hoe zou ik dan moeten kijken?' zei hij. 'Hij is vermoord, of niet soms.'

'Ja lieverd, maar je moet het niet erger maken dan het al is. Daar schiet niemand iets mee op.'

Geen mens had durven geloven dat Lydia's stem zo zacht kon klinken. Met haar andere hand begon ze zijn arm te strelen.

'Het is een afschuwelijke schok geweest. Je moet jezelf weer in de hand zien te krijgen. Hoor je me, Mark? Dat móét gewoon! Hij kan ons niet meer helpen... we moeten nu op jou vertrouwen. Het zou toch een keer gebeurd zijn. Nu is het dus ineens op deze manier gebeurd. Je moet zijn plaats innemen... je moet doen wat hij zou hebben gewild. Begrijp je dat dan niet?'

Met nog steeds die barse stem zei hij: 'Jij begrijpt er niets van.'

'Wat bedoel je daarmee, Mark?'

Hij trok zijn arm los en liep naar het raam. Met zijn rug naar haar toe zei hij: 'Je hebt in een ding gelijk... het komt nu op mij neer. Maar verder kan ik niet denken. Ik was van plan om hier weg te gaan. Dat is nu ook verleden tijd. Ik heb mijn kans voorbij laten gaan. Nu zal ik wel moeten blijven.'

Ze liep langzaam naar hem toe maar raakte hem niet aan.

'Waarom wilde je weggaan?'

De wanhoop was te horen toen hij zei: 'Ik kan nu niet meer weg. Ik heb mijn kans voorbij laten gaan. Ik zal wel moeten blijven.'

Het was warm in de kamer, maar Lydia had ijskoude handen. Na een korte stilte zei ze: 'Wat ga jij nu doen, Mark... over wat er gisteravond bij het diner is gezegd? Wat voor vragen zijn er gesteld?'

'Nog geen enkele. Behalve tante Grace heeft Vyner nog met niemand gesproken. Zij wilde er niets over zeggen. Ik weet niet hoeveel druk hij op haar heeft uitgeoefend. Het was haar idee dat we allemaal de mond moesten houden. Persoonlijk denk ik dat het niet uitvoerbaar is. Het zou goed zijn geweest als het echt een ongeluk was geweest – ze zouden tante Grace en de oude Horton naar zijn gezondheid hebben gevraagd en dan zou er een punt achter zijn gezet. Maar als Frith zegt dat het moord is, zullen ze alles wat er gisteravond in dit huis is voorgevallen, gaan uitpluizen. Tien mensen hebben gehoord wat hij zei. Eén ervan is Irene. Denk je nu heus dat het mogelijk is om dat verborgen te houden? Iemand zal beslist zijn mond voorbijpraten. En wanneer dat gebeurt, kun je het niet meer tegenhouden.'

Hij praatte nu tenminste. Die akelige, broeierige stilte was doorbroken. 'Kom mee terug naar de anderen,' zei ze, 'dan kunnen we er verder over praten. Wat zegt Elliot ervan?'

'Dat weet ik niet... ik had mijn hoofd er niet bij... ik geloof dat hij vond dat we niets moesten zeggen. Maar dat was voordat Albert binnenkwam en ons vertelde wat Frith had gezegd.'

'Albert?'

'Ja, hij kwam het ons vertellen. Vlak daarop kwam die Vyner om met tante Grace te praten, en toen zijn we allemaal de kamer uitgegaan. We weten niet wat ze tegen hem heeft gezegd. We weten ook niet wat hij haar heeft gevraagd.'

Lydia's gezicht werd ineens rood. Hij had zich van het raam afgewend. Ze pakte zijn arm en schudde hem door elkaar.

'Waarom praten we zo? Waarom zouden we onszelf verstrikken in een hoop leugens? We hebben niets te verbergen.'

'O nee?' zei hij somber.

'Waarom vertellen we niet gewoon de waarheid?'

Ze had haar ogen opgeslagen en keek hem recht aan. Hij ontweek haar blik en zei: 'Weet je wel wat je zegt?' En heftig voegde hij eraan toe: 'Ben je vergeten wat hij tijdens die verrekte toespraak zei? Hij beschuldigde een van ons ervan een misdaad te hebben gepleegd. Daar kwam het op neer, of niet soms… dat hij een van ons beschuldigde… een van de tien mensen die bij hem aan tafel zaten. En hij zei dat hij in zijn studeerkamer zou wachten totdat een van ons naar hem toe zou komen om een bekentenis af te leggen. Nou, hij heeft dus zitten wachten, en toen werd hij vermoord. Denk je nu echt dat Vyner de moordenaar buiten die groep van tien mensen zal gaan zoeken?'

'Dat zal wel niet,' zei ze. 'Maar ik geloof niet dat het ons zal helpen als we erover liegen.'

'Als we dat al zouden doen, lijkt het vrijwel uitgesloten dat we ermee weg zouden komen,' zei hij uitermate verbitterd. 'Wat ons weer terugbrengt bij "Eerlijkheid duurt het langst" en al die fraaie uitdrukkingen. Ik heb er de buik van vol. Laten we maar teruggaan en een preek tegen de anderen afsteken.'

18

Irene liep zenuwachtig de studeerkamer in, wierp een bange blik om zich heen en ging zo ver mogelijk van het bureau zitten. Op het verzoek van de hoofdinspecteur om iets dichter bij te komen, reageerde ze met duidelijke tegenzin. Het was zo raar, zo raar om hem op de plaats van meneer Paradine te zien zitten. Daar had nooit iemand anders gezeten, en niemand anders had ooit het bureau gebruikt. Ze had het gevoel dat hij ineens binnen zou kunnen komen en hen zou verrassen, en dan heel erg boos zou worden. Bij die gedachte leek het alsof het water haar over de rug liep. Net als wanneer er een druppel van de paraplu viel. Ze hoopte maar dat het gedoe met die verklaring niet te lang zou duren.

De hoofdinspecteur nam haar vriendelijk en beleefd op. Hij herhaalde vrijwel de woorden die ze net had gedacht en zei: 'Ik zal u niet te lang ophouden, mevrouw Ambrose. Ik wil alleen graag dat u me vertelt wat er gisteravond is voorgevallen.'

'Gisteravond?'

'Ja. Het was een oudejaarsavondfeestje, hè? U, en uw man, en juffrouw Ambrose en juffrouw Pennington waren ook uitgenodigd?'

'O, ja.'

'Het diner begon geloof ik om acht uur, of iets later. U bevond zich allemaal tot ongeveer negen uur in de eetkamer. Om halftien bent u met uw gezelschap naar huis gegaan. Wat was daarvan de reden?'

Irene's gezicht klaarde op.

'O, ja... mijn dochtertje voelde zich niet goed... dat wil zeggen, ik was bang dat ze iets onder de leden had, maar vandaag was ze weer helemaal in orde. Ziet u, ze had een vlekje op haar borst, en dokter Horton zei wel dat het niets was, maar met vlekjes kun je het nooit zeker weten. en hoewel ze geen verhoging had of zo, wilde ik natuurlijk graag naar huis. Ik wilde eigenlijk helemaal niet komen, maar mijn man stond erop. En natuurlijk zou meneer Paradine het niet prettig hebben gevonden als een van ons was weggebleven.'

'Heel begrijpelijk,' zei hoofdinspecteur Vyner. 'Dus u bent vanwege de kleine meid zo vroeg naar huis gegaan en niet om iets dat tijdens het diner was voorgevallen?'

Irenes gezicht betrok. De bezieling waarmee ze over de kleine Rena had gesproken, vervloog. Ze leek de kluts kwijt. Ze stak haar hand op en frommelde onhandig aan een haarlok die was ontsnapt.

De hoofdinspecteur herhaalde zijn vraag.

'Er is toch iets tijdens het diner gebeurd, hè? U wilde naar huis gaan, naar uw kleine meid. Maar uw echtgenoot zou nooit om die reden het feest hebben verlaten. Er was nog iets anders, nietwaar?'

Irene vond het nooit eenvoudig om van het ene onderwerp op het andere over te gaan. Ze greep zich vast aan wat in haar ogen de verbindende schakel leek.

'O, maar hij vond het helemaal niet erg,' zei ze. 'Om eerlijk te zijn was het zijn idee... ik had niet zo vroeg willen vertrekken. Maar Frank stelde het voor... echt waar.'

Het had geen zin, het lokje wilde niet op zijn plaats blijven zitten. Ze liet het maar, legde haar handen in haar schoot en keek de hoofdinspecteur ernstig aan. Ze was niet zenuwachtig meer. Hij leek aardig. Ze vroeg zich af hoe oud hij was. Misschien had hij wel kleinkinderen in de leeftijd van Jimmy en Rena. Als ze de kans kreeg, zou ze hem ernaar vragen. Hij had ook wel aardige blauwe ogen. Ze hoopte maar dat Rena's ogen blauw zouden worden...

En toen zei hij: 'Wilde meneer Ambrose naar huis om wat er tijdens het diner was voorgevallen?'

Haar mond zakte open. Frank zou nooit willen dat ze dat beaamde. Verward zei ze: 'Nou... dat weet ik eigenlijk niet...'

'Wel, mevrouw Ambrose, het kan voor geen van de aanwezigen plezierig zijn geweest. Ik neem aan dat meneer Ambrose vond dat het verstandiger zou zijn om het feestje af te breken.'

'Nou, dat weet ik eigenlijk niet.'

'Meneer Paradine ging rechtstreeks van de eetkamer naar deze kamer, en hij kwam niet meer te voorschijn. Hij is toch niet in de salon geweest, hè?'

'Nee... dat is waar...'
'Het moet een kwelling voor u zijn geweest!'
'O, dat is zeker waar!'
Als hij al iets van triomf voelde opkomen, dan liet hij daar niets van blijken. Hij leunde wat meer naar Irene toe die tegenover hem aan het bureau zat, en zei: 'Welnu mevrouw Ambrose, ik vraag me af of u me zou willen vertellen wat voor indruk het op u heeft gemaakt. Mensen reageren allemaal verschillend. Als u het niet erg vindt, zou ik graag in uw eigen woorden van u willen horen wat er precies is voorgevallen.'
Irene doorliep het proces dat zij denken noemde. Een aantal ongecoördineerde en verwarde indrukken kwamen haar gedachtewereld binnendrijven. Frank moest de hoofdinspecteur over gisteravond hebben verteld... iemand moest het hem hebben verteld... als het Frank niet was geweest, dan zou Frank erg boos zijn... Zo formuleerde ze haar onsamenhangende gedachten eigenlijk niet. Ze probeerde het niet eens. Ze liet ze gewoon ronddwarrelen.
Aarzelend zei ze: 'Nou, ik weet niet of ik dat wel kan...'
'Wilt u het toch proberen, mevrouw Ambrose? Begint u gewoon maar bij het begin. Waarmee begon het?'
'Nou, dat weet ik eigenlijk niet... het leek gewoon te gebeuren. Hij stond op en we dachten dat hij een heilwens wilde uitspreken... dat dacht ik in ieder geval... ik weet niet wat de anderen dachten. Maar dat was het helemaal niet.'
'Juist. Nu vraag ik me af hoeveel u zich nog herinnert van wat er daarna gebeurde. Vertel het maar in uw eigen woorden.'
'Nou, dat weet ik niet...' zei ze.
'Bedoelt u dat u het zich niet herinnert?'
'Nou... ik herinner het me wel...'
'Laat dan eens kijken in hoeverre u mij kunt helpen. Hoe begon hij?'
Irene keek hem weifelend aan.

'Ik kan me dat helemaal niet herinneren. Hij zei dat het niet zijn bedoeling was om ons te vervelen... en toen zei hij dat het niet aangenaam zou zijn... en toen zei hij dingen over dat we allemaal aan elkaar verwant waren, of dat we er via een huwelijk bij waren gekomen, en dat families een front moeten vormen, dat soort dingen...'

'En daarna?'

'Nou, ik weet niet of ik dat wel mag vertellen... ik geloof niet...'

Heel rustig zei hij: 'Ik ben bang dat ik u moet vragen de rest ook te vertellen. U hoeft alleen maar te vertellen wat u zich herinnert.'

'Nou hij gebruikte een heleboel lange woorden... die kan ik me niet meer herinneren. En ik weet eigenlijk niet...'

'Alstublieft, mevrouw Ambrose... alleen wat u zich wel herinnert.'

Irene huiverde, ondanks de bontjas. Ze was er zo onderhand van overtuigd dat Frank heel boos zou worden. Maar ze wist niet wat ze eraan kon doen. Als je geen antwoord gaf op wat de politie vroeg, dan zouden ze denken dat je iets te verbergen had. Maar toch vond ze het vervelend om antwoord te geven, want nu de letterlijke woorden weer bij haar opkwamen, waren dat niet direct het soort woorden dat je graag tegen de politie of wie dan ook zou herhalen. Ze stotterde toen ze die woorden uitsprak.

'Hij zei... dat iemand... ontrouw... was geweest. Hij zei dat iemand... de familiebelangen... had verraden. Hij zei dat het... dat het een van ons was geweest...'

Vyner voelde het bloed onder zijn verweerde huid tintelen. In gedachten schreeuwde hij: goeie grutten, dat zei hij dus... goeie grutten! Hij keek naar het vloeiblad en zag daar een in leer gebonden agenda liggen – zo'n zakagenda, helder blauw van kleur, met 1942 in goud op de omslag gedrukt. Hij hield er zijn ogen op gericht omdat hij mevrouw Ambrose niet wilde aankijken. Hij mocht haar geen schrik aanjagen... hij mocht haar geen schrik aanjagen... Hij wist zijn stem in bedwang te krijgen en zei: 'Zei hij ook wie die persoon was?'

'O nee, beslist niet.'

'Denkt u dat hij wist wie het was?'

'O ja... dat zei hij zelfs.'

'Hij zei dat iemand de familiebelangen had verraden, en dat hij wist wie die persoon was?'

'Ja, dat is precies wat hij zei.'

Hij wendde zijn blik weer naar haar toe.

'U doet het prima, mevrouw Ambrose. Wat zei hij nog meer?'

Irene was inmiddels zover dat ze een aangenaam soort opwinding ervoer. Ze deed het prima... ze kreeg een pluimpje... het was lang niet zo moeilijk als ze had gedacht. Nogal zelfvoldaan zei ze: 'Het was verschrikkelijk. Ik wist niet waar ik kijken moest. En ik zat nog wel naast hem. Het was echt verschrikkelijk. We dachten allemaal dat hij buiten zinnen was.'

'Leek hij opgewonden?'

'Nou nee. Dat maakte het juist zo verschrikkelijk... hij was juist heel kalm! Ik begrijp niet hoe hij zo kalm kon blijven, als je bedenkt wat hij allemaal zei, maar hij was echt kalm.'

'Wilt u me nu vertellen wat hij precies zei?'

'Nou, allemaal van dat soort dingen. En toen zei hij dat hij tot twaalf uur 's nachts in de studeerkamer zou zijn, en als iemand iets wilde... wilde bekennen, dan zou hij er zijn, en... nou ja, ik kan het me niet meer precies herinneren, maar... ik geloof dat hij bedoelde dat hij degene die een bekentenis zou afleggen, niet al te hard zou aanpakken. Ik gelóóf tenminste dat hij dat bedoelde, maar hij zei ook wel iets over straf.'

'Kunt u zich nog herinneren wat hij zei?'

Irene keek hem afwezig aan.

'Nee... dat geloof ik niet. Het was iets over dat die persoon zou worden gestraft.'

'Juist. Het moet een hele opluchting zijn geweest toen het feestje werd afgebroken.'

'O ja, absoluut.'

'Hebt u meneer Paradine niet meer gezien?'

'Nou nee.'

'Is geen van de mensen met wie u was gekomen, hem welterusten gaan wensen?'

'Nou nee.'

'Bent u samen naar huis gegaan?'

'Nou ja.'

'U moet ongeveer kwart voor tien thuis zijn gekomen. Weet u toevallig of iemand van hen weer weg is gegaan?'

Ze kreeg een kleur en sperde haar ogen wijd open. 'O!' zei ze.

Vyner zei binnensmonds: 'Goeie grutten... ik ben op iets gestoten!' Hij keek haar streng aan en zei: 'Wie van u is weer weggegaan?'

Ze was wel wat zenuwachtig, maar niet al te erg.

'Nou, het kwam door Rena... mijn dochtertje weet u wel... ik kon haar niet wakker krijgen.'

Heel even was hij verstomd.

'Waarom wilde u haar dan wakker maken?'

'Nou, dat wilde ik eigenlijk niet, begrijpt u wel... niet echt. Ik was eerst heel blij toen ik thuiskwam en merkte dat ze zo vast lag te slapen, maar toen... nou, ik had even met mijn zuster zitten praten, en toen ik terugkwam en naar bed wilde gaan, dacht ik dat ze misschien wel een beetje al te vast sliep.'

'Ja?'

'Nou, toen werd ik bang. Mijn zuster weet niets van kinderen af. Ik probeerde mijn man zover te krijgen om naar haar te komen kijken, maar hij zei alleen "Hou op met die flauwekul!" Hij vindt dat ik een zeurpiet ben. Maar toen ik haar oppakte en haar hoofdje gewoon opzij zakte en ze bleef doorslapen, werd ik echt verschrikkelijk bang, en toen probeerde ik dokter Horton op te bellen, maar de telefoon deed het niet... dat was ik vergeten. Dus toen ik hem niet kon bereiken, bedacht ik dat ik hem maar moest gaan halen... het is niet echt ver... dus dat deed ik toen.'

'U bent dokter Horton gaan halen?'

Ze had weer die wazige blik in haar ogen.

'Nou, niet echt, nee, want toen ik bij zijn huis kwam, zat hij in zijn auto om ergens anders naartoe te gaan. Ik rende nog achter hem aan en riep hem na, maar hij hoorde me niet.'

'Dus toen bent u weer naar huis gegaan?'

'Nou nee... niet meteen. Ik dacht dat hij misschien niet lang zou wegblijven. Ik liep een beetje heen en weer. Ik wilde niet aanbellen, want mevrouw Horton zegt altijd dat zij acht kinderen heeft grootgebracht en zich om geen van hen ooit druk heeft gemaakt.'

Vyner probeerde zo goed mogelijk zijn gedachten te verbergen.

'Hoe lang hebt u daar gewacht, mevrouw Ambrose?'

'Ongeveer een halfuurtje. En toen werd ik weer bang omdat ik me afvroeg wat er met Rena aan de hand was, dus toen ben ik weer naar huis gegaan. Ik heb het hele eind gehold, maar er was niets met haar aan de hand.'

'En sliep ze nog steeds?'

'O ja. Mijn man was zo boos.'

'Had hij gemerkt dat u weg was?'

'O ja. Toen ik terugkwam, was hij me buiten aan het zoeken. En toen hij weer binnenkwam, was hij afschuwelijk boos.'

'Hoe laat kwam hij binnen?'

'Dat weet ik niet... het moet al laat zijn geweest... ik weet wel dat ik naar mijn bed verlangde.'

'Heeft uw man ook verteld waar hij was?'

'Hij zei dat hij me had gezocht.'

'Zei hij niet waar?'

'Nou nee.'

'Hij zei alleen dat hij u had gezocht?'

Irene werd knalrood.

'Hij gedroeg zich buitengewoon onvriendelijk,' zei ze.

19

Hoofdinspecteur Vyner keek vanuit een stevige fauteuil naar de commissaris die aan de andere kant van de behaaglijke open haard zat. De commissaris in kwestie was kolonel Bostock, een pezig mannetje met een bruin, gerimpeld, opgewekt gezicht en fonkelende ogen. Hij was zestig, en hij zag eruit alsof hij van iedere minuut had genoten. Omdat hij weduwnaar was, moest worden aangenomen dat dit niet helemaal klopte, maar mevrouw Bostock was al zo lang dood dat droevige herinneringen allang uit zijn gedachten moesten zijn verdwenen. Zijn drie dochters, die momenteel hun land dienden, waren gezonde, prettige jonge vrouwen die hem nooit enige ergernis hadden bezorgd. Een van hen bevond zich overzee, de twee anderen hadden zeven dagen verlof en brachten die thuis door. Vyner had zojuist het woord 'moord' uitgesproken. Kolonel Bostock zat hem heel aandachtig met een scheef hoofd aan te kijken. Hij deed denken aan een terriër waartegen iemand juist 'ratten!' had gezegd.

'Dat meen je niet!'

'Het is niet mijn mening, kolonel... het is dokter Frith die dat denkt. En dokter Horton kon het niet tegenspreken, hoewel hij dat maar al te graag had gedaan. Maar als u het mij vraagt, zou ik zeggen dat dokter Frith groot gelijk heeft. Het is werkelijk moord. Hij kreeg een duw, en ik zou zeggen dat hij een duw kreeg van iemand die wist dat hij de gewoonte had om bij die balustrade van het uitzicht te genieten. De butler zegt dat hij het iedere avond deed, voordat hij naar bed ging, en altijd op dezelfde tijd.'

'Dat is allemaal goed en wel, maar wie kon weten hoe laat hij naar bed zou gaan? Of was dat ook altijd op dezelfde tijd?'

'O nee. Maar ziet u, gisteravond, toen hebben alle tien de mensen die bij hem hadden gedineerd hem horen zeggen dat hij tot twaalf uur 's nachts in zijn studeerkamer zou zijn. Hij had een van hen ernstig beschuldigd en hij zou in zijn studeerkamer wachten tot die ene persoon een bekentenis kwam afleggen. Nou, daar heb je het motief. We weten niet hoe ernstig het was. Het kan wel om een misdadige handeling gaan. Er is geen twijfel aan dat de hele familie een behoorlijke klap kreeg, en er is ook geen twijfel aan dat ze allemaal van plan waren er geen woord over te zeggen. U hebt daar de verklaring van juffrouw Paradine... nou, ze ontkent alles. Ze zou dat niet hebben gedaan als ze niet had gedacht dat de anderen achter haar zouden staan. Ze hadden er echter geen rekening mee gehouden dat ik mevrouw Ambrose te pakken zou krijgen voordat ze de kans kregen haar te vertellen wat ze wel en niet mocht zeggen.'

Kolonel Bostock snoof even luidruchtig.

'Mevrouw Ambrose? Laat me even denken... dat moet Irene zijn. Lydia is dat roodkopje. De dochters van de oude Pennington. Aardige vent, die ouwe Pennington, en een verdomd goeie schutter. Zo rood als een geschrapt peentje. De meisjes gingen met die van mij naar school. Wacht eens even – er was iets met een van die twee... Niet met Lydia... nee. Het zou me nooit zo verbaasd hebben als het dat roodkopje was geweest. Nee, het was die ander, Irene... dat meisje dat zachter dan boter leek.'

Vyner vond dit het juiste moment om de commissaris uit zijn overpeinzingen te wekken. Hij deed dat vol respect, maar wel vastbesloten.

'Nou, ziet u, toen ik eenmaal die verklaring van mevrouw Ambrose had gekregen, had het voor de anderen geen zin meer om hun mond te houden. Eerst liet ik de zuster komen, Lydia Pennington... een heel intelligente jongedame, als ik dat zo mag zeggen... en zij zag meteen in dat het spel was afgelopen. Ik las haar voor wat mevrouw Ambrose had gezegd, en ze gaf toe dat alles wat er stond, klopte. Ze deed wel heel nadrukkelijk haar best me ervan te overtuigen dat meneer Paradine het allemaal niet zo gemeend had. Ze zei dat ze dol op hem was en zo, maar het viel niet te ontkennen dat hij heel streng en ouderwets was, en dat hij van de hele familie verwachtte dat ze zouden doen wat hen werd opgedragen.'

'Nou, dat is beslist waar. Dat weet iedereen. Een heel capabele man... heel capabel. Een tikje autocratisch. Een tikje tiranniek ook, vermoed ik zo.'

'Ja, die indruk wilde Lydia Pennington ook wekken. Dat deed ze heel goed. Hier is haar verklaring.'

Kolonel Bostock liet er zijn ogen over gaan.

'Ja... ja... Nou, dat is allemaal waar. Wie liet je vervolgens komen?'

'Meneer Ambrose. Hier is zijn verklaring. Heel kort en zakelijk. Maar hij wilde liever geen verklaring afleggen. Hij zag witheet toen ik hem voorlas wat zijn vrouw had gezegd. Ze zal er nog wel iets over te horen krijgen, neem ik aan. Maar hij ontkende het niet. Hij zei dat hij geen idee had wat zijn stiefvader bedoelde, maar dacht dat het niet veel om het lijf had. Hij zei dat meneer Paradine overwerkt was, en dat hij volledig uit zijn bol was gegaan om iets dat waarschijnlijk niet eens belangrijk was. Toen ik hem vroeg of hij weer uit huis was gegaan nadat hij thuis was gekomen, zei hij ja, hij was zijn vrouw gaan zoeken. Toen ik hem vroeg hoe hij had geweten waar hij haar moest zoeken, zei hij dat hij dat niet had geweten, maar dat ze misschien naar de dokter was gegaan omdat ze zich altijd zulke zorgen maakte over de kinderen en dat de telefoon het niet deed. Het klinkt wel een beetje magertjes.'

Kolonel Bostock zei: 'Ach, dat weet ik eigenlijk niet.' En hij vervolgde: 'Goeie hemel man, wat suggereer je daar – dat Ambrose helemaal terug is gelopen naar River House om de oude Paradine een zetje te geven?'

Vyner keek hem even snel aan. 'Nou, u zegt nu wel "dat hele eind"... maar zo ver is het niet.'

'Het kostte hen een kwartier om naar huis te rijden.'

'Precies... om te rijden. Maar via de voetbrug en het pad langs de rivier zou je niet meer dan zes of zeven minuten nodig hebben.'

Kolonel Bostock floot met een lange uithaal.

'De voetbrug! Zo weinig maar! De Ambroses wonen natuurlijk op Meadowcroft. Via de voetbrug is het inderdaad maar een klein eindje. Zei hij ook hoe lang hij buiten was geweest, of wanneer hij terug was gekomen?'

'Hij zei dat hij dat niet wist, dat hij niet op zijn horloge had gekeken. Maar dat lijkt me onwaarschijnlijk, want als een man op zijn vrouw wacht, en vooral als hij al een beetje van streek is, nou, dan kijkt hij voortdurend op zijn horloge. Dat heb ik zelf vaak genoeg gedaan.'

'Misschien had-ie geen verlichte wijzerplaat,' zei de kolonel redelijk. 'Je vergeet de verduistering.'

'De maan scheen tot ongeveer kwart voor twaalf.'

'Hm! Wel, daar moeten we de Here dan maar dankbaar voor zijn.' Hij nam de verklaring snel door en legde die toen weer neer. 'Ach weet je, Vyner, het is misschien wel precies zo gegaan als hij zei. Dat meisje, die Irene... mevrouw Ambrose... hoe kwam die op je over? Is ze echt het type om midden in de nacht naar dokter Horton te hollen, zoals ze zelf zei? Daar hangt veel van af, weet je.'

Vyner veroorloofde zich een glimlachje.

'Ja, zo kwam ze wel op me over.'

'Niet al te veel hersens hè? Vroeger, toen mijn dochters nog thuis waren, kwam ze wel bij ons over de vloer, maar ik geloof dat ik na haar trouwen nog geen drie woorden met haar heb gewisseld. Aardige mensen, die Penningtons. Maar er was iets met dat meisje Irene... ik moet het mijn dochters maar eens vragen wanneer ze thuiskomen. Dus jij denkt dat ze een tikkeltje dwaas is?'

Heel even was er een lachje in de ogen van de hoofdinspecteur te zien.

'Ja, inderdaad.'

'Nou, daar heb je het. Eenmaal een dwaze vrouw, altijd

een dwaze vrouw. Die zijn tot alles in staat.'

De hoofdinspecteur stapte van Irene Ambrose af.

'Inderdaad. Na Frank Ambrose heb ik de vier andere mannen ondervraagd: Mark Paradine, Richard Paradine, Albert Pearson en Elliot Wray. Ik kreeg niets te horen wat nog iets aan de verklaring van de Ambroses toevoegde. U kunt het zelf zien als u hun verklaringen doorneemt. De woorden varieerden een tikkeltje, maar het kwam op hetzelfde neer. Er is geen twijfel aan dat mevrouw Ambrose een vrij nauwkeurig verslag heeft gedaan van wat er plaatsvond. Ik heb hun haar verklaring niet voorgelezen, en ze hadden niet de kans om haar of haar man te spreken voordat ze bij mij werden geroepen... na elkaar, maar dat spreekt vanzelf. Dus ze konden onmogelijk weten wat zij had gezegd. Ik vertelde hun stuk voor stuk dat zowel zij als meneer Ambrose eèn pijnlijk voorval hadden beschreven dat gisteravond tijdens het diner plaatsvond. Ik heb vaag aangeduid om wat voor soort voorval het ging, en ik heb hun stuk voor stuk gevraagd om hun eigen versie te geven. Dat wilden ze geen van allen, maar ze wilden ook geen van allen weigeren. Ze zeiden zo min mogelijk, eigenlijk alleen het hoogst noodzakelijke, maar hun uitspraken verschillen niet zoveel van elkaar, zoals u zelf kunt zien. Ik denk dat ze allemaal de waarheid vertelden, maar ze vertelden natuurlijk niet meer dan nodig was.'

'Juist... juist. Voor de hele familie een netelige situatie.'

'Beslist... vooral als een van hen hem over de balustrade heeft geduwd,' zei Vyner droog.

Die opmerking leek kolonel Bostock te schokken.

'Lieve hemel, Vyner... wat afschuwelijk om zoiets te zeggen!'

'Dat is zo, maar daar ziet het wel naar uit. Om terug te komen op die verklaringen... Als u er even uw ogen over wilt laten gaan, dan zult u zien dat Mark Paradine en Elliot Wray het minst te zeggen hadden... die hebben zich tot het noodzakelijkste beperkt. Richard heeft een heleboel gezegd... hij struikelde over zijn eigen woorden om het allemaal te verklaren. En Albert Pearson... nou, die was heel discreet.'

'Wacht even, laten we even vaststellen wie wie is. Mark en Richard zijn de neven. Wie is die lange donkere?'

'Dat is Mark, kolonel.'

'O, ja. Ik heb iets over hem gehoord. Hij wilde bij de luchtmacht, maar ze wilden hem niet inlijven. Hij zat bij het Research Department, en daar konden ze hem niet missen. De andere... mijn meisjes kennen hem wel. Een levendige figuur... een beetje een rokkenjager. Hij zit ook achter Lydia Pennington aan.'

'Dat klopt.'

'Elliot Wray... dat is die knaap die met die geadopteerde dochter is getrouwd... hoe heet ze ook weer... Phyllida. Dat huwelijk ging naar de knoppen nog voordat de huwelijksreis voorbij was. Merkwaardige geschiedenis. Aardige jonge vent... aardig meisje ook. Ik begrijp niet wat die jonge mensen van tegenwoordig bezielt. Het zou me niets verbazen als iemand heeft zitten stoken. Grace Paradine bijvoorbeeld. Oude vrijster... volgens mij heeft ze wat onnatuurlijks. Jammer dat ze niet met Bob Moffat is getrouwd en een stuk of vijf kinderen kreeg. Heb nooit kunnen ontdekken waarom ze dat niet deed. Het ene ogenblik stapelgek op hem en een heleboel gepraat over een verloving... en iedereen opgetogen. En vervolgens is alles afgelopen en de familie verbijsterd. Verdomd vervelend als zoiets met je zakelijke partner gebeurt.'

'Ja,' zei Vyner.

Kolonel Bostock pakte Albert Pearsons verklaring op, keek die door en zei: 'Wie is Pearson. Wat is zijn plaats?'

'De secretaris. Ook een verre neef. Hij woont hier.'

Kolonel Bostock wreef zich over het voorhoofd.

'Pearson... Pearson... ja, natuurlijk, hij moet Milly Paradines zoon zijn. Groot, lomp meisje. Achternicht of zo. Kwam vaak bij de Paradines logeren. Ging ervandoor met de zoon van juwelier Pearson... daar werd heel wat over gepraat. De oude Pearson wilde niets meer met ze te maken hebben, net als de Paradines. Koppig meisje... heel erg koppig. Pearson kreeg een baantje... hij stierf een paar jaar later. Ik heb zo'n idee dat die jongen werd opgeleid in het vak van zijn vader... Wacht eens even, ik begin het me weer te herinneren. Lieve hemel, wie had het kortgeleden ook weer over Milly Paradine? Campion... nee, Campion niet. Mevrouw Horton... die kan het zijn geweest. Doet me aan een olifant denken... die vergeet nooit iets. Ja, die moet het zijn geweest! Ze zei toen dat die jonge Pearson toch zo'n goeie zoon was geweest... prijzenswaardige knul... werkte hard, was ambitieus... de volmaakte leerling... zat op de avondschool... talen, typen, steno, dat soort dingen. De moeder is een jaar of twee geleden gestorven. Dat was 'm!' Tevredengesteld richtte hij zich weer op de verklaring van Albert Pearson.

'Weet u,' zei Vyner. 'Pearson heeft met meneer Paradine gesproken nadat die naar zijn studeerkamer was gegaan. Hij zat bij de anderen in de salon totdat eerst de Ambroses en daarna de beide heren Paradine vertrokken. Toen is hij teruggegaan naar de salon, zei welterusten, en ging vervolgens naar de studeerkamer om te vragen of meneer Paradine hem nog nodig had. Hij trof er de butler aan die een blad met drinken neerzette. Lane bevestigt dat. Pearson zegt dat hem werd verteld dat hij niet meer nodig was, maar dat meneer Paradine hem terugriep toen hij achter de butler aan de kamer uitging, en een kleine wijziging in een brief voorstelde die hij eerder op de avond had gedicteerd. Hij zegt dat meneer Paradine hem maar heel even ophield, en dat hij op het punt stond om naar zijn kamer te gaan toen het, zoals hij het zelf stelt, tot hem doordrong in welk een netelige situatie hij zich bevond. Hij zegt dat hij bedacht dat het misschien een goed idee zou zijn als hij in gezelschap van iemand anders was voor de tijd die meneer Paradine had uitgetrokken om in zijn studeerkamer te blijven voor het geval iemand een bekentenis wilde afleggen. Hij zegt dat hij op het punt stond om weer naar de salon te gaan, toen hij Elliot Wray door de groene klapdeur uit de hal zag aankomen. De vertrekken van meneer Paradine bevinden zich op de begane grond... een slaapkamer, een badkamer, een studeerkamer en de kamer van zijn overleden vrouw, die niet meer in gebruik is. Meneer Pearson bevond zich in de gang die langs deze kamers loopt. Hij was op weg naar de achtertrap, die vlak bij zijn eigen slaapkamer uitkomt. Hij zag meneer Wray de studeerkamer binnengaan, en besloot te wachten. Na hooguit twee minuten kwam meneer Wray weer naar buiten. Pearson sprak hem vervolgens aan en vertelde hem openlijk dat hij graag tot middernacht bij hem wilde blijven. Daarna gingen ze naar de kamer van meneer Wray, die tegenover die van Pearson ligt, en ze bleven daar tot ongeveer halftwaalf, waarna ze naar de eetkamer gingen om iets te gaan drinken. Toen ze weer terugkwamen, was het acht minuten over twaalf. Meneer Wray ging een bad nemen, en Pearson ging naar bed. Hun verklaringen komen overeen, waardoor ze, wat de moord betreft, allebei zijn vrijgepleit, omdat meneer Paradine om twaalf uur al dood was. Dat staat vast, daar kunnen we niet omheen, want rond die tijd begon het hard te regenen. Daar kan ik zelf voor instaan. We zijn opgebleven om het nieuwe jaar in te luiden en hadden de radio aan. Bij de laatste slag van twaalf kon je de regen tegen de ruiten horen slaan. Het was op dat moment gaan regenen, want vlak ervoor heb ik de hond binnengelaten, en toen was het nog droog. Dus zo staan de zaken ervoor... bij de laatste slag van twaalf was hij al dood.'

Kolonel Bostock trok een gezicht, waardoor een netwerk van rimpeltjes ontstond.

'Je doet alsof het zo'n verrekte detectiveroman is. Wie zegt dat het acht minuten over twaalf was toen Wray en Pearson naar boven gingen?'

'Dat zeggen ze allebei.'

De commissaris gromde.

‘Wat goed dat ze dat allebei opmerkten. Meestal kijk je niet op de klok wanneer je naar je kamer gaat.’

‘Nou ja, het was wel oudejaarsavond. En Pearson draait er absoluut niet omheen dat hij zich wilde indekken wat dat gedoe over bekennen betreft... hij zegt recht voor z’n raap dat als de familie de kans kreeg, die hem maar al te graag de schuld in de schoenen zou schuiven.’

‘Wat bedoelt hij... de bekentenis of de moord?’

‘Beide,’ zei Vyner droog, en vervolgde: ‘En ik kan hem geen ongelijk geven. Je zou kunnen zeggen dat hij hooguit in de verte verwant is. Maar meneer Wray beaamt wat hij over de klok zegt... hij zegt dat het acht minuten over twaalf was voordat ze elkaar welterusten zeiden.’

‘Hm! Veronderstel eens dat de klok niet gelijk liep?’

‘Nou sir, meneer Paradine was daar heel secuur in... totdat de arbeidskrachten schaars werden, liet hij een keer per week een mannetje komen om alle klokken op te winden en gelijk te zetten, en daarna deed hij het zelf. De butler zegt dat hij een toeval zou hebben gekregen als ook maar één van de klokken een halve minuut achter had gelopen. Ik heb ze zelf allemaal gecontroleerd, en ze liepen allemaal precies op tijd.’

‘Goed, verder dan. Hoe zit dat met die neven? Even denken – die gingen toch ook vroeg weg, niet?’

‘Ja kolonel, ongeveer kwart voor tien.’

‘Samen?’

‘Ja, op de fiets. Mark heeft een serviceflat in Birleton Mansions, dat nieuwe flatgebouw direct als je de stad binnenkomt. Hij zegt dat hij daarnaartoe is gegaan. Richard heeft wat verderop kamers, in Lennox Street. Ze zeggen allebei dat ze zijn weggegaan zonder meneer Paradine nog te hebben gezien. Richard zegt dat hij thuis is gebleven. Mark zegt dat hij een eindje is gaan wandelen. Feit is dat de politieman die op de brug dienst deed, zegt hem te hebben gezien. De maan scheen tot aan het moment waarop het ging regenen. Hij zegt dat Mark hem passeerde en dat hij de kant van River House op ging. Hij zegt dat het rond tien voor halfelf was. Hij zegt dat hij een paar minuten nadat hij hem had gezien, op zijn horloge heeft gekeken om te kijken of de tijd al opschoot. Dat heb ik zonet te horen gekregen, dus ik heb nog niet de gelegenheid gehad Mark erover aan te spreken. Nou, dat wat de neven betreft. Dan hebben we nog de heer en mevrouw Wray. Hij is hier voor zaken. Hij en zijn vrouw hadden afzonderlijke kamers, aan weerszijden van het huis.'

Kolonel Bostock knikte.

'Dat huwelijk is stukgelopen. Jammer. Het verbaast me dat hij hier logeert. Dat moet heel vervelend zijn.'

'Nou, hij zegt dat er zich zakelijk iets dringends voordeed, en dat meneer Paradine erop stond dat hij hier kwam. Regeringsaangelegenheden, heb ik begrepen... vertrouwelijk.'

Kolonel Bostock knikte weer.

'Ja, ja... hij heeft met Cadogan te maken. Bommenrichters... dat soort dingen. Heel capabele knaap, is me verteld.'

'Dat klopt. Hij liet niet veel los. Hij zei alleen dat hij meneer Paradine even welterusten heeft gezegd. En verder bevestigt hij wat Pearson heeft gezegd. Maar mevrouw Wray... wel, kolonel, zij geeft toe dat ze, nadat de anderen naar bed waren gegaan, een lang gesprek met meneer Paradine heeft gehad.'

'Wat?'

'Ik geloof niet dat het belangrijk is. Ze had het me helemaal niet hoeven te vertellen. Ik vroeg haar voor de vorm of ze hem nog had gesproken, en ze zei meteen dat ze hem inderdaad had gesproken. Ze zegt dat ze naar haar kamer is gegaan, en daar bedacht dat er iets was wat ze met meneer Paradine wilde bespreken, en dat ze daarom naar beneden is gegaan om met hem te praten. Ze zegt dat het zo'n twintig minuten heeft geduurd. Het was een vriendschappelijk gesprek, en het had niets van doen met wat hij aan het diner had gezegd. Ze wilde verder niets zeggen, maar ik kreeg de indruk dat ze niet had gedacht haar man op zo'n onverwachte manier te zullen ontmoeten – de butler zegt dat niemand hem had verwacht – en dat het haar behoorlijk van streek heeft gemaakt, en dat ze daarover met haar oom wilde praten.'

'Dat is niet meer dan natuurlijk.'

'Ja, dat vond ik ook... maar je kunt natuurlijk nooit weten. Ik heb het aan Manners en Cotton overgelaten om het personeel te ondervragen. Lane, de butler, heb ik zelf ondervraagd, en u vindt zijn verklaring daarbij. Hij heeft de dode gevonden. Dan is er nog zijn vrouw, zij is hier de kokkin, dan Louisa Holmes, het binnenmeisje dat hier al vijftien jaar is, en twee jonge meisjes, Polly Parsons, tweede binnenmeisje, en Gladys Huggins, het keukenmeisje. Volgens mij kan geen van hen iets van belang weten. Louise Holmes heeft samen met Lane het diner opgediend, maar is niet in de buurt van de studeerkamer geweest. Hun kamers liggen in de vleugel van de keuken, aan de andere kant van de eetkamer. Geen van de ramen die op het terras uitkijken, stond open. De enige slaapkamers die bezet waren en waarvan de ramen ook op het terras uitkijken, zijn die van Elliot Wray aan het ene eind van het huis, ongeveer boven de studeerkamer, en die van Phyllida aan het andere uiteinde. Op het tijdstip waarop meneer Paradine is gevallen, moet Elliot Wray in de eetkamer zijn geweest, die naar de andere kant uitkijkt. Maar Phyllida zegt dat ze wakker werd met het gevoel dat ze iemand had horen schreeuwen. Ze beweert dat ze niet precies kan zeggen wat ze heeft gehoord, omdat ze had gedroomd, maar dat ze wakker werd met het gevoel dat ze iets had gehoord. Ze heeft het licht aangedaan en gekeken hoe laat het was, en het was vlak na twaalven. Ik denk dat het geen twijfel lijdt dat ze meneer Paradine heeft horen schreeuwen toen hij viel.'

Kolonel Bostock trok een heel komisch gezicht.

'Goeie hemel, Vyner, je kunt niet als bewijs aanvoeren wat een meisje in haar dromen hoort!'

'Nee. Goed, dat waren dan de verklaringen, met uitzondering van die van Brenda Ambrose. Ik heb haar als laatste binnengeroepen en ik verwachtte niet iets bijzonders van haar te horen te krijgen, maar nu weet ik niet zeker of dat wel klopt.'

Kolonel Bostock floot even. Hij zocht totdat hij Brenda Ambroses verklaring had gevonden en liep hem door.

'Het gaat niet zozeer om de dingen die ze zei, maar om de kwaadaardige manier waarop ze het zei.'

'Zo is het, kolonel.'

Kolonel Bostock floot weer, zachtjes dit keer.

'Nou, er was toch iets met dat meisje Irene...' zei hij.

20

Miss Maud Silver was boodschappen aan het doen. Zelfs in oorlogstijd en ondanks alle problemen met bonnen en zo, moesten de kinderen warm gekleed worden. Ze was van plan om een trui en een slobbroek voor de jongste van haar nichtje Ethel te breien, die volgende maand drie zou worden. Ethel zou twee bonnen geven, maar dat zou niet genoeg zijn. Ze zou haar lentevoorraadje moeten aanspreken, maar dat gaf niet. De zomerjurken van vorig jaar waren nog prima en ze had kousen genoeg. Het was natuurlijk heel moeilijk voor meisjes die van die heel dunne zijden kousen droegen. Je hoefde er maar naar te kijken om te weten dat die niet lang meegingen. Nee, dan haar eigen kousen: 's winters geribbelde grijze wollen, en een stevige draad in de zomer. Die gingen heel wat langer mee.

Nadat ze de kwestie van de bonnen had geregeld, moest ze besluiten wat de beste wol zou zijn. Er waren heel goede winkels in Birleton, die zich echt konden meten met die in Londen. De winkel van Hornby was een heel goede zaak, maar niemand had vandaag de dag natuurlijk veel keus in breiwol. Dat kon je ook niet verwachten.

Het meisje van de breiwolafdeling, die niet ouder leek dan vijftien, kon miss Silver alleen een keus aanbieden uit donkergrijs, scharlakenrood en hardgroen. Miss Silver keek afkeurend naar alle drie de kleuren, en overwoog even serieus of ze voor namaakwol zou kiezen. Het was heel zwaar, katoenachtig, feitelijk helemaal geen wol, maar in een aantal mooie kleuren verkrijgbaar. Het gebeurde maar zelden dat ze geen beslissing kon nemen. Met de ergste wintermaanden in het vooruitzicht, zou warmte het belangrijkste zijn, maar dat groen was toch echt te fel... verblindend gewoon. Maar donkergrijs voor een kind van drie... o lieve hemeltje, nee!

Terwijl ze bij de toonbank stond en gek genoeg niet wist wat ze moest doen, hoorde ze stemmen vanachter een uitstalling van felkleurige sjaals komen. Er werd weliswaar fluisterend gesproken, maar door de sissende klank was het goed te verstaan.

'Een uitermate schokkende geschiedenis! En meneer Paradine nog wel!' zei de ene stem.

Een tweede, die enigszins lispelend klonk, reageerde er vol vuur op. 'Ze zeggen dat het moord was.'

'Nee toch!'

'Ze zeggen van wel.'

'O nee!'

'Nou, mevrouw Curtin... u weet wel, ze werkt bij mij...'

'Ja?'

'Nou, haar nichtje Gladys is keukenmeisje bij de Paradines en ze zegt dat ze allemaal heel zeker weten dat hij nooit zou zijn gevallen als iemand hem niet een duwtje had gegeven.'

'Ssst.'

'Nou, ik herhaal alleen wat zij zei... maar er wordt natuurlijk ook veel geroddeld...'

'Ja, dat is waar, hè? Vreselijk toch.'

'Vindt u ook niet! Ssst! Daar komt Lydia Pennington aan.'

Miss Silver was ineens tot een besluit gekomen. De kleine Roger zou een donkergrijs slobpak krijgen, met een colletje en boordjes van smaragdgroene wol. Dat bestelde ze dus. Ze overhandigde haar bonboekje om er de bonnen te laten afknippen, draaide zich om en keek naar de overkant van de afdeling.

Lydia Pennington, in een donkergrijs mantelpakje, kwam naar haar toe. Ze had de zwarte vilthoed die ze zojuist had gekocht, over haar rode krullen getrokken. De rand wierp een schaduw op haar smalle, bleke gezicht. Er was geen kleurtje op haar wangen te bespeuren en ze had haar lippen heel licht opgemaakt, niet meer dan ze zelf toelaatbaar vond. Misschien had miss Silver, die haar maar een keer had ontmoet, haar niet eens herkend als ze niet toevallig die fluisterstemmen aan de andere kant van de sjaals had gehoord.

Lydia daarentegen zou miss Silver overal hebben herkend. De nette, ouderwetse persoon met de zwarte lakense jas en het stokoude bontje, de hoed met het bosje paarse viooltjes, het keurige, muisgrijze haar, de beschaafde maar onopvallende trekken, het air van mildheid en beheerstheid... als je die een keer had gezien, vergat je die nooit meer.

Miss Silver hoorde haar naam noemen en merkte dat iemand haar de hand gaf.

'Miss Silver! Weet u nog wie ik ben? Nee, natuurlijk niet. Maar ik heb u ongeveer een maand geleden leren kennen. U was samen met Laura Desborough, en zij heeft ons aan elkaar voorgesteld. Ze is een vriendin van me. Ik ben Lydia Pennington.'

Miss Silver kuchte even het bekende korte, droge kuchje.

'Ik weet nog heel goed wie u bent, juffrouw Pennington.'

Lydia zei haastig: 'Wat doet u hier?' Haar gedachten waren op hol geslagen. Op de wangen was weer wat kleur verschenen.

Op haar bekende droge manier zei miss Silver: 'Ik ben wol aan het kopen.'

Lydia kreeg nog wat meer kleur. Ze liet haar stem dalen.

'Dat bedoelde ik niet. Ik bedoelde of u nog met een zaak bezig bent.'

'O. Nee. Ik logeer bij mijn nicht, mevrouw Burkett. Haar man is overgeplaatst naar het bankfiliaal in Birleton. Hij is in het leger gegaan, begrijpt u, maar hij is niet zo sterk, dus hebben ze hem weer teruggestuurd naar zijn werk. Dat is heerlijk voor Ethel. Ze zijn zo aan elkaar verknocht, en ze hebben drie kinderen, allemaal jongens. Ze hebben me heel vriendelijk met de kerst te logeren gevraagd, maar toen kon ik niet komen. Daarom heb ik oud en nieuw bij hen doorgebracht.'

Onder het praten zag miss Silver dat juffrouw Pennington afwisselend rood en wit werd en dat ze zich nogal stijfjes van de andere winkelbezoekers hield afgewend. Ze was dus zeker niet al te verbaasd toen Lydia zei: 'Miss Silver... zou ik... als dat mogelijk is... even met u kunnen praten?'

'Er is hier een aardige tearoom. We zouden daar een kopje thee kunnen drinken.'

'Ik weet niet... nee, liever niet... daar kennen te veel mensen me. Ik kwam hier om een hoed te kopen. Ik had geen zwarte, en er komt een gerechtelijke lijkschouwing, en dan de begrafenis. Waar logeert u? Kan ik niet met u meelopen?'

Miss Silver kuchte.

'Jazeker, we zouden kunnen gaan lopen. Mijn nicht heeft een flat in de Birleton Mansions.'

'Wat!'

'Die zijn tamelijk nieuw en heel gerieflijk. Een restaurant op de begane grond, en heel betaalbaar. Maar door de kinderen kookt mijn nicht natuurlijk meestal zelf. Er is daar een heel moderne kitchenette. Kent u de flats misschien?'

'Ik ken iemand die daar ook woont.'

'Ik zal even de wol betalen, dan wandelen we daarna samen die kant uit,' zei miss Silver.

21

Ongeveer een uur later kwam Lydia uit Birleton Mansions nummer 12, de flat van mevrouw Burkett, en bleef even in de hal staan. Ze kon de lift nemen, of ze kon naar beneden lopen. Ze was niet zo dol op automatische liften. Ze keek langs de liftkoker naar de deur van nummer 12A, en bedacht dat het wel heel toevallig was dat de nicht van miss Silver tegenover Mark Paradine woonde. Ze vroeg zich af of er een kansje was dat hij thuis zou zijn, en ineens wilde ze zo graag dat hij er zou zijn, dat ze voordat ze het wist bij Mark voor de deur stond en op de bel drukte. Het zou uren tijd schelen. Ze zouden eindelijk eens met elkaar kunnen praten zonder dat ze voortdurend door familieleden werden gestoord. En dan kon hij haar terugbrengen. Hij zou beslist wel weer naar River House moeten. Ze had het allemaal heel goed en logisch beredeneerd, maar de opwelling die haar naar de andere kant van de hal had gebracht en haar vinger op de bel, had daarmee niets van doen.

De bel klonk ergens binnen in de flat. Lydia wist zeker dat hij niet thuis zou zijn. Waarom zou hij? Het was bijna vijf uur. Hij zou vermoedelijk de thee gebruiken bij Grace Paradine en Phyllida, terwijl Elliot en Albert erbij hingen, als ze al niet met een kille blik waren verdreven. Of anders was hij waarschijnlijk in gesprek met notarissen, begrafenisondernemers en de politie.

Ze was op het dieptepunt van neerslachtigheid beland toen de deur werd opengerukt en Mark haar kwaad stond aan te kijken. Ze hoopte maar dat die echt woedende blik niet voor haar was bestemd, wat in zekere zin kon worden opgemaakt uit zijn bitse: 'Ik dacht dat je weer zo'n verrekte verslaggever was.' Meteen was ze weer zichzelf, koel en beheerst.

'Dank je schat... gelukkig niet. Je ziet er echt moordlustig uit. Mag ik binnenkomen?' vroeg ze.

Hij liep van de deur weg.

'Waarom zei je dat?'

'Waarom zei ik wat?'

Met rauwe stem zei hij: 'Moordlustig.'

Lydia voelde zich misselijk worden. Wat had hij met zichzelf gedaan? Wat was er de oorzaak van dat hij op deze manier keek en sprak? Ze sloeg de deur achter zich dicht, liet zich ertegenaan zakken en zei in een vlaag van woede: 'Doe toch niet zo verrekte stom!'

Ze stonden elkaar kwaad aan te kijken totdat hij zich ineens vermande, een harde, korte lach uitstootte, en terugliep naar de kamer waar hij uit was gekomen.

'Best. Wil je nog steeds binnenkomen?'

'Inderdaad.'

Ze liep langs hem heen naar een rommelige, comfortabele zitkamer. Bruine leren stoelen, bruine gordijnen, een versleten tapijt, muren vol boeken, een bureau, en een elektrische haard. Ze ging op de armleuning van een van de stoelen zitten.

'Hou ermee op!' zei ze. 'Ik vind het heerlijk om ruzie met je te maken, schat, maar daar hebben we geen tijd voor. Ik wil met je praten. En wil je alsjeblieft gaan zitten, want je steekt mijlen boven me uit en ik kan niet met mensen praten die dreigend boven me uittorenen. Dat geeft me het gevoel alsof ik een internationaal telefoongesprek moet voeren.'

Hij ging onwillig op de armleuning van de stoel tegenover haar zitten.

'Wat wil je dan? Ik ben toevallig druk. Ik kwam alleen wat paperassen halen.'

'Ja ja, al goed, ik zal je niet langer ophouden dan nodig is. Ik zal je helemaal niet ophouden, als je dat liever hebt.'

'Vertel op... wat is er?'

Hij wilde zich met heel zijn hart tegen haar verzetten. Hij wilde dat ze wegging. En dwars daartegenin wilde hij vanuit het diepst van zijn tegenstrijdige gevoelens dat ze bleef. Diep vanbinnen zei een stemmetje tegen hem wat zij ook tegen hem had gezegd. Dat hij stom was, verrekte stom.

Ze zei kalm en ernstig: 'Mark, wil je even luisteren? Ik wil echt met je praten, maar dat lukt me niet als jij niet wilt luisteren. Ik bedoel niet alleen met je oren, maar ook met je hersens.'

Hij keek haar aan, knikte, en wendde zijn blik weer af. 'Goed dan.'

'Kijk, op Meadowcroft of River House is er altijd wel iemand die binnenkomt. Daar kun je niet praten. En ik wil met je praten.'

'Oké, vertel op dan.'

Ze keek hem niet aan. Ze keek naar het roodgloeiende vuur, naar de twee helderrood oplichtende staven in de bronzen haard. 'Mark, dit is iets verschrikkelijks. De politie denkt dat een van ons het is geweest,' zei ze.

'Is dat nu pas tot je doorgedrongen?'

'Nee, natuurlijk niet. Maar ik zie niet hoe we dit kunnen oplossen.'

'Ik ook niet. Nou en?'

'We hebben iemand nodig die ons helpt.'

'Hoe bedoel je dat?'

Ze keek hem met een heldere blik recht aan.

'Nou, er is iemand die ons zou kunnen helpen, en die zit op dit ogenblik hier in dit gebouw. Ze heet miss Maud Silver, en ze is een detective. Laura Desborough heeft me over haar verteld. Je zult haar wel niet kennen, maar ik neem aan dat je die zaak van de Chinese Sjaal wel kent... nou, die heeft zij opgelost. En toen vorig jaar die moorden op Vandeleur House toen die vrouw in de kraag werd gegrepen... hoe heette ze ook weer... Simpson. De politie was al eeuwen naar haar op zoek. Dat was zij ook. Ze is echt fantastisch, en op dit moment logeert ze bij de mensen van nummer 12. Mevrouw Burkett is haar nicht.'

Mark keek haar nog net zo strak aan, maar de uitdrukking in zijn ogen was somber en verbitterd.

'En wat verwacht je dat dit mirakel zal doen – een toepasselijke zondebok vinden buiten de familiekring? Dat mocht je willen!'

'Ik wil geen zondebok... ik wil de waarheid,' zei Lydia.

'Onverschillig hoe die uitpakt?'

'Onverschillig hoe die uitpakt. Jij dan niet?'

'Nou... dat weet ik eigenlijk niet...'

Ze sloeg haar handen in elkaar.

'We moeten het toch weten, Mark! Hoe kunnen we doorgaan als we er niet achter komen? Er moet klaarheid komen. Hoe zouden we kunnen doorgaan... iedereen verdenken... je afvragen of ze ons verdenken... bang om je normaal te gedragen... bang om je mond open te doen? Kijk eens naar jezelf... en naar mij! Ik gebruikte een doodnormale uitdrukking, en jij ontplofte. Ik had op mijn tong willen bijten zodra ik het had gezegd, en ik had je, als ik erbij had gekund, graag een draai om je oren willen geven toen ik zag hoe je mijn woorden opvatte. Moeten we nu lijsten gaan maken met dingen waarover we niet mogen praten, en woorden die we niet hardop mogen zeggen? Moeten we ons van nu af aan gedragen alsof we op hete kolen lopen? Volgens mij kunnen we het maar beter weten, wie het ook is.'

Mark stond op, liep naar een van de boekenkasten en liet zijn vingers langs de boeken voor hem glijden.

'Wie het ook is?' zei hij. 'Nou dat weet ik nog zo net niet. Dat zeg je nu zo gemakkelijk, maar als het erop aankomt om spijkers met koppen te slaan, en je bekijkt dan de mensen die erbij zijn betrokken terwijl je je afvraagt wie de schuldige was... nou, dan weet ik het nog zo net niet. Zeg dat het moord was, dat iemand hem over die balustrade heeft geduwd, en zeg dat de politie, of jouw miss Silver, erachter komt wie het heeft gedaan... wie zou jij dan het liefst als de dader zien? Tante Grace? Frank

Ambrose? Brenda? Irene? Jij? Ik? Dicky? Albert Pearson? Elliot? Phyllida? Meer zijn er niet. Een van hen heeft het gedaan. En jij zegt: laten we erachter zien te komen wie het was, kan niet schelen wie. Goed, de politie komt erachter, of jouw miss Silver komt erachter... en dan zal de moordenaar moeten hangen. Een van die tien mensen zal moeten hangen: tante Grace, Frank, Brenda, Irene, jij, ik, Dicky, Albert, Elliot of Phyllida. Wie van de tien?'

Lydia was ook gaan staan. Ze was zo wit als een doek maar ze keek hem aan zonder met haar ogen te knipperen.

'Dat is precies wat ik wil weten.'

'Je hebt dus geen voorkeuren? We zouden natuurlijk allemaal liever zien dat het Albert was, want we hebben hem nooit erg gemogen. Maar je kunt een man niet ophangen omdat hij een zeur is, en jammer genoeg zijn Albert en Elliot de enige twee die iets van een alibi kunnen aanvoeren. Als je wilt weten wie de politie van plan is op te pakken, zal ik het je wel vertellen... mij!'

'Waarom zouden ze?' Haar stem was net zo vast als haar blik.

Hij lachte.

'Omdat ik terug ben gegaan.'

'Waarom?'

'Waarom denk je?'

'Dat weet ik niet, Mark.'

'Je bent niet zo slim, lieve kind. Je lijkt niet in staat om twee en twee bij elkaar op te tellen. Maar de politie kan dat wel. In dat soort dingen zijn ze heel goed. Ze zullen zeggen dat ik terugging om dat te bekennen waarop oom James doelde, en dan duurt het niet lang meer of ze zeggen dat ik hem een duw heb gegeven. Dat staat wel vast.'

Het duurde even voordat ze zei: 'Weten ze dat je terug bent gegaan?'

Hij haalde een schouder op.

'Daar komen ze wel achter. De commissaris was vanmiddag bij Vyner. Ik heb ze verteld dat ik een wandeling ging maken. Dat klinkt sowieso al een beetje vaag, en er is alle kans dat die vent die op de brug dienst deed, heeft doorgegeven dat hij me heeft gezien. Hij kent me redelijk goed. Ik geloof dat hij nog goedenacht zei toen ik hem passeerde. Ze zullen er gauw genoeg achter komen dat ik terug ben gegaan naar River House.'

'Maar ben je er ook naartoe gegaan?'

'Ja, inderdaad.'

'Waarom?'

'O, om oom James te vermoorden natuurlijk, wat anders?'

Ze pakte hem bij de arm en schudde hem door elkaar.

'Hou op met dat stomme gepraat, Mark! Het is veel te gevaarlijk. Zie je dan niet hoe gevaarlijk dat is?'

Hij draaide zich met een ruk van haar weg, liep naar de andere kant van de kamer, bleef daar even staan en kwam toen terug.

'Roep miss Silver dan te hulp,' zei ze serieus. 'We hebben hulp nodig, we kunnen dit niet alleen aan. Wil je alsjeblieft naar me luisteren, Mark?'

'O zeker wel.'

'Wie erft wat? Ben jij een van de executeurs?'

'Ja, samen met Robert Moffat.'

'En het huis... wie krijgt het huis?'

'Ik... het huis en zijn plaats in de firma en een verrekte hoop geld. Alle motieven die de politie maar zou willen hebben.'

'Onzin!' zei ze, en toen: 'Dat wilde ik weten. Want zie je, als het huis van jou is en jij bent een van de executeurs, dan kan niets je ervan weerhouden om miss Silver erbij te halen. Je kunt zeggen dat ze een extra secretaresse is. Niemand hoeft er iets van te weten.'

'Ik ben niet van plan om de familie voor de gek te houden, maar de bedienden... dat zou kunnen werken. Hoe is ze?'

Lydia ontspande zich op slag. Hij zou het doen. Dat

stugge, koppige humeur waartegen ze had opgebokst, leek te verdwijnen. Het was raar dat ze nu ineens zo ging beven. Ze lachte even en zei: 'Ze lijkt precies op een gouvernante.'

22

Miss Silver zat ingetogen aan het bureau. Voor haar op Marks vloeiblad lag een schrift met een knalgroene kaft. Mark zelf zat tegenover haar. Lydia hing in de gemakkelijkste stoel en keek toe. De namen van de diverse familieleden waren in het schrift genoteerd, samen met alle bijzonderheden over de diverse leden die ze had weten los te peuteren. Ze had alles te horen gekregen over het verloop van het oudejaarsfeestje en de dood van meneer Paradine.

Mark zei abrupt: 'We bezorgen u een hoop last. Ik geloof dat we hadden moeten wachten totdat we er met de overige familieleden over hadden gepraat. Ze vinden het misschien niet...'

Miss Silver kuchte.

'U verplicht zich tot niets, meneer Paradine, dat spreekt vanzelf. Ik zal natuurlijk alles wat u mij heeft verteld, als vertrouwelijk beschouwen. Tegelijkertijd vind ik het mijn plicht u erop te wijzen dat verzet van welk familielid ook tegen verder onderzoek zeer veelbetekenend kan zijn. Dat mag u niet over het hoofd zien.'

Hij liet zich fronsend achteroverzakken.

'Je hoeft niet per definitie een misdadiger of een moordenaar te zijn om het niet zo erg prettig te vinden door een vreemde aan een kruisverhoor te worden onderworpen.'

Miss Silver glimlachte toegeeflijk.

'Nee, dat is waar, meneer Paradine. De publiciteit waarmee men te maken krijgt wanneer door moord iemand van de familie om het leven is gekomen, is zonder meer smartelijk, maar ik vrees dat het onvermijdelijk is. Ik wil nog een stapje verder gaan dan u en zeggen dat zelfs niet iedereen die iets heeft te verbergen, een misdadiger is. Een van de moeilijkheden in een geval als dit is het feit dat veel mensen gedachten, verlangens of bezigheden hebben die ze niet graag zouden willen opbiechten, zelfs niet aan een vriend. Maar wanneer de politie vragen gaat stellen, worden die geheime motieven en bezigheden toch aan het licht gebracht. Je zou het eigenlijk een beetje met de Dag des Oordeels kunnen vergelijken, als ik met uw permissie zo'n opmerking mag maken zonder profaan te willen zijn.'

'Ja, dat is waar,' zei Mark.

Hij deed zichzelf verstomd staan. Na een gesprek van zo'n twintig minuten met dit merkwaardige, onaantrekkelijke persoontje voelde hij zich vreemd opgelucht, ook al had ze al die tijd niets bijzonders gezegd of gedaan. Hij kon zich niet herinneren dat hij na zijn kleutertijd ooit nog iets dergelijks had gevoeld. Iets aan miss Silver deed de herinneringen aan de oude Nanna, de tiran en steunpilaar uit die schemerige jonge jaren voordat zijn ouders overleden, herleven. De ouderwetse welgemanierdheid, het gezag dat ze uitstraalde zonder het te benadrukken, omdat dat buiten kijf stond... dat alles herkende Mark, en daarop leek hij te mogen steunen. De scherpzinnige maar vriendelijke ogen van miss Silver – heel vriendelijk, en zeer scherpzinnig – brachten hem terug naar een verleden dat hij bijna was vergeten. 'Het zal niets uithalen om een potje tegen me te liegen, master Mark. Ten eerste wil ik het niet hebben, en ten tweede schiet je er niets mee op.'

Dat effect had ze dus op hem, maar daar bleef het niet bij. Er ging ook iets geruststellends van haar uit dat hij niet meer had meegemaakt sinds de tijd dat hij bij het licht van Nanna's kaars wakker werd uit een nachtmerrie, en haar stem die zei: 'Kom maar, kom maar... wat is dat nu allemaal?'

Hij keek op en zag haar ogen op hem gericht. Er was iets aan hem veranderd. Miss Silver zag in zijn ogen wat ze in zoveel ogen had gezien: een wanhopige behoefte aan hulp. Ze glimlachte flauwtjes, zoals je tegen een bang kind glimlacht, en ze zei: 'Nou, meneer Paradine, hier zullen we het voorlopig bij laten. Gaat u nu met de rest van de familie overleggen, en als u wilt, kom ik naar River House om u te helpen zoveel als ik kan.'

Abrupt zei hij: 'Ik wil niet met hen overleggen... ik ben bereid om de verantwoording te nemen. Ik wil graag dat u de zaak op u neemt. Ik wil ook graag dat u nu meteen met me mee naar River House gaat.'

Ze werd heel serieus.

'Weet u dat heel zeker?'

Hij knikte even ongeduldig.

'Ja. Ik weet het zeker. Ik wil graag dat u meegaat. Lydia heeft gelijk... we moeten klaarheid in deze zaak brengen. Iemand die daarbinnen is, die zich in het huis bevindt, zal meer kans hebben om dat te doen dan de politie... dat begrijp ik wel.'

Miss Silver kuchte.

'U moet goed begrijpen, meneer Paradine, dat mijn positie heel vertrouwelijk is en dat ik niets mag ondernemen waartegen de politie bezwaar zou kunnen hebben. Mag ik u vragen wie de leiding in deze zaak heeft?'

'Hoofdinspecteur Vyner.'

Er verscheen een geïnteresseerde uitdrukking op haar gezicht.

'O ja? Ik heb een van mijn oude pupillen, Randal March, over hem horen praten. Randal is nu hoofdinspecteur in Ledlington. Hij vindt hem zeer bekwaam.'

Ze stond op met de houding van een lerares die de klas wegstuurt.

'Goed dan. Ik ga nu naar de andere kant van de gang om mijn koffer te pakken.'

23

'Je hebt een detective hiernaartoe gehaald?!' Juffrouw Paradine zag er spierwit en beheerst uit, maar haar ogen spuwden vuur en haar stem klonk vlijmscherp.

Mark, die vlak bij de deur van haar zitkamer stond, nam de verzamelde familie op en zei: 'Ja.'

Op Albert Pearson na waren ze er allemaal, en ze staarden hem allemaal aan: Frank Ambrose met een diepe rimpel, Brenda bleker dan normaal en met uitpuilende ogen, Irene met openhangende mond, Phyllida geschrokken, Dicky met zijn lippen opeengeknepen in een geluidloos gefluit, Elliot grimmig, en Grace Paradine met een blik vol woede, die hij weleens eerder had gezien, maar toen was die niet voor hem bestemd. Alleen Lydia's gezicht stond bemoedigend. Ze keek hem even aan, glimlachte naar hem en wendde toen snel haar blik af. Ze dacht: het zal hard tegen hard gaan. O, mijn arme Mark!

Iedereen stond. Grace Paradine zei: 'Ik weet niet wat je in je hoofd hebt gehaald. Je moet hem meteen wegsturen!'

Mark bleef waar hij was. 'Nee,' zei hij, en vervolgens: 'Het is een vrouw, tante Grace... miss Silver.'

Opnieuw zei ze, niet minder kwaad: 'Je moet haar wegsturen!'

'Dat kan ik niet. Het spijt me dat het u niet aanstaat, maar ik ben vastbesloten. Geen van jullie zal het aanstaan, maar er is een moord gepleegd. Voor zover ik het zie, kan alleen degene die de moord heeft gepleegd, er redelijkerwijs bezwaar tegen hebben. Ik zeg niet dat het om een van ons gaat, hoewel de politie er wel aardig zeker van is. Ik hoop dat ze het mis hebben. Ik heb miss Silver meegebracht omdat ik geloof dat dit onze beste kans is om de waarheid boven tafel te krijgen... ik geloof dat we per se de waarheid dienen te weten. Op dit moment zijn we allemaal verdacht. Dat lijkt voor ons onbegrijpelijk, omdat we er middenin zitten... we kunnen niet zien hoe het er voor de buitenwereld uitziet. De politie zal iedereen verdenken die geen alibi heeft. Ze gaan graven en graven tot ze een motief vinden. Miss Silver zei zojuist nog dat je een moordzaak kunt vergelijken met de Dag des Oordeels. Ze heeft absoluut gelijk. De meeste mensen hebben wel iets wat ze niet in de openbaarheid willen hebben. Nu, dat zal niet gaan... we zullen niets kunnen verbergen. Het is ellendig, maar het is veel erger als we allemaal elkaar zullen blijven verdenken en als onze kennissen ons zullen blijven verdenken. We moeten erachter zien te komen wie het heeft gedaan, en dat moet zo snel mogelijk gebeuren.'

Er volgde een dodelijke stilte, alleen doorbroken door een huilbui van Irene. Op haar snikkend uitgesproken 'Hoe... hoe kun je dat zeggen?' antwoordde Mark kortaf: 'Iedereen zal het zeggen.'

Grace Paradine zei met een stem die ijskoud van woede was: 'Je staat wel heel snel klaar om je verwanten van moord te beschuldigen, Mark. Misschien wil je ons vertellen wie je precies verdenkt.'

Hij ging rechtop staan en wierp haar een bitter lachje toe.

'Wel, ik vermoed dat de politie mij als nummer een op de lijst heeft staan.'

Dit keer was Dicky's gefluit hoorbaar. Frank Ambrose vroeg: 'Waarom?'

'O, om allerlei redenen. Er wordt toch niet van mij verwacht dat ik tegen mezelf getuig, wel?'

'De politie zal willen weten wat er in het testament staat. Weet jij dat?'

'Jij soms wel?'

'Nee,' antwoordde Frank Ambrose haastig. Hij hield even zijn mond en ging toen door. 'Ik neem aan dat jij het wel weet. En afgaande op de manier waarop jij de leiding in handen hebt genomen, ben jij degene die het meest wordt bevoordeeld.'

'Dat is een van de redenen waarom de politie mij zal verdenken.'

Frank bleef halsstarrig doorgaan.

'Weet je niet hoe je ervoor staat? Ik vind dat de rest dat hoort te weten.'

'Nu meteen?'

'Ik vind dat we er recht op hebben net zoveel te weten als jij. Ik vraag je toch niet hóé je het aan de weet bent gekomen.'

'Dat is verrekte beledigend, Frank,' zei Mark. En hij voegde er op een merkwaardig afwezige toon aan toe: 'Hij heeft me een concept gegeven. Ik kan me niet alles meer herinneren. Phyllida krijgt vijfduizend pond – hij hield veel van haar. Dicky krijgt tienduizend plus de Crossley-aandelen. Tante Clara's diamanten worden tussen Dicky en mijzelf verdeeld – twee derde voor mij en een derde voor hem. Albert krijgt duizend pond belastingvrij. Jij en Brenda krijgen ieder tweeduizend pond, als een teken van genegenheid. Hij zei dat hij geld op jullie had vastgezet toen jullie meerderjarig werden. Dat is wat ik me zo uit de losse hand kan herinneren.'

Frank keek hem intens aan.

'Wie krijgt de rest?'

'Ik. Ik krijg wat overblijft.'

'Krijg jij het huis?'

Mark knikte.

'Ja. Je begrijpt nu wel waarom de politie mij zal verdenken. Laten we terugkeren naar de vraag waarom ik miss Silver heb meegebracht. Ze heeft bij andere zaken enorm veel succes gehad. Ze is gemakkelijk in de omgang – ze is totaal niet agressief. Ik vraag jullie allemaal om het haar zo gemakkelijk mogelijk te maken. Ik kan begrijpen hoe het er in uw ogen uitziet, tante Grace, en dat spijt me, maar u moet het net zo graag opgehelderd willen hebben als de anderen. Zoals ik al zei, is er maar een persoon die het niet wil hebben opgehelderd. Ik neem niet aan dat degene, die de schoen past, die ook zal willen aantrekken, dus ga ik ervan uit dat jullie zoveel mogelijk zullen meewerken.'

Niemand gaf er antwoord op.

Toen de stilte lang genoeg had geduurd om duidelijk te maken dat niemand zou reageren, draaide hij zich om en liep de kamer uit, waarbij hij op de drempel bijna tegen Albert opbotste. Nadat hij nog net een botsing had weten te voorkomen, liep Albert naar juffrouw Paradine.

'Meneer Moffat is beneden. Hij vraagt of hij u kan spreken.'

24

Grace Paradine stond op Robert Moffat te wachten. Ze was wat dichter bij de haard gaan staan, met haar gezicht naar de deur waardoor hij zou binnenkomen. Ze was al in geen dertig jaar meer alleen met hem in een kamer geweest – niet sinds dat bittere gesprek waarbij ze hem had verteld dat ze alles van Carrie Lintott wist, en hem zijn ring had teruggegeven. Na al die jaren deed het haar nog steeds genoegen dat hij had gehuild, niet zij. Het was precies een maand voor hun trouwdag gebeurd. Haar bruidsjurk, bedekt door een laken, had in de kamer gehangen die nu van Phyllida was. Haar krans en sluier hadden in de bovenste lade van de hoge ladekast gelegen. Maar tijdens dat gesprek was het Robert Moffat geweest die voor alle emotie had gezorgd. Hij was op zijn knieën gevallen en had zich aan haar rok vastgeklampt. Hij had zichzelf vernederd, schuld bekend. Hij had gesmeekt, gesoebat en geprotesteerd. Ze haalde zich al die dingen weer voor de geest, zoals ze zich bij iedere ontmoeting dertig jaar lang alles voor de geest had gehaald.

Het is onmogelijk om in dezelfde plaats te wonen zonder elkaar ooit te ontmoeten. Robert Moffats vader was medefirmant geweest van de Paradine-Moffat-fabriek. Na verloop van tijd had Robert hem opgevolgd. Ze moesten elkaar wel ontmoeten. De eerste keer was dat bij het Graafschapsbal. Ze had een nieuwe japon aan en ze zag er op haar best uit. Ze had een buiging gemaakt en geglimlacht. Hij had een kleur gekregen en zich afgewend. Daarna waren er heel wat toevallige ontmoetingen geweest: op straat, bij het verlaten van de kerk, bij het verlaten van de schouwburg, op bals en recepties en fancyfairs. Hij was opgehouden met een kleur te krijgen, maar zij was nooit opgehouden zich te herinneren dat ze hem op de knieën had gekregen. Toen hij was getrouwd, had ze volgens de etiquette een bezoek aan de bruid gebracht en haar vaders kaartjes achtergelaten. Mevrouw Moffat, een vriendelijk, blozend persoontje, had geglimlacht en kuiltjes in de wangen gekregen, en zich heel plezierig gedragen. Juffrouw Paradine was niet thuis toen er een tegenbezoek werd gebracht. De beide gezinnen hadden elkaar zelden ontmoet, en dan alleen bij officiële gelegenheden. Tot op dit moment was er nooit een poging in het werk gesteld om een persoonlijke relatie tot stand te brengen.

De deur ging open en hij kwam binnen – een grote, innemende, rondborstige man met een frisse gelaatskleur. Hij kwam met uitgestoken hand op haar af. Hij was zowel geschokt als ontzet, maar hij was ook duidelijk nerveus. Zelfs een moord in de familie verhinderde hem niet om te denken hoe formidabel Grace Paradine eruitzag, en hoe hij de dans mooi was ontsprongen. Uiterst merkwaardig om te bedenken dat hij destijds zo vreselijk verliefd op haar was geweest. Hij had gedacht dat de wereld verging toen ze hem had afgewezen. Vanbinnen moest hij erom grinniken. Hij was veel beter af gebleken met zijn gezellige Bessie. Vriendelijk, dat was ze – gezellig en vriendelijk. Vrouwen hoorden vriendelijk te zijn.

Juffrouw Paradine negeerde de uitgestoken hand. Op zijn 'Dit is vreselijk!' antwoordde ze dat het heel aardig van hem was om te komen. Hij vond haar ongevoelig en veel te beheerst. Hij had haar te veel eer bewezen door te denken dat ze er kapot van zou zijn. Maar toen ze zich een tikje omdraaide en het licht van een van de ramen op haar gezicht viel, schrok hij van haar vale gezicht en de donkere kringen onder haar ogen.

'Het is een afschuwelijke schok geweest. Als we iets voor jullie kunnen doen... Het moet een vreselijke klap voor je zijn, Grace. Ik kan niet eens bedenken hoe we het zonder hem moeten stellen... ik kan het niet eens beseffen... hij was er altijd. En het is nog erger voor jou... ik weet niet wat ik moet zeggen. Ik hoop dat je Phyllida hier hebt... zij kan je troosten. Elliot is ook hier, niet? James belde me gisteravond op en zei dat hij bleef logeren. Het gooide onze tafelzetting door elkaar, en als het iemand anders was geweest, zou hij er wat van hebben gehoord, maar nu waren Bessie en ik maar al te blij dat het zo gelopen was. Vreselijk voor jonge mensen om zo uit elkaar te gaan. James voelde dat ook zo, dat weet ik... hij wilde graag dat ze het bijlegden. Ik hoop dat hij in ieder geval de genoegdoening heeft gehad om te weten dat hij hen weer bij elkaar heeft gebracht. Ik heb nooit kunnen begrijpen wat er verkeerd ging. Ze is een charmant meisje. Ik ben blij dat je haar bij je hebt.'

Met een diepe, beheerste stem zei Grace Paradine: 'Ja, ik heb Phyllida bij me.'

Daarna verzette ze een stapje en belde.

'Je zult Mark wel willen spreken, Robert.'

25

Mark had net de bovenste trede van de trap bereikt toen Elliot hem inhaalde.

'Hé, wacht even.'

'Wat is er?'

'Waar heb je die vrouw gelaten?'

'In de studeerkamer. Ik heb Lane verteld dat ze de slaapkamer naast de jouwe moet krijgen.'

Elliot zei abrupt: 'Ik wil haar spreken.'

'Goed, kom maar mee. Wil je dat ik ook meekom?'

Elliot overwoog het even.

'Nou, dat weet ik niet... Nee, ik wil haar alleen spreken. Hoeveel weet ze?'

'Lydia heeft haar het eerst gesproken – ik weet niet wat zij heeft verteld. Ik heb haar verteld wat er gisteravond is voorgevallen, en de namen van de mensen doorgegeven die hier aanwezig waren, en hoe ze aan elkaar zijn verwant – dat soort dingen.'

Elliot bleef even staan alsof hij twijfelde of hij al dan niet iets zou zeggen. Uiteindelijk lachte hij grimmig en zei iets waar hij nog geen ogenblik aan had gedacht.

'Nou, jij lijkt in ieder geval de eigenschap te hebben geërfd om onder de anderen een bom tot ontploffing te brengen.' Daarna liep hij de trap af en sloeg de hoek om naar de studeerkamer, waarbij hij maar net Robert Moffat misliep, die uit de salon aan de overkant van de hal kwam.

Elliots eerste aanblik van miss Silver bezorgde hem een schok van verbazing. Ze beantwoordde in geen enkel opzicht aan zijn verwachtingen. Wat hij precies had verwacht, wist hij zelf niet. Iets hards en efficiënts. Een harde blik en een geknepen mond of zo, maar beslist niet dit vriendelijke, welvoeglijke dametje in kleren die al ouderwets moesten zijn geweest toen hij werd geboren. Het deed hem denken aan een filmscène uit de Edwardiaanse tijd die hij nog maar zo kort geleden had gezien, en die hem meteen te binnen schoot toen hij haar in het oog kreeg.

Hij zei: 'Miss Silver?' en werd met een lieve glimlach en een knikje met het hoofd begroet.

Ze zat aan de tafel, met voor zich een groen schrift. Het was vreemd om haar in de stoel van de oude James te zien zitten. De politie had de hele ochtend de kamer bezet gehouden. Er waren hier en op het terras foto's gemaakt, en alles was onderzocht op vingerafdrukken. Nu was de kamer weer keurig netjes. De politie was er klaar mee. Meneer Paradine was er ook klaar mee. Behalve dat nu dit gouvernante-achtige persoontje aan zijn bureau zat, was alles precies zoals het gisteravond was geweest. De stoelen stonden weer op hun gewone plaats. De tafel, het inktstel, het vloeiblad, alles was weer normaal, alleen lag er een groen schrift voor miss Silver, en iets naar links een van die zakagenda's die juffrouw Paradine gisteravond had uitgedeeld. Het was een blauwe. Hij vroeg zich af hoe die daar was gekomen. Hij kon zich niet herinneren wie de blauwe had gekregen... hij had er niet op gelet. Hij dacht dat het misschien Mark was, of Richard. Hij liep ernaartoe en pakte hem op. Toen hij hem omdraaide, viel het ding open op de pagina waarop hij kennelijk eens was opengebogen. Zijn oog viel op een datum – 1 februari.

Met de agenda nog in de hand drong ineens de stem van miss Silver tot hem door. 'Wekt die datum uw interesse, of de agenda zelf?'

Hij legde hem meteen neer.

'O eh... geen van beide. Juffrouw Paradine heeft deze agenda's gisteravond als cadeautje uitgereikt. Ik vroeg me af...'

'Wie deze had gekregen? U denkt dus niet meneer Paradine?'

'Dat weet ik niet.' Het klonk alsof hij er niets meer over wilde zeggen.

Hij pakte een stoel en ging zitten.

'U heeft, geloof ik, een lijst met onze namen gekregen. Ik ben Elliot Wray. Mark Paradine zei dat ik met u moest gaan praten.'

'Ja, inderdaad.'

Ze had de stem van een dame: ingetogen en aangenaam om te horen. Terwijl dat door zijn hoofd ging, zei ze: 'Waarover wilde u met me praten, meneer Wray?'

Er was iets wat hem ertoe aanzette om te zeggen: 'Ik vroeg me af hoeveel u weet.'

Miss Silver glimlachte. Een nogal verweerd uitziende jongeman, intelligent, niet zo gespannen als Mark Paradine, leek het. Ze herinnerde zich meteen dat hij een van de twee leden van de familie was die zo gelukkig was om een alibi voor het tijdstip van de moord te hebben. Ze keek hem glimlachend aan.

'Niet zoveel als ik zou willen weten, meneer Wray. Misschien kunt u mijn kennis iets vergroten. Ik mag wel zeggen dat ik erg blij ben om u te zien. Zou u het erg vinden als ik u een paar vragen stelde?'

'Helemaal niet.'

'Goed dan, meneer Wray – u woont niet in Birleton?'

'Nee.'

'En bent u verwikkeld in vertrouwelijk werk in verband met vliegtuigconstructie?'

'Ja.'

'Dat is algemeen bekend? Net als het feit dat uw huidige bezoek aan Birleton in verband stond met werkzaamheden die door de Paradine-Moffat-fabriek voor de regering worden verricht?'

'Ik zou niet willen zeggen dat dat algemeen bekend was.'

Miss Silver kuchte. 'Bent u het er wel mee eens dat dit bij de gasten van gisteravond bekend was?'

Hij wierp haar een snelle, verbaasde blik toe.

'Ja, daar ben ik het tot op zekere hoogte wel mee eens. Als ze zich ervoor hadden geïnteresseerd, hadden ze het kunnen weten. Ik vermoed niet dat de aanwezige vrouwen er verder bij hebben stilgestaan.'

Miss Silver kuchte opnieuw.

'Vermoedens zijn niet altijd betrouwbaar, meneer Wray. Maar laten we verder gaan. U hebt hier gisteravond, geloof ik, gelogeerd, maar niet de nacht ervoor. Had u er eigenlijk op gerekend te blijven overnachten?'

Ze zag de blonde wenkbrauwen fronsen toen hij zei: 'Nee.'

'Had u verwacht gisteravond hier te zullen dineren?'

'Nee.'

'Wilt u me dan vertellen wat uw plannen heeft gewijzigd?'

Gemaakt luchthartig zei hij: 'Meneer Paradine belde me om zeven uur op. Hij zei dat hij me over iets zakelijks wilde spreken.'

'En toen u hier kwam, stond hij erop dat u bleef dineren en logeren. Mag ik vragen wat uw plannen voor die avond waren?'

Hij keek haar verwonderd aan.

'Ik zou bij meneer Moffat dineren, de medefirmant van meneer Paradine.'

'U hebt die afspraak afgezegd?'

'Dat heeft meneer Paradine voor me gedaan.'

'Lieve hemel...' zei miss Silver. 'Ik ga u een vraag stellen waarop u misschien geen antwoord wilt geven,' ging ze verder. 'Juffrouw Pennington en Mark Paradine hebben me al verteld wat er gisteravond tijdens het diner is gebeurd. Het moet een heel akelige toestand zijn geweest, vooral voor de schuldige. Ik heb begrepen dat meneer Paradine letterlijk over 'de schuldige' heeft gesproken, maar dat hij niets heeft gezegd over het soort verraad, behalve dan dat het de familiebelangen betrof. De politie zal er ongetwijfeld dieper op in zijn gegaan. Ik ben niet bij machte om erachter te komen welke informatie zij hebben gekregen, of welke conclusies ze eruit hebben getrokken, als ze al tot een conclusie zijn gekomen. Ik wilde u alleen vragen of u plannen of paperassen hebt meegebracht toen u naar Birleton kwam. Dat moet volgens mij haast wel.'

'Dat spreekt vanzelf.'

'Had u die paperassen aan meneer Paradine toevertrouwd?'

'Waarom denkt u dat?'

Miss Silver glimlachte.

'Daar ben ik van overtuigd, meneer Wray. Ik ben er ook van overtuigd dat meneer Paradine u om zeven uur gisteravond hier ontbood om u mee te delen dat die paperassen, of een gedeelte ervan, waren verdwenen.'

Elliot schoof zijn stoel abrupt achteruit en sprong op.

'Wie heeft u dat verteld? Mark?'

Miss Silver keek hem met haar intelligente ogen belangstellend aan. Toen zei ze ingetogen: 'Ik geloof niet dat Mark dat weet.'

Elliot boog zich over de tafel naar haar toe.

'Dan was het Lydia... Lydia heeft het u verteld.'

Miss Silver schudde het hoofd.

'Ik weet haast wel zeker dat juffrouw Pennington er ook niets van weet.'

'Maar hoe weet u het dan verdikkeme?'

Miss Silver keek hem vermanend aan. Tot zijn opperste verbazing voelde hij dat hij bloosde bij die blik.

'Neemt u mij niet kwalijk! Maar wilt u me dan tenminste zeggen wie het u heeft verteld?'

De blik in haar ogen werd toegeeflijk. Hij voelde zich het domste jongetje van de klas, aan wie de onderwijzer geduldig uitlegde wat zo voor de hand lag.

'Het bewijsmateriaal heeft me dat verteld, meneer Wray. U moet me maar vergeven dat ik iets pijnlijks moet aanhalen. Een jaar geleden is er een breuk ontstaan tussen u en de familie Paradine. Het feit dat u hier hebt gedineerd en gelogeerd, kon maar twee dingen betekenen: een verzoening, of een noodgeval dat zo ernstig was dat alle egards overboord werden gezet. Er was niets te bespeuren van een verzoening. Uw komst in de salon vlak voor het diner had iedereen geschokt. Zelfs juffrouw Paradine werd er volledig door verrast, en dat gold ook voor mevrouw Wray. Ik moest daarom wel tot de conclusie komen dat het om de andere reden ging, dat het een zo dringende aangelegenheid was dat de heer Paradine zelf uw afspraken voor u afzegde, en dat hij erin slaagde om uw medewerking te krijgen voor een plan waarvoor het noodzakelijk was dat u aanwezig was tijdens het diner en dat u bleef overnachten. Dat, samen met zijn opmerking over verraad en zijn verklaring dat hij wist wie de schuldige was, leidde me tot de conclusie dat de heer Paradine een paar belangrijke paperassen miste, dat hij wist wie ze had weggenomen, en dat hij geloofde dat hij de betreffende persoon voldoende onder druk kon zetten om zeker te weten dat hij ze terug zou krijgen. Als ik daarvan uitga, wordt het heel begrijpelijk waarom u uw plannen hebt gewijzigd en wat er tijdens het diner is gezegd. Daarmee is meteen een serieus motief ontstaan voor het vermoorden van de persoon die dergelijke belastende informatie tot zijn beschikking had.'

Elliot liet zich weer langzaam in zijn stoel zakken. Hij hield zijn handen nog steeds om het bureaublad geklemd. Na een korte stilte zei hij: 'U bent nu ongeveer een kwartier hier in huis. Wilt u me vertellen dat u dat allemaal zelf hebt ontdekt? Neem me niet kwalijk dat ik dat niet kan geloven. Ik wil weten wat Mark en Lydia u hebben verteld. Ik wil niet beledigend klinken, maar u moet toch inzien dat als een van hen beiden wist dat mijn blauwdrukken waren gestolen, nou, dan wijst dat erop dat een van hen beiden de dief is. Maar drie mensen wisten dat de blauwdrukken waren ontvreemd: de persoon die ze had gestolen, meneer Paradine, en ikzelf. Als Mark of Lydia wisten...'

Miss Silver kuchte.

'Dat zegt u heel goed, meneer Wray. Het is fijn om met iemand te maken te krijgen die zo snel van begrip is. Ik kan u echter verzekeren dat noch Mark noch Lydia ook maar in de verte op de mogelijkheid hebben gewezen dat meneer Paradines beschuldiging iets met uw tekeningen te maken had. Lydia heeft me alleen gezegd dat er een ernstige breuk tussen u en de familie Paradine was ontstaan, maar dat uw zakelijke contacten er niet onder hadden geleden. Mark voegde eraan toe dat uw aanwezigheid nu te maken had met geheime regeringszaken. Daaruit, en uit nog een aantal kleinere feiten, trok ik mijn conclusie. Uit uw reactie meen ik te mogen opmaken dat ik tot de juiste conclusie ben gekomen.'

Hij liet het blad los en leunde achterover.

'O ja, absoluut.'

Miss Silver sloeg het groene schrift open en schreef iets op. Toen zei ze: 'Meneer Paradine heeft u verteld dat hij wist wie de blauwdrukken had weggenomen?'

'Ja.'

'Heeft hij misschien een vage aanwijzing gegeven wie die persoon was?'

'Nee.'

Met het potlood nog in de hand keek ze op.

'U kunt me hierbij helpen, meneer Wray. U bent intelligent en opmerkzaam. Ik wil weten welke indruk zijn stem, zijn blik en zijn manier van doen op dat moment op u maakten. In welke mate er iets van een gevoel van verraden zijn, van schok, van emotie in was te bespeuren.'

Elliot liet een kort lachje horen.

'Het was niet meneer Paradines gewoonte om gevoelens te tonen.'

'Desondanks heeft u misschien iets opgevangen, en hebt u onbewust over die indrukken nagedacht. De ontdekking van de vermissing moet meneer Paradine hebben geschokt. Dacht u op dat tijdstip, of denkt u nu, dat hij het zich persoonlijk aantrok?'

Elliot keek haar eerst verbaasd en toen aandachtig aan.

'Hij was heel goedgehumeurd. Als u het mij vraagt, zou ik zeggen dat hij ervan genoot. Hij vertelde me dat ik moest blijven slapen, en hij vertelde me dat ik de tekeningen de volgende ochtend terug zou hebben. Omdat u toch al zoveel weet, kan ik u net zo goed vertellen dat hij volkomen gelijk had. Ik heb ze inderdaad teruggekregen. Ze lagen hier op zijn bureau.' Hij boog zich voorover om naar de hoek van het bureau te wijzen, links van haar. 'Ik heb ze meegenomen, maar ik was niet van plan om er iets over te zeggen. Ik dacht dat de dood van meneer Paradine het gevolg van een ongeluk was... dat dachten we aanvankelijk allemaal. Toen bleek dat het moord was, moest ik aan mijn positie denken. Dat had tot gevolg dat ik het niet juist vond om mijn mond te houden, en toen de commissaris vanmiddag hier kwam, vertelde ik hem wat ik u zojuist heb verteld.' Bij die laatste woorden vertrok zijn mond tot een vreemd, scheef lachje.

'Dank u, meneer Wray,' zei miss Silver. 'U hebt juist gehandeld. Laten we terugkeren naar meneer Paradine. U denkt dus niet dat zijn gevoelens waren geraakt door de wetenschap wie de dief was?'

Elliot moest ineens grinniken. 'Meneer Paradine had geen gevoelens,' zei hij.

Miss Silver keek hem aan alsof hij de vraag wilde omzeilen.

'Laat ik het dan anders stellen,' zei ze. 'Meneer Paradine had gisteravond tien gasten. Voor wie van de tien koesterde hij volgens u de grootste genegenheid?'

'Ik ben niet helemaal op mijn achterhoofd gevallen,' zei Elliot cru. 'Ik begrijp best waar u naartoe wilt. U wilt weten of degene die de tekeningen pikte, iemand was die hij graag mocht, en of hij daarom van streek was. Nou, zo op het eerste gezicht zou ik denken van niet. Dit ga ik niet tegen de politie vertellen, en ik ben ook niet van plan om er een eed op te doen, als dat mocht worden gevraagd, maar als u wilt weten wat voor indruk hij op me maakte, dan wil ik dat best vertellen. Ik dacht dat hij iemand had betrapt en zich erop verheugde om hem de mantel uit te vegen. Het kan zijn dat hij probeerde me voor de gek te houden. Ik dacht van niet, maar dat is natuurlijk mijn persoonlijke mening. Ik ken maar een ander iemand die er ook kan uitzien alsof hij in een opperbeste stemming verkeert maar vanbinnen kookt van woede. Ik geloof niet dat aan meneer Paradine te zien zou zijn geweest in wat voor stemming hij verkeerde. Hij liet nooit merken wat hij voelde... je wist niet eens dát hij iets voelde. Hij was heel afstandelijk en sarcastisch. Maar als u wilt weten wat ik persoonlijk van hem en de familie denk, nou, dan wil ik dat best zeggen. Ik denk dat hij van mijn vrouw hield. Ik neem aan dat hij van zijn zuster hield – zij heeft twintig jaar lang zijn huishouden bestuurd. Maar dat is niet de indruk die ik heb gekregen, dat veronderstel ik maar. Ik geloof dat hij Mark hoog inschatte. Hij zit op het Research Departement, en hij heeft daar uitstekend werk verricht. Hij wilde een paar jaar geleden bij de RAF, en meneer Paradine ontplofte bijna. Ik was er destijds niet bij, maar ik meen te weten dat er een enorme ruzie is geweest. Ik weet niet wat hij voor Dick Paradine voelde. De hele familie mag hem graag, dus er is geen reden om te veronderstellen dat het bij meneer Paradine anders lag. Dan hebben we Frank en Brenda Ambrose, zijn stiefkinderen – kinderen van zijn vrouw. Hij had een hoge pet van haar op, en dat zal wel voor allebei hebben gegolden. Hij heeft geld op hen vastgezet toen ze meerderjarig werden. Frank werkt op de zaak... een degelijke, nuttige vent, heel grondig en heel methodisch. Brenda is een beetje het buitenbeentje in de familie – een tikje aan de botte kant.' Hij lachte, wat miss Silver duidelijk maakte dat hij zich wel heel zachtjes had uitgedrukt.

Ze liet haar blik van hem naar het portret boven de schoorsteenmantel gaan.

'Is dat mevrouw Paradine zaliger?'

'Inderdaad... bedekt met diamanten.'

Miss Silver keek met een ernstige blik naar het portret. Clara Paradine, blond en sereen, keek op de kamer neer. Wijnrood fluweel en de diamanten die haar echtgenoot had uitgekozen... mollige blanke hals en schouders... blond haar zonder kleurschakeringen... blauwe ogen die nogal ver uit elkaar stonden, daarboven kleurloze wenkbrauwen... een vriendelijk gezicht... Miss Silver bekeek alles aandachtig en wendde zich toen weer naar Elliot.

'Was ze een Engelse, meneer Wray?'

Hij keek haar aan.

'Waarom vraagt u dat nu?'

'Het is niet helemaal een Engels type. Ik vroeg me af of ze Nederlandse was, of Duitse.'

'Een Duitse,' zei Elliot.

'En haar eerste man, meneer Ambrose?'

'O, een Engelsman.'

Na een heel korte stilte liet miss Silver het onderwerp varen. 'Gaat u alstublieft verder over de anderen, meneer Wray,' zei ze, en ze zag hem fronsen.

'Nou, dit is het wel zo'n beetje. U hebt Lydia Pennington al ontmoet. Op haar kun je vertrouwen. Meneer Paradine deed graag voorkomen alsof hij haar verwerpelijk vond, maar voor wat het waard is, volgens mij mocht hij haar graag. Juffrouw Paradine zal u vertellen dat hij een afkeer van haar had. Haar zuster Irene is met Frank Ambrose getrouwd. Om eerlijk te zijn is ze nogal onnozel... die heeft geen twee normale gedachten in haar hoofd. Nee, dat zeg ik verkeerd. Ze heeft er máár twee: de kleine Jimmy en de kleine Rena. Daar maakt ze iedereen stapelgek mee. Volgens mij verdroeg meneer Paradine haar omdat het wel moest. Daarmee komen we bij Albert, de volmaakte secretaris en de volmaakte zeur. Hij is geloof ik een achterneef of zo. Meneer Paradine heeft hem een jaar of drie geleden gevonden. Hij onderhield zijn moeder die weduwe was geworden, en volgde avondlessen om zijn kennis te vergroten.'

'Heel prijzenswaardig,' zei miss Silver heel beleefd. 'Mag ik vragen hoe hij zijn moeder onderhield?'

'Hij was assistent bij een juwelier, geloof ik. Zijn moeder is overleden, en toen heeft meneer Paradine hem hierheen gehaald om zijn secretaris te worden. Hij had inmiddels steno en typen geleerd.'

'En was meneer Paradine aan hem gehecht?'

'Geen mens kan aan Albert gehecht zijn,' zei hij.

26

Miss Silver dineerde met de familie en na afloop zat ze bij hen in de rood met gouden salon, die ze enorm bewonderde. Een flink, goed geproportioneerd vertrek, met zulke warme kleuren, zulk rijk brokaat, zulke dikke tapijten, en ook nog eens kristallen kroonluchters van de beste kwaliteit. Ze was het volledig eens met de smaak van meneer Paradine, en het speet haar oprecht dat hij er niet meer was. Nu zou deze fraaie en imposante inrichting vermoedelijk vervangen worden door chintz of linnen.

Het diner was moeizaam verlopen. Omdat miss Silver juist dolgraag de hele familie bij elkaar wilde zien, en Mark ervoor had gezorgd dat iedereen het wist, waren ze er allemaal, maar niemand had zich voor het diner gekleed. De mannen hadden hun daagse kleren aan, Irene, Lydia en Brenda droegen een mantelpakje, Phyllida had haar grijze jurk aan en juffrouw Paradine had een lange, zwarte, onopgesmukte en hooggesloten japon aangetrokken. Zoals gewoonlijk had miss Silver een twee jaar oude zomerjurk aangetrokken van groene kunstzijde, met een schrikbarend patroon van oranje stippen en strepen, en met een grote broche met camee, waarop een mythisch Grieks manspersoon met helm stond afgebeeld. Nu ze haar hoed had afgezet, bleek ze een dikke bos zacht, muiskleurig haar te hebben, van achteren gevlochten en van voren met stijve krulletjes die als een pony op haar voorhoofd lagen. Zowel de krulletjes als de vlechten werden door een haarnetje in toom gehouden. Behalve de camee droeg ze gouden oorknopjes, een gouden halsketting en een rechte speld met kweekparels, waaraan ze de pince-nez kon hangen die ze af en toe bij het lezen nodig had. Ze droeg nog steeds de warme, geribbelde wollen kousen die ze 's winters zo aangenaam vond zitten, maar had haar wandelschoenen met veters omgeruild voor een paar zwarte glacé slofjes met kraaltjes op de neuzen. Elke keer dat Elliot naar haar keek, was hij er meer van overtuigd dat hij haar ooit in een film uit de Edwardiaanse tijd had gezien – alleen zou haar jurk dan langer zijn geweest, tot aan haar voeten.

Hij was zo ver mogelijk van Phyllida gezet, daar had Grace Paradine wel voor gezorgd. Ze had er ook voor gezorgd dat hij de hele dag nog geen vijf minuten met haar alleen was geweest. Bovendien deed ze haar uiterste best om hem weg te krijgen. Best, ze probeerde maar raak. Hij was hierheen gesleurd, en al trok ze aan honderd touwtjes, hij zou nu blijven ook. Het was Marks huis, niet het hare, en hij geloofde gewoon niet dat ze Mark zo ver zou krijgen dat die hem de deur zou wijzen.

Door al zijn gepieker over dit soort zaken hield hij voor het grootste deel van het diner zijn mond. Niet dat hij daarmee opviel... Frank Ambrose zei precies twee keer iets, en je kon van Mark helemaal niet zeggen dat hij zijn mond had opengedaan. De maaltijd deed te veel denken aan een karikatuur van die van gisteren. Kalkoenragout, warmgemaakte plumpudding, en de lege plek aan het hoofd van de tafel, waar niemand wilde gaan zitten. Dan nog een detective die bij hen aan tafel zat om in de gaten te houden hoe ze keken, spraken, aten, dronken en dachten. Het was allemaal niet bevorderlijk voor een gesprek. Zelfs Dicky's woordenstroom was opgedroogd. De vrouwen wisten zich socialer te gedragen. Phyllida bleef proberen een gesprek te voeren met Frank aan haar ene kant en Mark aan de andere, totdat het zo duidelijk geen zin bleek te hebben dat ze het opgaf. Lydia en Dicky wisselden op zachte toon een paar opmerkingen en vervielen vervolgens tot stilzwijgen. Juffrouw Paradine, aan het ondereind van de tafel, was een toonbeeld van waardig gedragen verdriet. De lange zwarte, hooggesloten japon met de sluik afhangende mouwen vergrootte dat effect nog. Ze had zwarte kringen onder de ogen, en de plooien van de wenkbrauwen naar de wangen waren dieper geworden. Ze had een treurige blik in de ogen. Er was geen verbittering in haar manier van doen te bespeuren. Ze was een attente gastvrouw, die haar uiterste best deed om haar gasten op hun gemak te stellen, terwijl ze haar eigen verdriet verborg. Ze sprak met genegenheid tegen Phyllida, met conventionele hoffelijkheid tegen miss Silver, en vriendelijk tegen de anderen, met uitzondering van Elliot Wray. Ze deed alsof die niet bestond.

Miss Silver, die naast Albert was gezet, werd het slachtoffer van zijn woordenvloed. Er was meer dan een moord in huis voor nodig om zijn passie voor het verstrekken van informatie in te dammen. Maar ze kwam wel tot de ontdekking dat hij alleen praatte over wat hemzelf interesseerde. Omdat ze van Mark Paradine een samenvatting van zijn verleden te horen had gekregen, probeerde ze hem aan het praten te krijgen over een onderwerp dat toch beslist zijn interesse moest hebben. Ze had zelf belangstelling voor merkwaardige en ongewone juwelen, maar toen ze hem daarover een vraag stelde, reageerde Albert er niet op. In plaats daarvan werd ze tijdens de kalkoenragout vergast op een samenvatting van de geschiedenis van Birleton, vanaf de Saksen tot aan de regeringsperiode van koningin Elizabeth. De pudding gaf hem de gelegenheid om het verhaal naar recentere tijden te verplaatsen. De oprichting van de Paradine-fabriek door Benjamin Paradine – 'de grootvader van wijlen meneer Paradine, en mijn eigen overgrootvader' – werd afgebroken toen juffrouw Paradine de dames een teken gaf om zich terug te trekken.

In de salon merkte miss Silver dat ze door de gastvrouw zelf werd benaderd.

'Ik hoop dat alles naar uw genoegen is geregeld.'

'O ja, beslist, juffrouw Paradine.'

'U moet het zeggen als ik iets voor u kan doen.'

Juffrouw Paradine was heel welwillend. Als er al iets van arrogantie in haar houding was te bespeuren, dat spoortje van de trots dat in nederigheid wordt verpakt, dan werd dat zorgvuldig verborgen gehouden. Desondanks deed het miss Silver denken aan iemand van koninklijken bloede die een liefdadigheidsfeest opent. Ze pakte haar breitas, een kerstgeschenk van Ethel, haalde er de naalden en een bol donkergrijze wol uit, en zei: 'U bent heel vriendelijk.'

Ze had ongeveer twee centimeter van de onderkant van het slobpak voor de kleine Roger gebreid. Miss Silver stak de vierde naald in de steek en begon snel en bedreven te breien. Na heel even aarzelen ging juffrouw Paradine aan het andere uiteinde van de bank zitten.

'We hopen allemaal van harte dat deze vreselijke zaak zo spoedig mogelijk zal worden opgelost.'

De naalden van miss Silver klikten.

'O ja, zeker.'

Juffrouw Paradines houding had een lichte verandering ondergaan. Die was ineens net als haar stem warm en meevoelend geworden.

'Dit soort plotselinge sterfgevallen zijn al droevig genoeg zonder dat er ook nog eens de sfeer van verdachtmaking bijkomt.'

'Dat is waar.'

'Mijn broer betekende voor ons allemaal heel veel. Juffrouw Pennington kende hem natuurlijk niet zo goed. Ze is de zuster van mijn nicht, mevrouw Ambrose... die behoort dus zelf ook niet echt tot de familie, maar we houden allemaal van haar. En mijn neef Mark kan zich, geloof ik, nooit zo goed uitdrukken – hij is heel gesloten, en nu natuurlijk heel erg van streek door de dood van zijn oom. Ik heb het gevoel dat ze u misschien niet echt een idee hebben gegeven hoe het verlies van mijn broer zal worden ervaren.'

Miss Silver wierp haar gastvrouw een scherpzinnige blik toe maar bleef gewoon door breien.

Juffrouw Paradine haalde diep adem.

'Mijn broer was een zeer opmerkelijk man. Hij wilde graag alles op zijn eigen manier doen. Ik neem aan dat u hebt gehoord wat er gisteravond tijdens het diner is gebeurd. Het is voor ons allemaal uitermate pijnlijk dat de politie een zo onterechte conclusie heeft getrokken uit wat werd gezegd. Ik vraag u nadrukkelijk om te geloven dat het allemaal enorm werd overtrokken. Mijn broer kon zich heel gedecideerd en dramatisch uitdrukken, zelfs als het om onbenulligheden ging. Ik ben ervan overtuigd dat het allemaal niets om het lijf had. Hij had zich aan iets geërgerd, of liever gezegd aan iemand, en hij heeft die manier gekozen om ons ervan op de hoogte te stellen. Ik verzeker u dat het precies zijn manier van doen was. Ik persoonlijk vond het zo onbelangrijk dat ik er vanochtend niets over tegen de hoofdinspecteur heb gezegd.'

'O jee...' zei miss Silver.

Een heel licht samentrekken van de donkere wenkbrauwen van juffrouw Paradine wees erop dat ze nog net een frons had weten te onderdrukken. Ze liet een zwak, droevig lachje horen toen ze zei: 'Ik vond het echt niet belangrijk. Zoals ik kolonel Bostock – hij is de commissaris – vertelde, was ik het helemaal vergeten. De schok van het ongeluk van mijn broer... ik geloof nog steeds dat het een ongeluk was...' Ze brak af, hield even haar handen stijf in elkaar geklemd, en liet haar oogleden zakken. 'Neemt u me niet kwalijk... ik had er niet over moeten praten... het is veel te vlug. U wilt misschien wel even met mijn nicht, mevrouw Ambrose, praten, of met juffrouw Ambrose.'

Miss Silver keek naar het groepje dat bij de haard zat: Irene, Brenda en Phyllida. Ze kuchte en zei: 'Ik zou heel graag met juffrouw Ambrose praten als u dat goed vindt.'

Toen Brenda, een en al onwil uitstralend, naast haar was komen zitten, glimlachte miss Silver minzaam en zei: 'Ik heb naar u gevraagd, juffrouw Ambrose, omdat ik graag van een opmerkzaam en methodisch persoon wil horen wat er gebeurde nadat u gisteravond de salon binnenkwam.'

Brenda keek haar aan met de lichte ogen die zo op die van Clara Paradine leken, alleen niet zo blauw. Ze leek al met al merkwaardig veel op haar moeder, maar zonder de vriendelijkheid en tevredenheid die van het portret afstraalden.

'Hier... gisteravond?'

'Ja graag.'

Brenda bleef haar aankijken.

'Nou, dat weet ik niet zo. We kwamen binnen, en ik zei dat mijn stiefvader gek moest zijn geworden. Ik neem aan dat u hebt gehoord wat hij tijdens het diner verkondigde?'

'Jazeker.'

'Nou, ik zei dat hij vast en zeker gek was geworden om ons allemaal voor een feest bij elkaar te brengen en dan zoiets te gaan zeggen. Ik zei dat het het toppunt was, en mijn schoonzuster Irene – ze staat daarginds, links van de haard – nou, die barstte in snikken uit en zei dat ze wist dat meneer Paradine het tegen haar had gehad.'

'Lieve hemel – zei ze ook waarom?'

'Nee, dat niet. Ze stelde zich vreselijk aan en bleef maar zeggen dat ze helemaal niets had gedaan, en dat ze niet begreep waarom hij dacht dat zij het was geweest. Ze is verschrikkelijk hysterisch... totaal geen zelfbeheersing. Ik weet niet waar ze het over had, maar als u het mij vraagt, ik denk dat ze iets heeft uitgehaald, want waarom zou ze er anders zo kapot van zijn? Het was dat juffrouw Paradine er was, anders hadden we haar nooit tot bedaren gekregen. Het spreekt vanzelf dat ik haar niet kon helpen, want ze kan mij niet uitstaan. Ze wil me eigenlijk niet in huis hebben, maar Frank is er natuurlijk ook nog. Hoor eens, ik zal u een ding over Irene vertellen: ze is haatdragend. Dat gelooft u misschien niet, want ze ziet er zo nietszeggend uit en ze praat altijd maar over die kinderen van haar totdat iedereen er spuugmisselijk van wordt, maar als ze de pik op iemand heeft, dan zal ze je dat nooit laten vergeten. Ze heeft ook de pik op mij omdat ik vroeger het huishouden voor mijn broer deed, en een stuk beter dan zij het doet. Maar dat is Irene ten voeten uit – als ze zelf iets niet kan, heeft ze de pest aan degene die het wel kan.'

De naalden van miss Silver klikten.

'Een onaardige eigenschap, maar helaas veelvoorkomend,' merkte ze op.

Brenda liet een nijdig lachje horen.

'Irene houdt alleen van mensen die haar naar de mond praten,' zei ze. 'Frank doet dat niet meer, hij heeft haar door. Ik begin me af te vragen of dat bij mijn stiefvader ook het geval was. Dat zou een heleboel verklaren. Weet u, de reden waarom ze het almaar over die kinderen heeft, is omdat de kinderen dol op haar zijn... die vinden haar fantastisch. Die zullen nog een akelige schok krijgen wanneer ze een beetje ouder zijn. U zult zien dat er dan niet veel meer van die toegewijde moeder overblijft. Ik word er doodziek van!'

'Lieve hemel,' zei miss Silver, 'dat is heel interessant.' Ze keek Brenda Ambrose vriendelijk aan. 'Gaat u alstublieft door. U was me aan het vertellen wat er gisteravond na het diner is gebeurd. Juffrouw Paradine wist uw schoonzuster tot bedaren te brengen...'

'O ja. Ze is heel slim, ze weet hoe ze mensen moet hanteren. Ze had voor ons allemaal een cadeautje. Die is ze gaan halen. Ze wilde niet dat Lane iets zou merken als hij met de koffie kwam.'

Onder het praten herhaalden zich de gebeurtenissen van de avond ervoor. Lane kwam binnen met het grote zilveren dienblad. Louise kwam achter hem aan met de taartdrager. Miss Silver vond het allemaal heel passend en heel correct. Ze bewonderde de uitbundige Victoriaanse decoratie van het blad, de koffiepot, en het melkkannetje, en betreurde het dat het ongetwijfeld even fraaie suikerpotje er niet bij stond. Het flesje sacharine, waarvoor Lane zich zo schaamde, bleef voor haar ogen verborgen, maar ze zou het hoe dan ook een armzalige vervanging hebben gevonden. Als vaderlandslievend burger was ze best bereid om haar koffie zonder suiker te drinken, maar nooit met sacharine. Ze breide rustig verder en merkte op: 'Dat was een gelukkige inval van juffrouw Paradine. U zei dat ze de cadeautjes ging halen. Bedoelt u dat ze de kamer verliet?'

'Ja natuurlijk. Ze lagen boven.'

'En hoe lang was ze weg, juffrouw Ambrose?'

Brenda staarde haar aan.

'O, helemaal niet lang. Net lang genoeg om de pakjes te halen.'

'Niet lang genoeg om even een woordje met haar broer te wisselen?'

'Nee, natuurlijk niet. Hij was in de eetkamer achtergebleven.'

'Weet u dat zeker?'

'Natuurlijk weet ik dat zeker. Ik zeg nooit iets als ik het niet zeker weet. De mannen waren nog in de eetkamer. Ze kwamen pas bij ons toen ze ons de cadeautjes al had gegeven. Ik kreeg een zaklamp, Phyllida zakdoekjes, Lydia badzout en Irene een fotootje van de kinderen. De mannen kwamen pas daarna binnen.'

'En kregen zij ook een cadeautje?'

'Elliot Wray niet. Er was natuurlijk niet op hem gerekend. Hij en Phyllida hebben elkaar een jaar lang niet gezien. Ik moet zeggen dat hij wel lef had om zo ineens te komen opdagen. Juffrouw Paradine was woest. Ze had hem sowieso niets gegeven – ze heeft altijd een hekel aan hem gehad. Ze gaf de anderen een zakagenda. Het is verschrikkelijk moeilijk om iets voor een man te bedenken, vindt u ook niet?'

'Inderdaad, maar een zakagenda komt altijd van pas. Was juffrouw Paradine erin geslaagd om verschillende kleuren te bemachtigen?'

Brenda knikte.

'Ja, dat klopt. Ze is heel goed in dat soort dingen, ze doet er veel moeite voor.'

'Dat moet wel. Wat voor kleuren had ze weten te krijgen?'

'O, bruin, rood, blauw en paars.'

Het begon Brenda te vervelen. Ze vond miss Silver een onbeduidende ouwe vrijster. Ze zei abrupt: 'Ik zal een kopje koffie voor u halen.'

Maar toen ze opstond, had miss Silver nog een vraagje.

'Ik zou de voorkeur aan blauw hebben gegeven. Ik vraag me af of het ook de lievelingskleur van juffrouw Paradine is. Aan wie heeft ze de blauwe zakagenda gegeven, juffrouw Ambrose?'

Brenda draaide zich weer om. Ze vond zichzelf heel erg slim toen ze zei: 'Ik ben bang dat daaruit niets valt op te maken. Mark kreeg de blauwe zakagenda. Richard is het lievelingetje van tante Grace en hij kreeg de rode. Sommige mensen geven de voorkeur aan rood. Juffrouw Paradine ook.'

27

In de loop van de avond slaagde miss Silver erin om met de meeste leden van de familie Paradine een praatje te maken. Ze merkte dat mevrouw Ambrose enorm veel belangstelling had voor de slobbroek van de kleine Roger, en overlegde met haar of het effen moest blijven, of opgevrolijkt met streepjes smaragdgroen. Ze vertelde het een en ander over Johnny, Derek en Roger en kreeg in ruil daarvoor grappige verhaaltjes over Jimmy en de kleine Rena te horen. Irene fleurde helemaal op en vertelde haar het hele verhaal van gisteravond, toen ze Rena niet wakker kon krijgen, en dat ze erop uit was gegaan om dokter Horton te zoeken, en dat Frank zo kwaad was geworden. 'Mannen zijn zó onredelijk.'

Miss Silver antwoordde dat je niet kon verwachten dat ze de gevoelens van een moeder begrepen. Daarna was het ijs volledig gebroken en toen kreeg ze te horen hoe vreselijk moeilijk Brenda wel was, en hoe jammer dat Lydia maar niet kon besluiten om met Dicky te trouwen en zich in Birleton te vestigen... het zou zo leuk zijn om iemand te hebben aan wie je de kinderen kon toevertrouwen. Hoewel ze miss Pennington ternauwernood kende, was het voor miss Silver genoeg om zich ervan te weerhouden hardop te zeggen dat ze niet kon geloven dat dat een aantrekkelijk vooruitzicht was.

Met een beetje diplomatiek aandringen wist ze Irene aan de praat te houden. Juffrouw Paradine was fantastisch... 'Kijk maar eens hoe ze alles gaande weet te houden. Je zou nooit denken dat er iets vreselijks was gebeurd. Ze heeft zoveel zelfbeheersing... ik weet niet hoe ze het doet. Ik benijd mensen die zich zo goed weten te beheersen. Tante Grace kan dat heel goed. Ik herinner me nog dat niemand op Phyllida's trouwdag zou hebben geraden dat het haar hart brak, hoewel dat natuurlijk wel zo was. Ik geloof niet dat ze wie dan ook graag met Phyllida had zien trouwen, maar als het iemand uit Birleton was geweest, zou het natuurlijk niet zo erg zijn geweest. We dachten altijd dat het leuk zou zijn als ze met Mark trouwde. Hij is heel in de verte aan haar verwant... Phyllida is geadopteerd, weet u... dus het zou heel goed hebben gekund. Maar trouwen met Elliot Wray betekende een totale verwijdering van die arme tante Grace... het verbaast me niets dat ze het vreselijk vond. Ik weet niet hoe ik me zal voelen als Rena trouwt... daar wil ik liever niet aan denken.'

Miss Silver troostte haar wat Rena betrof.

'Zelf mag ik Elliot graag natuurlijk,' zei Irene, 'en Phyllida was vreselijk verliefd op hem. U weet toch dat ze uit elkaar zijn? Ik weet niet wat er is voorgevallen... tante Grace heeft er niets over gezegd. Ze waren maar net van hun huwelijksreis terug en we vonden allemaal dat ze er zo gelukkig uitzagen, en toen ineens zei tante Grace dat Elliot weg was en dat hij niet terug zou komen. Die arme Phyl zag er echt als een geest uit. U weet niet hoe verbaasd iedereen was dat hij woensdagavond binnen kwam wandelen alsof er niets was gebeurd.'

'Ik kan het me heel goed voorstellen,' zei miss Silver.

Ze had ook een gesprekje met Phyllida, die haar simpelweg vertelde dat ze, nadat de anderen naar bed waren, naar de studeerkamer was gegaan om met haar oom te praten.

'Elliot wilde niet dat ik het iemand zou vertellen, maar dat zou niet juist zijn, vindt u ook niet? Ik had niets te maken met wat mijn oom tijdens het diner zei. Elliot was bang dat de politie zou denken van wel. Ik wilde oom

James over iets heel anders spreken.'

Miss Silver keek haar vriendelijk aan.

'Dat was heel logisch, mevrouw Wray.'

Daar leek Phyllida van te schrikken.

'Maar ik heb u niet verteld...'

Miss Silver kuchte.

'U wilde er natuurlijk achter komen waarom meneer Paradine meneer Wray had uitgenodigd, en waarom meneer Wray die uitnodiging had aangenomen.'

Phyllida kreeg een kleur. Ze wist niet goed wat ze moest zeggen. Terwijl ze nog aarzelde, ving ze de blik op uit miss Silvers ogen. Er lag iets in opgesloten dat haar het gevoel gaf dat het geen zin had om je anders voor te doen of dingen te verbergen. Ze voelde zich ineens bevrijd. Je praat niet met een onbekende over je diepste gevoelens. Wat haar dat gevoel van bevrijding gaf, was de gewaarwording dat miss Silver helemaal geen onbekende was. Ze kwam binnen, ging bij je haard zitten en maakte het zich gemakkelijk, allemaal heel terloops. Ze zei: 'Ik moest er met iemand over praten.'

'En kon meneer Paradine u helpen?'

'Ja, ik geloof van wel.'

Miss Silver was opgehouden met breien. De naalden rustten in haar schoot. 'Daar ben ik heel blij om,' zei ze vriendelijk. 'Misverstanden mag je nooit laten voortbestaan.'

'Dat weet ik. Maar het was niet zomaar een misverstand.'

Miss Silver glimlachte. Ineens had Phyllida het gevoel alsof zij en Elliot weer in de kinderkamer waren. Ze kregen te horen dat ze geen ruzie mochten maken, en ze werden aangemoedigd om het af te kussen en weer vriendjes te worden. Ze lachte een beetje bibberig terug en hoorde miss Silver zeggen: 'Hebt u nog iemand gezien toen u uit de studeerkamer kwam?'

Die vraag overviel haar. Ze was blij dat ze nee kon zeggen. Het was duidelijk dat ze was geschrokken.

De tweede vraag kwam er meteen overheen. 'Of iets gehoord, mevrouw Wray?'

Dit keer verschoot ze van kleur. Ze liet haar blik zakken en leek van streek. Ze zei haperend: 'O eh... nee... er was niets...'

Miss Silver drong niet aan. Ze meende dat er wel iets was geweest, maar ze dacht dat ze het binnenkort toch wel te horen zou krijgen.

De mannen die op dat moment binnenkwamen, gaven Phyllida de kans om te ontsnappen. Ze klampte Dicky aan toen hij langs liep, en liet hem bij miss Silver achter voor een praatje. Ze vond dat hij het heel goed opvatte. Hij deed het goed bij oude vrijsters, die hem onveranderlijk 'die charmante jongen' noemden. Als een slang kroop ineens een verkillende gedachte haar hoofd binnen. Ze rilde en zag zo wit dat juffrouw Paradine haar een angstige blik toewierp.

'Kom hier zitten, schat, dan kun je je warmen. Je hebt veel te ver van het vuur gezeten.'

Ze glimlachte zwakjes, maar in plaats van naar het dienblad met de koffie te gaan, liep ze naar de andere kant van de haard en bukte zich met de rug naar de kamer alsof ze zichzelf warmde. Ze had haar voet op de marmeren rand gezet en liet haar handen licht tegen het kille, witte marmer rusten.

Met een kopje koffie in de hand kwam Elliot naar haar toe. Hij zette het op de schoorsteenmantel en zei: 'Ik wil met je praten.'

De woorden drongen de gedachte binnen die haar zo had doen verbleken. Het was alsof iemand de kamer binnenkwam en de deur achter zich dichtsloeg. Ze wist hoe Elliot was als hij zo'n bui had. Op dit moment vrolijkte het haar op. Alles beter dan alleen te worden gelaten met die slang. Met haar ogen nog steeds op de vlammen mompelde ze: 'Ik weet niet hoe...'

Hij pakte zijn kopje, dronk het in een teug leeg en zette het weer neer.

'Wat weerhoudt ons ervan om samen de kamer uit te lopen?'

Ze werd rood.

'Dat kan ik niet doen.'

Elliot lachte.

'Bang voor het schandaal?'

'Dat kan ik niet. Morgen... morgen zal ik wat tijd zien te vinden.'

Met een boze ondertoon zei hij: 'Ze heeft je de hele dag beziggehouden. Morgen zal het niet anders zijn, en er is een heleboel familie bij de hand die ervoor kan zorgen dat we geen minuutje alleen worden gelaten.'

Phyllida bleef naar de vlammen kijken. Elliot was erg boos. Heel onredelijk om dan toch een aangename warmte te voelen die de koude, angstaanjagende plek binnenkroop waar ze zojuist had vertoefd. Ze zei helemaal niets. Een oerinstinct deed haar denken dat het Elliot helemaal geen kwaad zou doen om te moeten wachten.

De stem van Grace Paradine riep haar nogal dringend.

'Phyl, schat!'

Dit keer ging ze wel naar haar toe, met haar eigen kopje in de hand, dat ze op het massief zilveren blad zette.

'Ja, tante Grace?'

Juffrouw Paradine wenkte haar om dichterbij te komen en zei zacht: 'Schat, wil jij Brenda alsjeblieft bij je houden, uit de buurt van Irene. Ze zijn allebei vreselijk nerveus en ik geloof echt niet dat ik nog veel meer kan verdragen.'

Ze kon onmogelijk weigeren. Het was onmogelijk om iets te doen, behalve dan lief te gehoorzamen. Het werd een avond vol toespelingen die al snel uitliepen op openlijke beschuldigingen. Pogingen om het gesprek een andere wending te geven, waren nutteloos. Of je nu over de noordpool praatte, de oorlog in het Verre Oosten, of de laatste film, Brenda slaagde er steeds weer in om Irene erbij te betrekken. Het zou grappig zijn geweest als het niet zo angstaanjagend was geweest. Phyllida begon zich af te vragen waarom Brenda en Irene het alleenrecht mochten hebben op nervositeit. Ze had niets liever willen doen dan Brenda een klap in het gezicht te geven en in tranen uit te barsten. Maar dat mocht natuurlijk niet.

Ze bleef over zoveel mogelijk verschillende onderwerpen praten als ze maar kon bedenken, en Brenda bleef over Irene praten.

28

De salon in het huis aan de rivier was niet de enige plek waar over Irene werd gesproken. Kolonel Bostock, in gezelschap van zijn dochters en lekker ontspannen, gooide een houtblok op het vuur en terwijl hij nog voorovergebogen zat, schoot hem ineens te binnen dat hij hun nog iets had willen vragen. Hij richtte zich tot Janet, een gezonde, stevige jonge vrouw met een prettig, verstandig gezicht.

'Herinner jij je de meisjes Pennington nog... Irene en... hoe heette die andere ook weer, Lydia?'

'Natuurlijk wel. Hoezo?'

'De oude Paradine is dood. Een van de meisjes is toch met de stiefzoon getrouwd? Hoe heet die ook weer... Ambrose?'

'Daar moet een heleboel geld zitten. Ik vraag me af of Irene er nog wat van krijgt.'

'Ze was toch niet dat roodkopje, hè?' zei kolonel Bostock.

Zijn beide dochters zeiden in koor: 'O nee... dat is Lydia.'

Kolonel Bostock leunde achterover en voelde zich heel tevreden toen hij zijn dochters opnam. Het waren geen schoonheden, dat niet, en ze zouden geen water doen branden, maar het waren fatsoenlijke jonge vrouwen die hard konden werken en van een vakantie konden genieten. Ze zagen er aardig uit, waren redelijk intelligent, en hadden geen rare trekjes. Het waren onopgesmukte meiden. Janet was de beste. Een heel verstandige meid. Alice, een beetje blonder en een tikje kleiner, had niet zoveel in huis, maar ook zij was een beste meid. En Milly... Milly leek op hem, een snelle denker. Jammer dat ze dit keer niet naar huis kon komen.

Wat achteloos zei hij: 'Irene... was er niet iets met Irene?' Alice keek Janet aan en wendde vervolgens haar blik af. Geen van beiden gaf antwoord.

Kolonel Bostock herhaalde zijn opmerking, maar dit keer wat directer.

'Er was toch iets met Irene, of vergis ik me? Jij hebt met haar op school gezeten, Janet. Wat was er ook alweer?'

'Dat was lang geleden...' zei Janet.

Haar vader haalde ongeduldig zijn schouders op.

'Dat zal wel. Je bent nu vijfentwintig. Ze moet van jouw leeftijd zijn. Maar er was iets met haar. Wat dan? Ik wil het weten.'

'Het was echt heel lang geleden... het lijkt me niet eerlijk om het nu nog op te rakelen,' zei Janet onwillig.

Het gezicht van kolonel Bostock vertoonde ineens een levendige interesse.

'Flauwekul! Er was iets, of er was niets. Als er wel iets was, zullen tientallen mensen het me kunnen vertellen. Wil je dan dat ik links en rechts vragen ga stellen? Ik vraag het jullie. Dat is toch veel beter, niet? Dan komen er minder praatjes van.'

Janet keek hem ernstig aan.

'Het zou niet eerlijk zijn om het weer op te rakelen... het gebeurde al bijna twaalf jaar geleden. En het had eigenlijk niets om het lijf. Er is niets gebeurd... en Mina heeft er niets van over gehouden.'

Kolonel Bostock liet een gegrom horen. Hij richtte zijn heldere, sarcastische blik op zijn dochter.

'Ja ja, er is niets gebeurd! Kom, vertel op!'

'Het ging om Irenes poesje,' zei Alice. 'Of eigenlijk was het niet van haar... het was een zwervertje. Maar we mochten op school natuurlijk geen huisdieren hebben, dus verstopte Irene het in het gereedschapsschuurtje.'

'Ze gaf al haar zakgeld aan de tuinjongen, zodat hij het niet zou verklappen – de tuinman was destijds ziek,' zei Janet. 'En weet u, ze bewaarde restjes van de lunch en de thee in een zakdoek.'

'Ze had het natuurlijk nooit kunnen volhouden, maar ze was echt stapelgek op dat poesje. Het was werkelijk een monstertje.' Dat was Alice weer. 'En Mina Cotterell zei dat ze het aan juffrouw Graham zou vertellen. Ze was echt kwaadaardig – we hadden allemaal een gruwelijke hekel aan haar. Ze zei dat ze er zeker van was dat het poesje vlooien had.'

'Wat vermoedelijk waar was.'

'Ach nou ja...' zei Alice. 'Hoe dan ook, Irene werd woest. Ik geloof eerlijk niet dat ze wist wat ze deed, maar ze heeft Mina in de rivier geduwd.'

'Ze heeft er niets aan overgehouden,' zei Janet snel.

Alice trok een gezicht.

'Nou, dat had best gekund. Het was heel gevaarlijk om zoiets te doen. U kent wel dat stuk grond waar we niet mochten komen... die plek was echt verboden omdat de oever zo hoog was. Nou, ik weet niet hoe Irene Mina zover wist te krijgen dat ze met haar meeging, maar dat deed ze wel, en toen heeft ze haar erin geduwd.'

'Goeie genade!' zei kolonel Bostock. En even later: 'Ja, ja... nu herinner ik het me weer. De Penningtons waren er volledig door van streek. Het meisje was maar net de dans ontsprongen. Ze kon toch niet zwemmen?'

'Nee,' zei Janet. 'Er was een man aan het vissen en hij heeft haar eruit gehaald. Daarna kwam er een vreselijke ruzie. Irene zou van school zijn gestuurd als de Cotterells geen goed woordje voor haar hadden gedaan. Het bleek dat Mina had gezegd dat het poesje zou worden verdronken. Ik geloof echt niet dat Irene wist wat ze deed. Zo is ze nu eenmaal... als ze zich ergens in vastbijt, kan ze nergens anders meer aan denken. Toen was het dat vervloekte poesje. Nu zijn het de kinderen. Ze kan over niets anders praten en denken. Het is verschrikkelijk vervelend.'

Kolonel Bostock knikte. Even later zei hij: 'Wel wel, wie had dat kunnen denken?' en daarna: 'We moesten er maar met niemand over praten.'

Een tijdje later kwam hoofdinspecteur Vyner, die zijn baas wilde spreken, en hij werd naar de studeerkamer gebracht.

'Het spijt me dat ik u moet storen, kolonel, maar er zijn een paar punten...'

'Al goed, Vyner. Ga zitten. Wat is er?'

Vyner ging zitten en vulde de hele stoel. Het licht viel zijdelings op het dikke blonde haar dat hier en daar grijs werd, en op het brede voorhoofd en de stevige kin. De blik in zijn helderblauwe ogen zweefde tussen aarzeling en vermaak.

'Nou kolonel, juffrouw Pennington was vanmiddag niet in River House, maar ik dacht dat ik toch graag wilde weten of zij mevrouw Ambrose gisteravond had horen uitgaan of thuiskomen. Als het mogelijk is, willen we het juiste tijdstip vaststellen, dus daarom ben ik naar Meadowcroft gegaan, merkte dat de hele familie inmiddels in River House zat, en ben daar toen naartoe gegaan.'

'Ben je iets wijzer geworden?'

'Niet van juffrouw Pennington. Maar ik heb ook Mark Paradine gesproken, en hij vertelde me dat hij een privé-detective te hulp had geroepen.'

De reactie van kolonel Bostock verschilde in niets van die van de anderen die dit nieuwtje te horen hadden gekregen. 'Wát!'

'Ja precies. Hebt u ooit van miss Silver gehoord?'

Kolonel Bostock zei: 'Goeie genade! Wat doet zij hier?'

'Hebt u weleens van haar gehoord?'

De kolonel schokschouderde even.

'Ik ben de jonge Abbott tegengekomen toen hij hier met de kerst was. Die knaap die rechercheur bij de Yard is. Hij is een neef van de Abbotts van Huntersgrange.

Daar heb ik hem ontmoet. Hij dweepte met haar. 't Grappige is dat ik er mijn schoenen onder had durven verwedden dat hij niet het type was om te dwepen. Heel zelfverzekerde knaap. Koel. Intelligent.'

'Nou, ze heeft wel een paar heel opvallende dingen gedaan... dat weet ik toevallig. Er komt nooit iets van in de krant, maar er wordt wel over gesproken. Ik hoorde voor het eerst van haar van hoofdinspecteur March uit Ledlington. Hij was betrokken bij die zaak van de giftige rupsen, en hij zweert dat ze hem zijn kop heeft gered.' Vyner lachte. 'Het begon nogal merkwaardig... ze was vroeger zijn gouvernante geweest, en ik geloof dat ze er nog steeds zo uitziet. Een ongetrouwde gouvernante, klein van stuk. March heeft me veel over haar verteld. Afgelopen winter was er die zaak van de Chinese sjaal. En toen ik onlangs in Londen was, sprak ik daar inspecteur Lamb van de recherche, en hij vertelde me van de Vandeleur House moorden... waarbij ze toen die mevrouw Simpson te pakken kregen, weet u nog? Nou, hij zei dat het miss Silvers werk was geweest... dat zei hij ronduit.'

'Heeft Mark Paradine haar erbij gehaald?'

'Ja. Maar de vraag is wat we eraan gaan doen. Ik wil best zeggen dat ik geloof dat ze ons heel goed van dienst zal kunnen zijn. Want ziet u, zij zit in het huis – Mark heeft haar er zelf naartoe gehaald – en woont bij de familie. Het lijkt me logisch dat zij een invalshoek krijgt die wij niet hebben – ze kan het persoonlijk benaderen, als u begrijpt wat ik bedoel. En daarin is ze volgens Lamb nu juist heel goed. Hij zegt dat de mensen tegen haar praten, en ze weet ze schitterend in te schatten. Er is geen twijfel aan dat mensen vrijer tegen iemand praten die niet bij de politie is, en bovendien hoeft zij zich niet aan onze regels te houden.'

'Wat ben je dan van plan?'

'Nou, ik wilde voorstellen dat we haar de afgelegde verklaringen laten lezen. Lamb zegt dat we erop kunnen vertrouwen dat ze niets zal laten merken.'

'Soms kunnen vrouwen heel goed zwijgen.'

'Ja. March en Lamb zeggen allebei dat ze zo veilig is als een bankkluis, dus met uw toestemming...'

Kolonel Bostock schokschouderde opnieuw.

'Vooruit dan maar, haal haar er maar bij! Ik zal je eens wat vertellen, Vyner. Dit is een verdomd vervelend zaakje... verdomd vervelend. Hoor eens, het is niet eerlijk om iets voor je te verzwijgen. Ik vertelde je dat er iets was met dat meisje Irene. Nou, dit heb ik te horen gekregen.'

29

Net als de avond ervoor gingen de Ambroses vroeg naar huis. Met uitzondering van Frank Ambrose, die zo zwijgzaam was gebleven dat het bijna onbeschoft was, had miss Silver een heel plezierig praatje met iedereen weten te maken. Kort na hun vertrek verontschuldigde ze zich en ging naar boven, naar de kamer die voor haar in gereedheid was gebracht. Vlak voordat ze welterusten zei, vroeg ze juffrouw Paradine naar de zakagenda.

'U moet het me maar niet kwalijk nemen als ik iets pijnlijks ter sprake breng, maar ik geloof dat uw nicht zei dat u uw neven een zakagenda als nieuwjaarsgeschenk had gegeven?'

Grace Paradine glimlachte.

'Daar is niets pijnlijks aan,' zei ze.

Miss Silver kuchte. 'Nee, natuurlijk niet. Maar ik wilde vragen of u er ook een aan uw broer hebt gegeven.'

'O nee.' Juffrouw Paradine klonk verbaasd. 'Hij gaf niet om dat soort dingen. Hij gebruikte nooit een agenda, alleen zo'n grote kartonnen kalender.'

'Die zakagendaatjes zijn heel handig. Ik dacht dat hij er misschien zelf een had willen hebben, en het is toch al zo moeilijk om voor een man een geschikt cadeau te vinden.'

'Hij zou hem nooit hebben gebruikt. Hij gaf helemaal niets om dat soort dingen.'

Miss Silver begreep dat het onderwerp smakeloos werd gevonden. Ze dacht dat ze maar beter welterusten kon zeggen.

Haar slaapkamer was comfortabel... heel comfortabel, heel gezellig. Er lag een gebloemd tapijt waarin het rood domineerde, er waren chintz gordijnen, sprei en stoelovertrekken met een patroon van klaprozen, korenbloemen en korenaren, en rode tegels op de haardplaat die opgloeiden in het licht van een elektrisch kacheltje. Ze had gemerkt dat de kamer vrijwel recht tegenover die van Albert Pearson lag, en naast die van Elliot Wray. Aan de andere kant bevond zich een badkamer... heel gerieflijk, heel gerieflijk.

Ze trok de nogal koude kunstzijden jurk uit en trok een behaaglijk warme wijnrode ochtendjas aan. Die was bij de hals afgezet met een zelfgehaakt randje en rondom haar middel bijeengehouden door een wollen koord dat heel erg aan een antiek schellekoord deed denken. Nadat ze de glacé slofjes met de kralen neuzen had verruild voor gemakkelijke zwartvilten sloffen, ging ze in de stoel bij de haard zitten, en legde het groene schrift op een kussen dat ze op haar knieën had gelegd, waarna ze met een vulpen aantekeningen ging maken.

Ze had verscheidene pagina's volgeschreven toen er op de deur werd geklopt. 'Kom binnen!' zei ze, keek op en zag een meisje van een jaar of zestien met een kort zwart jurkje, een wit schortje en een mutsje met een ruche. Ze had dikke benen, een mollig figuur, appelrode wangen en helderblauwe ogen. Ze leek sprekend op een porseleinen pop. Ze had een heetwaterkruik bij zich en toen ze zag dat miss Silver al in haar ochtendjas was, zei ze: 'Neemt u me niet kwalijk, juffrouw,' en bleef stokstijf staan.

'Het geeft niets,' zei miss Silver. 'Wilde je het bed terugslaan? Hoe heet je?'

'Polly, juffrouw... Polly Parsons.'

'Dit is zeker je eerste betrekking?'

'O ja, juffrouw.'

'Dit is een treurige nieuwjaarsdag,' zei miss Silver.

Polly vouwde de beddensprei van chintz terug, waardoor een donkerrode gestikte deken zichtbaar werd.

'O ja, juffrouw... echt heel verschrikkelijk, hè?'

Miss Silver was het met haar eens.

'Het moet voor jullie allemaal een vreselijke schok zijn geweest.'

'O ja, juffrouw, dat was het ook. Ik werd er helemaal raar van.' Ze legde het opgevouwen sprei over een stoel en liep terug naar het bed.

'Moet je ook weleens iets in de studeerkamer doen, Polly?'

Het meisje stond voorovergebogen, met haar rug naar haar toe, klaar om de dekens terug te slaan. Miss Silver zag dat ze tot aan de wortels van het korte bruine haar met de gekrulde uiteinden knalrood werd.

'Alleen om het vuur op te stoken wanneer ze aan het diner zitten, juffrouw. Meneer Lane heeft dan wat anders te doen.'

'Ging meneer Paradine na het diner altijd naar de studeerkamer?'

'O ja, juffrouw.'

'En je bent er gisteravond ook geweest, net als anders, om het vuur op te stoken?'

Polly schoof de heetwaterkruik onder de dekens.

'Ja juffrouw.'

'Hoe laat was dat?'

Polly draaide zich om.

'Dat zou ik niet kunnen zeggen, juffrouw.'

Ze kreeg een vriendelijke blik en een streng uitgesproken 'Doe je best, Polly.'

Ze had nog nooit zo graag uit een kamer willen vluchten. Maar dat kon ze niet maken. Ze kon net zomin langs miss Silver naar de deur lopen dan Louisa midden in haar gezicht iets weigeren. De woorden rolden zomaar uit haar mond.

'Ik was een beetje aan de late kant... ik moest in de

keuken helpen, vanwege het feest.'

Miss Silver glimlachte.

'Dan heb je vermoedelijk ook op de klok gekeken. Dat moet wel, als je bang was om te laat te komen. Hoe laat was het?'

'Vlak voor negenen, juffrouw.'

'Was iedereen toen nog in de eetkamer?'

Polly wist niet waar ze kijken moest.

'Nou?' drong miss Silver zachtjes aan.

'De dames kwamen er net uit toen ik bij de deur kwam die naar de studeerkamer gaat.'

Miss Silver bleef haar aankijken, heel vriendelijk maar ook heel vastberaden. Ze zat daar kaarsrecht in haar wijnrode ochtendjas met het kussen op haar knieën.

'En hoe lang was je in de studeerkamer?'

Polly's wangen werden nu zo rood als een biet. Met een verstikte stem zei ze: 'Ik moest het vuur opstoken, juffrouw.'

Miss Silver bleef haar aankijken en Polly bleef blozen. Bij het geluid van een voetstap in de gang slikte ze en dook naar de deur. Op de drempel bracht ze haperend een paar woorden uit die als verontschuldiging waren bedoeld. De woorden 'Louisa' en 'de andere kruiken' waren te verstaan. Daarna ging de deur achter haar dicht. Miss Silver hoorde haar op een holletje door de gang lopen.

'O jeetje,' zei ze.

30

De volgende ochtend zaten kolonel Bostock, hoofdinspecteur Vyner en miss Silver bij elkaar in de studeerkamer. In de haard brandde een knappend vuur. De wijnrode gordijnen waren helemaal opengetrokken, waardoor ze het terras konden zien, dat er in de schaduw van het huis grauw uitzag, en de beschadiging op de balustrade, veroorzaakt door de val van James Paradine. Het was de afgelopen nacht stormachtig weer geweest, maar de wolken waren nu aan het breken. Af en toe streek er een straal bleek zonlicht over de rivier.

Hoofdinspecteur Vyner zat aan het bureau. De verklaringen die miss Silver had mogen lezen, lagen op de plek waar ze die had teruggelegd, vlak naast zijn linkerhand. Ze had de meest geschikte stoel uitgekozen: een smalle, rechte stoel, opgesierd met rondom een reeks glimmende knopjes. Miss Silver zat net zo kaarsrecht als de rugleuning van de stoel, met de handen in de schoot van haar bruine jurk. Ze had een broche van eikenhout opgespeld. De uitdrukking op haar gezicht was een mengeling van beschaafd zelfrespect en eerbied voor het gezag, dat zij ongetwijfeld met een hoofdletter G zou hebben geschreven.

Kolonel Bostock had een rechte armstoel naar de zijkant van het bureau getrokken. Hij had zijn ellebogen op de leuningen geplant. Hij zat achterovergeleund voorzover de stoel dat toeliet. Wanneer ze niet keek, nam hij miss Silver af en toe met een nieuwsgierige blik op. De woorden 'Goeie genade' leken hem voor in de mond te liggen. De eikenhouten broche intrigeerde hem. Ergens in het verleden had hij eenzelfde exemplaar gezien. Dat deed hem aan een bruiloft denken – Jane's bruiloft – het nichtje van zijn vrouw, degene naar wie Janet was vernoemd. Een van de tantes van de bruidegom had ook zo'n broche gedragen. Een starre oude dame met een enorme hoed met veren. Had al haar geld aan een tehuis voor verweesde papegaaien nagelaten. Hij durfde er geen eed op te doen dat het papegaaien waren geweest, maar wel iets dergelijks. Hoe dan ook, Jane en haar man hadden geen cent gekregen. Monsterlijk.

Met haar heldere, beschaafde stem zei miss Silver: 'U was zo vriendelijk me iets over de vingerafdrukken te vertellen, hoofdinspecteur.'

'Ja,' zei Vyner. Hij ging verzitten zodat hij haar over het bureaublad kon aankijken. 'In een zaak als deze, waarbij de hele familie is betrokken, ligt het voor de hand dat je overal vingerafdrukken van de familie vindt, en als je ze tegenkomt, kun je er geen conclusies aan verbinden. Neem bijvoorbeeld de knop van deze deur... een en al veeg. Meneer Paradine niet meegerekend, hebben Lane, Albert Pearson, Elliot Wray en Phyllida Wray die gisteravond allemaal vastgepakt.'

Miss Silver kuchte even.

'En het meisje dat het vuur opstookte.'

'O ja,' zei Vyner.

'Ze is hier rond een uur of negen geweest,' zei miss Silver nog.

'Hm! Te vroeg om van nut te zijn. Alle anderen waren hier na negenen,' zei kolonel Bostock. 'Dat hebben we vastgesteld.'

'Precies,' zei Vyner, 'en zo is het vrijwel overal. Er zijn overal afdrukken te vinden van Lane, dat meisje Polly, meneer Paradine, Albert Pearson, en Elliot en Phyllida Wray. Maar het enige dat we hebben ontdekt, was dat dit meisje aan deze lade had gezeten. Daar bewaarde meneer Paradine zijn zuurtjes, en volgens mij heeft ze er met haar vingers aangezeten.'

Dus daarom had Polly zo'n kleur gekregen en was ze de kamer uitgevlucht – of misschien toch niet? Miss Silver liet er haar gedachten nog eens over gaan terwijl Vyner verder ging.

'Ik heb er tegen haar niets over gezegd. Maar zo liggen de zaken. We zijn op zoek naar een moordenaar en het enige dat we hebben, is een kind dat zuurtjes steelt. Nou, niet helemaal het enige, want we hebben ook de vingerafdrukken van Mark Paradine, en die zijn niet zo eenvoudig te verklaren. We hebben die van hem en die van Richard op de stoel gevonden waarop de commissaris nu zit, en op de rand van het bureau, en die van Mark op de zakagenda. Goed, Richard is achter in de middag komen binnenwaaien om juffrouw Paradine te spreken – dat staat vast. En hij zegt dat hij bij het weggaan even zijn oom in de studeerkamer gedag heeft gezegd. Daar hebben we alleen zijn woord voor, maar het klinkt aannemelijk, en dat zou zijn vingerafdrukken verklaren. Mark Paradine daarentegen – nou, die vallen niet te verklaren. Hij is hier woensdag de hele dag niet geweest, noch de dag daarvoor, of de dag dáárvoor. Hij kwam op oudejaarsavond voor het diner hiernaartoe, maar hij heeft zijn oom toen niet opgezocht omdat meneer Paradine zich met Elliot Wray in zijn studeerkamer had verschanst, en hij zegt, net als iedereen, dat hij na het diner zelfs niet in de buurt van de studeerkamer is geweest. Hij ging samen met Richard om kwart voor tien weg, waarna hij naar zijn flat in Birleton Mansions terugging. Maar later, zei hij, is hij een wandeling gaan maken. Raar om dat zo laat op de avond te doen. De agent die op de brug dienst deed, heeft hem om ongeveer tien voor halfelf de brug zien oversteken en in de richting van River House zien lopen. De maan scheen toen nog, en hij kent hem van gezicht. Mark zegt dat hij een eindje de weg afliep en toen terugkwam. Niemand heeft hem zien terugkomen, maar Hardings dienst zat er om halfelf op, en de man die hem afloste, is een nieuweling en zal er niet zo op hebben gelet. Volgens mij kan Mark die vingerafdrukken alleen na tien voor halfelf hebben gemaakt, toen Harding hem de kant van River House zag opgaan.'

'Wie heeft hem binnengelaten?' zei kolonel Bostock. 'Lane in ieder geval niet.'

'De deur was niet vergrendeld. Mark en Richard hebben tot een paar jaar geleden hier gewoond. Het lijkt me heel waarschijnlijk dat ze nog een sleutel hebben. Of als dat niet zo is, kan Mark naar achteren zijn gelopen, naar het terras, en op de glazen deur hebben geklopt. De hele familie wist dat meneer Paradine daar tot twaalf uur zou blijven wachten.'

'Het is een beroerde zaak,' zei kolonel Bostock.

'Inderdaad. Maar toen werden die vingerafdrukken gemaakt – ergens na tien voor halfelf woensdagavond. Ze kunnen op geen enkel ander tijdstip zijn achtergelaten.'

Miss Silver kuchte.

'Is hem gevraagd er een verklaring voor te geven, hoofdinspecteur? Toen hij mijn hulp inriep, zei hij openlijk dat hij onder verdenking stond. Ik heb hem toen duidelijk gemaakt dat ik niet van plan was om bewijsmateriaal te verdonkeremanen, en dat ik mij er alleen op wilde richten om de waarheid aan het licht te brengen. Hij antwoordde toen dat dit de enige reden was waarom hij mij erbij had gehaald. Wist u trouwens dat deze zakagenda van hem is?'

'Wat!' zei kolonel Bostock.

'Een nieuwjaarscadeautje van juffrouw Paradine,' zei miss Silver. 'Meneer Ambrose, Albert Pearson en de beide neven hebben er ieder een gekregen. Ze werden woensdagavond na het diner in de salon overhandigd. Er waren vier verschillende kleuren. De blauwe was van Mark.'

'Goeie hemel!'

'Nou, ik zou zeggen dat dit de deur dichtdoet,' zei Vyner.

Miss Silver pakte de agenda op.

'Nog even, kolonel Bostock. Het is een heel nieuwe agenda, maar u zult zien dat hij vanzelf openvalt. Als u en de hoofdinspecteur dat zouden willen controleren, dan geloof ik dat u het met me eens zult zijn dat het boekje terug is gevouwen zodat hij op deze pagina open blijft liggen – en dat is op de datum van 1 februari.'

'Ja, dat is ons ook opgevallen,' zei Vyner. 'Toevallig staat er niet alleen een prima vingerafdruk op de omslag, maar ook binnenin. Ik wilde dat al zeggen, omdat het een tikje vreemd is dat de vingerafdrukken van Mark zowel binnenin als buitenop zitten, en ook die van meneer Paradine, en waar ze elkaar overlappen, zitten die van meneer Paradine bovenop. Zo te zien is de datum ter sprake gekomen en heeft Mark hem de agenda gegeven zodat hij het zelf kon zien. We hebben hem nog niet om uitleg gevraagd. Ik dacht dat we hem nu misschien konden laten komen. Ik zal hem moeten vragen of hij er bezwaar tegen heeft dat u erbij blijft, maar aangezien hij uw hulp heeft ingeroepen, zal hij daar weinig reden voor hebben. En als hij bereid is om u erbij te houden, dan zal dat een vingerwijzing zijn voor de rest van de familie, als u begrijpt wat ik bedoel.'

Miss Silver begreep het uitstekend. Ze knikte even en murmelde beleefd: 'Dat is heel vriendelijk van u.'

Er werd op de bel gedrukt, waarna om de heer Mark Paradine werd gevraagd. Hij zag eruit alsof hij geen oog dicht had gedaan, en alsof hij zijn uiterste best deed zich in bedwang te houden. Hij zag er niet zo somber en humeurig uit als gisteren, en hij leek zich beter te kunnen beheersen. Als hij dacht dat hij zou worden gearresteerd, wist hij dat goed te verbergen.

Kolonel Bostock zei: 'Hoe gaat het, Paradine? Kom erbij zitten.' Vyner zei: 'Goedemorgen.' Geen van de mannen stond op en geen van beiden stak de hand uit. Het was van het begin af duidelijk dat het om een officieel onderhoud ging.

Mark ging tegenover miss Silver zitten. Er zaten vier mensen aan het bureau, drie ervan in dienst van de wet, en de andere die weleens in het beklaagdenbankje kon belanden.

Aan het gezicht van kolonel Bostock was te zien dat hij de woorden 'een werkelijk heel akelige aangelegenheid' repeteerde. Hij schraapte zijn keel en zei hardop: 'Bezwaar om een paar vragen te beantwoorden?'

'Nee nee.'

'Geen bezwaar tegen de aanwezigheid van miss Silver? Ik meen dat u haar hulp hebt ingeroepen.'

'Nee, geen enkel bezwaar.'

Kolonel Bostock keek naar de andere kant van het bureau en zei: 'Oké Vyner, ga je gang.'

De hoofdinspecteur wendde zich naar Mark met de zakagenda in de hand.

'Is deze van u, meneer Paradine?'

Mark keek er fronsend naar.

'Waarom denkt u dat?'

'We hebben gehoord dat juffrouw Paradine woensdag vier van deze zakagenda's als nieuwjaarscadeautje heeft uitgereikt. Er werd gezegd dat de blauwe aan u werd gegeven. Klopt dat?'

Mark verstarde een beetje. 'Dat klopt,' zei hij.

'De agenda's werden in de salon overhandigd, nadat u zich daar bij de dames had gevoegd?'

'Ja.'

'U bent tussen dat tijdstip en het moment waarop u om kwart voor tien vertrok, niet meer in dit vertrek geweest?'

'Nee.'

'Welnu dan, meneer Paradine, wilt u dan uitleggen waarom deze zakagenda op dit bureau werd aangetroffen toen de politie om kwart over acht de volgende ochtend arriveerde? Uw vingerafdrukken en die van wijlen de heer Paradine zitten op het omslag en op de pagina van de eerste februari. Het boekje is op die plaats opengebogen. Hebt u daarvoor een verklaring?'

Mark merkte dat hij miss Silver aankeek, die hem op haar beurt met vaste en opgewekte blik aankeek, op dezelfde manier waarop een onderwijzer bemoedigend naar een schuchtere leerling kijkt. Maar hij kon niet goed verklaren waarom hij het een bemoedigende blik vond.

'Ja, ik geloof van wel. Ik denk dat ik u maar beter kan vertellen wat er is gebeurd,' zei hij.

Kolonel Bostock schraapte opnieuw zijn keel.

'Het is mijn plicht, meneer Paradine, u erop te wijzen dat alles wat u zegt, zal worden opgeschreven en als bewijs tegen u kan worden gebruikt.'

Mark keek hem aan met iets dat op een glimlach leek.

'Dank u, kolonel... maar ik ga iets uitleggen, geen bekentenis afleggen. Ik ben naar mijn flat in Birleton Mansions teruggegaan en weer uitgegaan, zoals ik de hoofdinspecteur al vertelde. Ik wilde hem niet graag vertellen waar ik naartoe ging, maar ik neem aan dat het toch moest uitkomen. Ik ben weer hiernaartoe gegaan omdat ik mijn oom wilde spreken, en met het oog op wat hij tijdens het diner had gezegd, wilde ik niet dat de rest van de familie dat zou merken.'

'Goeie hemel! U bent teruggekomen en hebt met meneer Paradine gesproken?'

'Ja.'

'Hoe bent u binnengekomen?'

'Ik heb mijn oude sleutel gebruikt.'

Kolonel Bostock liet een plopgeluidje horen. Vyner zei: 'Waarom wilde u meneer Paradine spreken. Wilt u ons dat vertellen?'

Mark fronste zijn voorhoofd.

'Ja, dat wil ik wel. Ik wilde al heel lang bij het bedrijf weg om dienst te nemen bij de RAF. Mijn oom heeft altijd geweigerd me te laten gaan. Dat wil zeggen, hij had daar geen zeggenschap over, maar er was weinig kans dat de overheid me zou laten gaan tenzij hij zei dat hij het zonder me kon stellen.'

Kolonel Bostock keek hem scherp aan.

'U bent bij research-werk betrokken, nietwaar?'

'Ja.'

'Ga door.'

'Mijn oom wilde me niet laten gaan. Gisteravond ben ik teruggekomen om hem te zeggen dat hij me moest laten gaan. Dat was alles.'

'Waarom?'

'Om privéredenen.'

'Wilt u ons vertellen wat die redenen zijn?'

'Nee. De dood van mijn oom heeft alle plannen gewijzigd. De hoop dat ik hier wegkom, is nu wel vervlogen.'

Vyner had hem aandachtig zitten opnemen. Hij zei: 'Wat voor soort gesprek had u met meneer Paradine? Een vriendelijk gesprek?'

'Ja. Hij was bereid me te laten gaan. Daarom was die zakagenda op 1 februari opengeslagen. Ik ben met iets bezig en ik zei dat ik dat binnen de maand af zou hebben. Hij vroeg me om een maand te wachten en dan weer met hem te komen praten. Ik zei: "Vandaag over vier weken?" en hij zei: "Nee, ik bedoel een kalendermaand." Ik herinnerde me de zakagenda die mijn tante me eerder op de avond had gegeven, dus haalde ik die uit mijn zak en zocht 1 februari op om te kijken op welke dag dat viel. En toen gaf ik hem aan mijn oom, en hij zei: "Prima, als je dan nog hetzelfde denkt."'

'Wat gebeurde er daarna?'

'Ik ben naar huis gegaan. Ik wist niet dat ik de zakagenda had laten liggen. Ik heb er niet meer aan gedacht.'

'Hoe laat bent u vertrokken.'

'Dat weet ik niet precies... rond halftwaalf, zou ik denken.'

'Heeft niemand u zien komen of gaan?'

'Niet dat ik weet.'

Vyner wachtte even. Toen zei hij: 'Meneer Wray en meneer Pearson kwamen rond halftwaalf naar beneden om iets te drinken. Meneer Wray zegt dat hij de indruk had dat de voordeur werd dichtgetrokken op het moment waarop hij de hal binnenkwam. Dat zou dan kloppen met de tijd die u opgeeft.'

'Ja.'

'Meneer Paradine... hoe was de stemming toen u bij uw oom wegging? Vriendelijk?'

Miss Silver zag een spiertje vertrekken op de donkere wang. De zwarte wenkbrauwen werden samengetrokken. 'Ja,' zei hij.

'Leefde hij nog toen u wegging?'

Heel even leken de ogen onder de gefronste wenkbrauwen vuur te spuwen. Er was een duidelijke hapering voordat Mark Paradine voor de tweede keer 'Ja' zei.

31

Met een klein kuchje verbrak miss Silver de daaropvolgende stilte.

'Meneer Paradine, kunt u ons vertellen wat er nog meer op het bureau lag toen u hier woensdagavond was?'

Er gleed een trek van verbazing over zijn gezicht.

'Hoe bedoelt u dat?'

'Probeert u zich gewoon het bureau voor de geest te halen zoals het er toen uitzag,' zei ze, 'en vertel me zo uitgebreid mogelijk wat u daarop zag liggen.'

Hij fronste weer, maar dit keer van concentratie.

'Ik weet het niet... ik heb er niet op gelet. Ik zou zeggen precies wat er nu op ligt.'

'Probeert u het alstublieft, meneer Paradine. Noem de dingen bij de naam. Misschien ontdekt u dan dat u zich toch wat meer herinnert.'

De rimpels werden dieper, maar het optrekken van zijn lip, gedeeltelijk uit vermaak en gedeeltelijk uit ongeduld, was daarmee in tegenspraak. 'Nou, alles wat u nu ziet,' zei hij. 'Het inktstel, de pen, de potloden, het vloeiblad, het schrijfblok...'

'Dat ligt er nu niet.'

'Het schrijfblok? Dat lag voor hem toen we zaten te praten. Dat weet ik zeker. Er was niet op geschreven.'

'Gaat u alstublieft door.'

'Ik kan verder niets meer bedenken.'

'Een kalender? Juffrouw Paradine zei toevallig dat hij altijd een gewone grote kalender gebruikte.'

Mark schudde het hoofd.

'Nee, er lag geen kalender, anders had ik mijn agenda niet gepakt. Het was natuurlijk wel de laatste dag van het jaar. Ik neem aan dat hij de oude had weggegooid en dat de nieuwe nog niet was klaargelegd.'

'Lag er verder niets op deze hoek van het bureaublad, tussen de hoofdinspecteur en mij?'

'Alleen de krant.'

Miss Silver zei: 'O hemeltje! Lag er een krant over deze hoek uitgespreid?'

'Ja, de *Times*. Die had hij zeker zitten lezen.'

'Meneer Paradine, kunt u zich ook herinneren of de krant plat lag? Kan er iets onder hebben gelegen, voor zover u zich kunt herinneren, bijvoorbeeld de blauwdrukken van meneer Wray?'

Zijn gezicht vertrok van ontzetting. Zijn blik ging naar Vyner en toen naar de commissaris.

'Maar díé worden toch niet vermist! Had mijn oom het dáárover?'

Kolonel Bostock zei: 'Is dat nu pas bij u opgekomen?'

Mark maakte een beweging en kwam iets overeind, maar hij bedacht zich en liet zich weer zakken, leunde over de tafel en liet zijn blik van de een naar de ander gaan.

Kolonel Bostock zei op scherpe toon: 'Kom kom, Paradine! Wat dacht u dan dat uw oom bedoelde toen hij zei dat een van jullie de familiebelangen had verraden? Niet aardig om zoiets te zeggen... en niet aardig om zoiets te horen. Wat dacht u dan dat hij bedoelde?'

'Hij was de blauwdrukken kwijt? Had hij het daarover?'

'Ik vroeg u wat u dan had gedacht, Paradine.'

Mark ging weer rechtop zitten.

'Het spijt me, maar ik heb nooit aan de blauwdrukken gedacht.'

'O nee? Dan zou ik graag willen weten waar uw gedachten wel naar uitgingen.'

Mark bleef bijna een halve minuut zwijgen. Het leek veel langer. Toen zei hij: 'Dat zal ik u vertellen. Het was natuurlijk een grote schok... niet leuk om te horen, zoals u al zei. Ik heb nooit aan de blauwdrukken gedacht. Ik wist niet wat ik ervan moest denken. Mijn gedachten werden grotendeels in beslag genomen door privézaken, maar toen ik erover nadacht, vroeg ik me af of hij het over mij had. Het klinkt wat overdreven, maar hij wond zich altijd vreselijk op over het idee dat ik het bedrijf zou verlaten. De laatste keer dat we erover praatten, zei hij dingen die niet zoveel verschilden van wat hij woensdagavond zei.'

'Kunt u een voorbeeld geven?'

'Nou, hij zei dat ik bereid leek omwille van een beetje nepgoud het bedrijf en het land in de steek te laten.'

'Dus u dacht dat hij het woensdagavond over u had?'

Mark schudde het hoofd.

'Nee, niet zo definitief. Ik voelde gewoon dat de situatie tot een kookpunt was gekomen en dat ik niet langer zo verder kon, daarom ben ik teruggegaan om hem dat te zeggen.'

De ogen van kolonel Bostock keken hem sceptisch aan.

'En toch blijft u erbij dat het een plezierig gesprek was?'

Ineens kreeg Mark Paradine een kleur.

'Nou, dat was ook zo. Ik kreeg hem zover dat hij mijn standpunt begreep. Ik vertelde u al dat hij ermee instemde om me over een maand te laten gaan, als ik dat dan nog steeds wilde.'

'Ja, dat zei u.' De klank van zijn stem was net zo sceptisch als de blik in zijn ogen.

Mark verstarde zichtbaar. Vyner zei: 'U wist niet dat de blauwdrukken werden vermist? Wanneer hebt u ze voor het laatst gezien?'

'Ik heb ze helemaal nooit gezien.'

'Weet u dat zeker?'

'Absoluut.'

'Maar u wist wel dat ze bestonden... u wist dat meneer Wray ze had meegebracht?'

'Jazeker.'

'U was woensdagmiddag in het privékantoor van wijlen de heer Paradine?'

'Ja.'

'Hoe laat, en hoe lang?'

'Ik kwam kort voor vieren met Frank Ambrose binnen, en ik bleef ongeveer een kwartier.'

'En was u in die tijd ook alleen in het kantoor?'

'Ja. Mijn oom was het grootste deel van de tijd weg. Ambrose ging eerder weg dan ik. Ik heb op mijn oom gewacht, en daarna ben ik ook weggegaan.'

'Hebt u een attachékoffertje op het bureau in het kantoor zien staan?'

'Ja, ik geloof van wel... dat moet haast wel. Mijn oom nam er paperassen in mee naar huis of kantoor.'

'Hebt u het koffertje aangeraakt?'

Mark fronste zijn voorhoofd.

'Misschien wel... ik stond tegen de tafel geleund.'

'En meneer Ambrose?'

'Dat weet ik echt niet. We hebben even staan praten.'

'U stond tegen de tafel geleund. Bent u daar al die tijd dat u in de kamer was, blijven staan?'

'Nee... ik heb ook een tijdje bij het raam gestaan.'

'Wat deed u daar?'

'Ik keek naar buiten. We waren de tijd aan het doden terwijl we op mijn oom wachtten. Uiteindelijk wilde Ambrose niet langer wachten.'

'U stond dus een tijdje met uw rug naar de kamer?'

'Ja.'

'En nadat meneer Ambrose was weggegaan, was u toen alleen?'

'Een minuutje of twee.'

'U was alleen met het attachékoffertje?'

'Dat klopt.'

'U had het dus kunnen openen. Hebt u dat gedaan?'

'Natuurlijk niet.' Hij zei het half achteloos, half spottend.

'U hebt het koffertje niet geopend... en u hebt de blauwdrukken niet weggenomen?'

'Ik wist niet eens dat ze waren weggenomen.' De spot had inmiddels de overhand gekregen.

Vyner keek de commissaris aan. Kolonel Bostock zei:

'U wist niet dat de blauwdrukken waren weggenomen. Wist u wel dat ze waren teruggelegd?'

Het gezicht van Mark Paradine veranderde op slag. Iets had de starheid verdreven. Hij leunde voorover en zei gretig: 'Zijn ze echt teruggelegd?'

Kolonel Bostock knikte.

'Wanneer?'

Miss Silver zei: 'Dat is nu precies wat wij graag zouden willen weten, meneer Paradine. We zouden daarbij graag uw hulp willen hebben. De blauwdrukken zaten in een kartonnen koker. Die koker werd door meneer Wray aangetroffen toen hij donderdagochtend vroeg de studeerkamer binnenkwam, nadat hij op de hoogte was gebracht van de dood van meneer Paradine. Hij lag toen op deze hoek van het bureau. Denkt u dat het mogelijk is dat die er ook al lag toen u uw oom woensdagavond opzocht?'

Mark keek aarzelend en fronsend en zei: 'Het zou kunnen... Maar er moeten toch vingerafdrukken op zitten... als u de koker hebt, moeten er de vingerafdrukken op zitten van degene die de blauwdrukken heeft weggenomen.'

Hij liet zijn blik van de ene naar de andere gaan en kreeg een strakke blik van Vyner terug.

'Ik wens niets over vingerafdrukken op de koker te zeggen, meneer Paradine.'

Mark schoof zijn stoel naar achteren en stond op.

'Nou, die van mij zullen jullie er niet op vinden,' zei hij.

32

Toen de deur nogal hardhandig was dichtgetrokken, keek kolonel Bostock naar Vyner die tegenover hem zat, en zei: 'Wat maak jij daaruit op?'

'Nou, het probleem met de koker is, dat er te veel afdrukken op zitten, veel te veel en veel te vaag, met uitzondering van die van Elliot Wray. Dat geldt ook voor de blauwdrukken. Elliot Wray zegt dat meneer Paradine hem had verteld dat hij en meneer Moffat en Frank Ambrose ze hebben besproken. Ik neem aan dat het betekent dat ze de blauwdrukken te voorschijn hebben gehaald en die van hand tot hand hebben laten gaan. We hebben geen voorbeeld van meneer Moffats vingerafdrukken, maar die van de andere twee zitten overal, plus nog een stel waarvan we vrijwel zeker weten dat die van meneer Moffat zijn. De buitenkant van de koker levert nog meer problemen op wat gezien het kleine oppervlak niet zo vreemd is. Er is een duidelijke afdruk van meneer Paradine, en een afdruk van een vinger en duim van Elliot Wray.'

Kolonel Bostock wendde zich tot miss Silver.

'Hebt u al enig idee?' vroeg hij. 'Volgens mij gaat het tussen Mark Paradine en dat meisje Irene... mevrouw Ambrose.'

'Lieve hemel...' zei miss Silver. Ze vouwde haar handen in haar schoot, liet haar hoofd een tikje schuin zakken en keek hem vol verwachting aan.

Kolonel Bostock, die had gedacht met een welbespraakte vrouw te maken te krijgen, voelde zich opgelucht en aangemoedigd.

'Neem Mark nu,' zei hij. 'Hij geeft toe dat hij terug is gekomen om zijn oom te spreken. Hij wil niet zeggen waarom. Hij geeft toe dat hij dacht dat de opmerking over verraad van de familiebelangen op hem kon slaan. Merkwaardig verhaal als je er even over nadenkt. Hoe dan ook, hij kwam terug. Dat zegt-ie zelf. Hij zegt dat het een prettig onderhoud was. Hij geeft toe dat het onderwerp al eerder ter sprake was gekomen en dat het zijn oom altijd in woede had doen uitbarsten. Dit keer geen woede... alles heel plezierig. Oom blijkt bereid om hem te laten. Dat verhaal zit vol tegenstrijdigheden. Wat maakt u eruit op?'

Miss Silver glimlachte zwakjes.

'Nu u het mij toch vraagt, ik denk dat Mark wel een beter verhaal zou hebben bedacht als hij er een had moeten verzinnen.'

'Hm! Die agenda liet hem met de mond vol tanden staan. Hij moest toch iets zeggen. Hij had geen tijd om na te denken.'

Miss Silver schudde het hoofd.

'Hij wist dat hij onder verdenking stond. Dat was het eerste dat hij tegen mij zei. Hij wist dat de agent op de brug hem moest hebben gezien en herkend. Hij had een veel beter verhaal kunnen verzinnen. Hij had nooit kunnen voorzien dat de zakagenda zijn verhaal zou bevestigen, wat toevallig wel het geval is. Zijn verklaring dat hij het boekje te voorschijn haalde om te kijken op welke dag een bepaalde datum viel, en het vervolgens aan zijn oom gaf, wordt ondersteund door de plaats van de vingerafdrukken. Het feit dat er geen andere kalender op het bureau lag, ondersteund ook zijn verhaal.'

'Het is maar magertjes!' zei kolonel Bostock heftig. 'Paradine vertelt de familie dat een van hen een misdadiger is. Zegt dat hij weet wie het is. En zegt dat hij een bekentenis verwacht. Zegt dat hij hier tot twaalf uur 's nachts zal wachten. Nu vraag ik u, dan is het toch redelijk om te veronderstellen dat Mark eerst een vals spoor legt door iedereen welterusten te wensen en met zijn neef weg te gaan, om vervolgens stiekem terug te komen om geen andere reden dan een bekentenis af te leggen?'

Miss Silver schudde opnieuw het hoofd.

'Ik denk dat hij wel terugkwam om een bekentenis af te leggen, maar dat het niet de blauwdrukken van Elliot Wray betrof.'

Kolonel Bostock staarde haar aan en miss Silver keek glimlachend terug.

'Er is echt een heel eenvoudige verklaring voor. Mark is verliefd op Lydia Pennington. Ik geloof dat hij al een tijdje verliefd op haar is, maar ik geloof niet dat hij haar dat ooit heeft gezegd. Ik heb van mevrouw Ambrose begrepen dat de familie verwacht dat Lydia met Richard Paradine zal trouwen, die haar al meerdere malen ten huwelijk heeft gevraagd. Ze zaten naast elkaar aan het diner van woensdagavond, en in een van de heildronken voegde meneer Paradine nog wat aan die verwachtingen toe door hun namen aan elkaar te koppelen. Ik kan me heel gemakkelijk voorstellen dat dit Mark het gevoel heeft gegeven dat hij het niet langer kon verdragen. Richard heeft onderweg naar huis misschien iets gezegd – dat weten we gewoon niet – maar ik kan me goed voorstellen dat Mark helemaal niet in de stemming was om te gaan slapen. U zegt dat een onschuldig man geen gesprek zou willen aangaan dat hem zou kunnen compromitteren, maar u moet wel voor ogen houden dat een onschuldig man er geen idee van zou hebben dat iemand een diefstal had gepleegd. Hij had heel gemakkelijk de verkeerde indruk kunnen krijgen dat de woorden van zijn oom sloegen op zijn wens om het bedrijf te verlaten, en in dat geval zou het heel natuurlijk zijn dat hij besloot terug te gaan en de zaak af te handelen. Als hij meneer Paradine de ware reden heeft verteld waarom hij weg wil, wat volgens mij heel goed mogelijk is, dan is het ook niet zo verbazingwekkend meer dat het een vriendelijk gesprek was. Uit het feit dat meneer Paradine hem vroeg nog een maand te wachten voordat hij een definitief besluit nam, maak ik op dat hij de kansen van Mark ten opzichte van Lydia Pennington niet zo somber inzag als Mark zelf. Ziet u, kolonel Bostock, op deze manier zou alles verklaard kunnen worden, gelooft u ook niet?'

'Hm!' zei kolonel Bostock op de toon van een man die zich liever aan zijn eigen oordeel vasthoudt. Vyner, met de vragende blik van miss Silver op hem gericht, zei: 'Er zit wel iets in.'

Zijn baas wierp hem een scherpe blik toe.

'Wat heeft het voor zin om iets te zeggen zonder iets te vertellen? Feit is dat we het niet weten. Volgens zijn eigen woorden was Mark tot halftwaalf hier in deze kamer. Hij kan zijn weggegaan en zijn oom levend hebben achtergelaten, of hij kan hem een zetje hebben gegeven.'

'Hij krijgt wel het grootste deel van de erfenis...' zei Vyner weifelend.

Kolonel Bostock wendde zich weer tot miss Silver.

'Het gaat tussen hem en dat meisje Irene. Wel vreselijk, maar als ze iemand al eens van een klip heeft geduwd, zou ze het best weer een keer kunnen doen. Dat gebeurde toen ze nog met mijn dochters op school zat. Ze had een zwerfpoesje. Tegen de regels. Een lastige bemoeial zei dat ze het zou verklappen en dat het katje zou worden afgemaakt. Irene duwde haar in de rivier. Ze had best kunnen verdrinken. Gelukkig gebeurde dat niet. Een heel onaangenaam voorval.'

Vyner pakte het verhaaltje op.

'Irene Ambrose gaat volgens zeggen helemaal op in haar kinderen. Veronderstel nu eens dat Frank Ambrose die blauwdrukken had weggenomen – hij was een van de mensen die wisten dat ze er waren. Hij heeft ze in ieder geval in handen gehad. Hij had de kans om de koker uit het koffertje van meneer Paradine te halen toen Mark bij het raam naar buiten stond te kijken. Het is niet aardig om dit te denken, maar het blijkt dat zijn moeder een Duitse was, en misschien hebben ze hem wel in hun greep gekregen. Volgens de geruchten in de stad leven ze boven hun stand. Zij kan niet met geld omgaan. Ze zijn nogal wat geld schuldig, onbetaalde rekeningen en zo. Ik wil niet zeggen dat ze die niet zouden kunnen betalen, maar ze betalen in ieder geval niet. Nu dan, stel dat hij de blauwdrukken wegpakt... misschien werd hem een fiks bedrag aangeboden als hij kans zou zien ze te laten fotograferen. Hij heeft er misschien op gerekend dat hij ze woensdagavond weer terug kon leggen zonder dat iemand er iets van had gemerkt. Maar voordat het diner is afgelopen, staat meneer Paradine op en doet zijn woordje... hij zegt dat een van de familieleden een misdaad heeft begaan en dat hij weet wie het is. Daarmee is de kans verkeken om ze ongemerkt terug te leggen. Als jullie de verklaring van Frank Ambrose erbij pakken, zullen jullie zien dat hij het minst van iedereen heeft gezegd. Zo ligt het. Van wat ik heb begrepen, heeft niemand vanaf dat ogenblik nog een woord uit hem weten te krijgen.'

Kolonel Bostock maakte een knorrend geluidje.

'Je kunt niet zeggen dat iemand schuldig is omdat hij niks zegt.'

'Nee, maar ik zeg ook niet dat hij schuldig is – ik leg alleen de zaak voor. Als hij de blauwdrukken had weggenomen, moet hij hebben bedacht wat hij er nu verder mee moest doen. En hij moest heel snel iets bedenken. Het enige dat hem overbleef, was zich aan de genade van meneer Paradine over te leveren. We weten dat hij zijn familieleden om kwart voor tien mee naar huis nam. We weten ook dat hij en zijn vrouw weer weg zijn gegaan. Zij zegt dat ze naar dokter Horton ging. Hij zegt dat hij haar ging zoeken. Niemand weet wanneer ze weer thuiskwamen. Veronderstel eens dat Frank Ambrose naar River House ging en dat Irene Ambrose hem achterna ging. Misschien had hij haar iets verteld, of had ze het geraden. De Ambroses wonen in Meadowcroft, aan de overkant van de rivier. Over de weg is het een flink eind rijden, maar via de voetbrug en het pad langs de rivier niet meer dan zeven of acht minuten lopen. Laten we zeggen dat ze die weg kozen – Frank Ambrose zou het nooit riskeren om door de voordeur te gaan en de kans te lopen dat iemand hem zou zien. Als ik in zijn schoenen stond, zou ik dat tenminste niet doen. Ik zou naar het terras zijn gegaan en daar op de deur hier achter me hebben geklopt. Stel dat Frank Ambrose dat ook heeft gedaan. Zijn stiefvader zou hem binnenlaten en dan zouden ze een gesprek hebben. Als Irene Ambrose haar man was gevolgd, zou ze ongehinderd de deur hebben kunnen openen en luisteren naar wat er werd gezegd. Er is geen bewijs in de vorm van vingerafdrukken, omdat iedereen die deur in handen heeft gehad voordat wij hier arriveerden. Maar veronderstel dat ze dat deed, veronderstel dat ze tot de ontdekking kwam dat haar man zijn baan zou verliezen, want dat zou wel het minste zijn wanneer hij erop werd betrapt militaire geheimen te willen verkopen. Hoe je het ook zou bekijken, het zou hem volledig ruïneren. Nou, van wat we van Irene Ambrose weten, is dat ze in de eerste plaats aan de kinderen denkt. Toen ze twaalf jaar was en een meisje haar poesje bedreigde, duwde ze haar in de rivier. Wat denken jullie dat ze zou doen als ze dacht dat haar kinderen werden bedreigd?'

'Goeie genade!' zei kolonel Bostock. 'Wat heeft het voor zin om over zulke dingen te praten? We hebben geen enkel bewijs.'

'Nee... alleen is het wel heel goed mogelijk. Ik zeg niet dat het Irene Ambrose was. Frank Ambrose kan het ook zelf hebben gedaan. Ze waren allebei van huis... ze hoefden maar een paar minuten te lopen om hier te komen. Als Frank Ambrose de blauwdrukken heeft gestolen, dan hadden ze allebei een krachtig motief. De hele familie wist dat meneer Paradine van plan was op te blijven. Het heeft er alle schijn van dat iedereen wist dat hij altijd naar het terras ging voordat hij ging slapen. Ze hadden stuk voor stuk op hem kunnen staan wachten om hem een zetje te geven.'

'Plus nog een half dozijn anderen! Ik zeg niet dat een van beiden het niet heeft gedaan. Bij voorkeur Irene. Ik zeg alleen dat er geen enkel bewijs is.'

'Nee, inderdaad,' zei hoofdinspecteur Vyner.

Miss Silver kuchte en stelde een vraag die nergens op sloeg.

'Ik zou graag willen weten waar u precies de vingerafdrukken van Phyllida Wray hebt aangetroffen.'

'Goeie genade, u verdenkt haar toch niet!'

Miss Silver produceerde een nietszeggend glimlachje.

'Als de hoofdinspecteur zo vriendelijk zou willen zijn...'

Vyner had zijn antwoord al klaar.

'Nou, ze zat op de stoel waarop de commissaris nu zit. Daar zat Mark ook. Zijn en haar vingerafdrukken waren op de rugleuning en de armleuningen te vinden... en die van Richard, maar hij zegt dat hij hier na de thee was.'

'Waren er verder nog vingerafdrukken van Phyllida te vinden, hoofdinspecteur?'

Vyner fronste het voorhoofd.

'Toevallig wel, ja... en op een paar merkwaardige plekken. Het lijkt erop dat ze is weggegaan door de slaapkamer van wijlen mevrouw Paradine. Door die deur, tussen de haard en de binnenmuur. Haar vingerafdrukken zitten aan beide kanten op de deurknop, en dat was ook het geval bij de deur die op de gang uitkomt. Bovendien staat de afdruk van haar volle hand op de binnenkant van de tweede deur. Vermoedelijk heeft ze in het donker op de tast de weg gezocht. Ik heb haar er nog niet over ondervraagd... ik had nog geen tijd.'

'Hebt u een reden kunnen bedenken waarom ze langs die weg is vertrokken?'

'Eigenlijk niet, nee.'

Miss Silver kuchte beschaafd.

'Als ze met haar oom zat te praten en iemand anders op de deur van de studeerkamer klopte, wilde meneer Paradine misschien niet dat ze zag wie het was. Hij kan haar op de andere uitgang hebben gewezen. Lijkt u dat een redelijke verklaring?'

Vyner keek haar vol respect aan.

'Dat is heel goed mogelijk.'

'Ik geloof dat het zo is gegaan.'

'Denkt u dat ze Frank Ambrose kan hebben gehoord?'

'Dat zou ik niet willen beweren. Ik heb de indruk gekregen dat ze iets heeft gehoord. Nadat ze openhartig over haar onderhoud met meneer Paradine had gesproken, werd ze ineens heel zwijgzaam... ze was bang om door te gaan. Ze zocht een excuus om bij me weg te gaan. Ik heb toen niet verder aangedrongen, maar als u me wilt toestaan, zou ik graag nog eens een praatje met haar maken.'

Vyner keek naar de andere kant van het bureau en kolonel Bostock knikte.

33

Een tijdje later had miss Silver een gesprekje met vier mensen. Ze werden alle vier heel gewoon en heel terloops benaderd. En aan iedereen stelde ze dezelfde vraag.

Albert Pearson liep in de gang toen ze uit de studeerkamer kwam. Hij leek op weg naar de achtertrap die naar de slaapkamerverdieping leidde. Bij het horen van miss Silvers zwakke kuchje keek hij om. Toen ze zei: 'O, meneer Pearson...' draaide hij zich om en kwam hij naar haar toe.

'Kan ik iets voor u doen, miss Silver?'

'O nee, meneer Pearson... ik vroeg me alleen af of u toevallig weet waar de *Times* van woensdag is geleven. Er stond iets in wat ik wilde lezen. Maar het is niet echt belangrijk. Ik zou u niet graag lastig vallen.'

Albert Pearson was een en al beleefdheid. Hij dacht dat Lane het wel zou weten... 'Ik zal het hem vragen.'

'O, doet u alstublieft geen moeite. Ik vroeg me alleen af... weet u toevallig of meneer Paradine de krant woensdagavond nog heeft gehad?'

Door de dikke glazen keek Albert haar heel intens aan. Hij deed miss Silver aan een mier denken. Ze moest zelfs even aan de fabel van La Fontaine denken. Albert zei ondertussen: 'Ja, ik geloof van wel... ik weet het eigenlijk wel zeker. Die lag op zijn bureau toen ik hem welterusten wenste.'

'Zat hij er niet in te lezen toen u binnenkwam?'

'Nee nee. Hij lag op het bureaublad.'

'Aan de linkerkant?'

'Gunst ja, inderdaad miss Silver.'

Hij kreeg een beleefd lachje.

'Hartelijk dank, meneer Pearson. Dan zal Lane hem denk ik wel hebben. Nee, doet u geen moeite... ik zal het hem zelf wel vragen.'

Ze kwam Lane in de hal tegen. Hij bezorgde haar zonder uitstel de *Times* van 31 december. Het zien van de krant had een totaal andere uitwerking op Lane dan op miss Silver. Zij leek uiterst dankbaar, terwijl het Lane bijna te machtig werd. De nog steeds opgevouwen krant stond gelijk aan een overlijdensbericht.

'Wat vreselijk, hè?' zei hij. 'Ik heb nog nooit meegemaakt dat hij de *Times* niet had gelezen. Hij ging hem altijd meteen na het diner lezen.'

'Las niemand anders de krant?'

Lane schudde het hoofd.

'Nee, mevrouw. De dames hadden hun eigen krant. De *Times* was uitsluitend voor meneer Paradine... hij vond het niet prettig wanneer een ander hem las. Hij moet wel heel veel aan zijn hoofd hebben gehad dat hij er woensdag niet aan heeft gedacht om hem te lezen.'

'Heb je de krant wel gezien toen je na het diner in de studeerkamer was?'

'O zeker, mevrouw. Hij lag op het bureau, aan zijn linkerkant.'

'Zat hij hem dan niet te lezen?'

'Nee nee, mevrouw... hij was nog niet opengevouwen.'

'Kun je je ook herinneren of hij plat op het bureaublad lag?'

'Nee, mevrouw, hij lag niet plat.'

Lane zei dat rustig en met grote stelligheid.

'Want ziet u, mevrouw, ik vroeg me onwillekeurig af waarom hij niet plat lag. Er leek iets onder te liggen, en ik vroeg me onwillekeurig af wat dat was, omdat meneer Paradine zijn bureau altijd zo keurig op orde hield.'

'Dank je wel, Lane.'

Met de *Times* in de hand liep miss Silver de trap op. Bovenaan kwam ze Phyllida Wray tegen en vroeg zonder meer: 'Hebt u een krant op het bureau zien liggen toen u woensdagavond met uw oom hebt gepraat?'

Phyllida keek haar even afwezig aan, kreeg vervolgens

zichzelf weer in de hand en zei: 'Ja, ik geloof van wel... ja, inderdaad.'

Verder vragen bracht aan het licht dat die krant haar niet echt was opgevallen, maar nu ze er nog eens over nadacht, had hij wel wat bol gelegen, net alsof er iets onder lag.

Miss Silver liep verder naar haar slaapkamer, waar ze Polly Parsons in bedrukt paars en met een stofdoek aantrof. Ze deed de deur achter zich dicht en zei: 'Je kunt zo meteen doorgaan met stof afnemen, Polly, maar eerst wil ik je iets vragen.' Ze stak de *Times* omhoog. 'Lag deze krant op het bureau toen je woensdagavond in de studeerkamer kwam om het vuur op te stoken?'

Polly keek met grote ogen naar de *Times* en zei: 'O nee, die lag er niet.'

'Weet je dat zeker, Polly?'

'O ja. Die kan ook niet op het bureau hebben gelegen – daar zou meneer Lane hem nooit hebben neergelegd. Er is een apart tafeltje voor de kranten. Ik zou het hebben gezien als hij op de verkeerde plaats was gelegd.'

Geen spoortje meer van de verlegenheid van de avond ervoor... geen gestamel en geen gebloos. De rode wangen verschoten niet van kleur. Het hadden echte appeltjes kunnen zijn. De blauwe ogen keken miss Silver onschuldig aan.

'Dank je wel, Polly,' zei ze, liep de kamer weer uit en deed de deur achter zich dicht.

Elliot Wray zat in zijn kamer, naast de hare. Ze hoorde hem rondlopen.

Nadat ze op de deur had geklopt, zei hij enigszins ongeduldig: 'Kom binnen!'

Hij moest aan het ijsberen zijn geweest, want nu stond hij bij het raam naar buiten te kijken. Toen de deur dichtging, keek hij achterom, nogal verbaasd zo te zien. 'Miss Silver!' zei hij.

Ze zei: 'Ik zou graag even met u praten, meneer Wray. Zullen we erbij gaan zitten?'

'Waar gaat het over? Neemt u de stoel, dan ga ik wel op het bed zitten. Waarover wilde u me spreken?'

Ze keek hem zeer aandachtig aan. Ze had nog steeds de *Times* van 31 december in de hand, die ze hem aanreikte.

'Hebt u woensdagavond deze krant gezien toen u meneer Paradine welterusten ging wensen?'

'Ja... die lag op zijn bureau... ik dacht dat hij hem had zitten lezen.'

'Nee nee, meneer Wray. Hij was nog opgevouwen.'

Hij liet een ongeduldig lachje horen.

'Dan moest hij hem neem ik aan nog lezen.'

'Niemand heeft deze krant ooit opengeslagen, meneer Wray.'

Hij leunde met zijn ellebogen op de koperen rand van het voeteneind en legde zijn kin op zijn handen. 'Best, best... en waar brengt ons dat?'

Miss Silver kuchte, niet direct vermanend, meer om haar eigen gedachten weer bij het onderwerp te krijgen. Wat een merkwaardige uitdrukking, maar wel heel beeldend... die moest ze onthouden... Ze vroeg zich af wat die brave Lord Tennyson over dat moderne taalgebruik zou hebben gezegd. Iets onfatsoenlijks, vreesde ze... Met dat kuchje riep ze zichzelf weer tot de orde.

'Meneer Paradine had de gewoonte om iedere avond na het diner de *Times* te lezen,' zei ze snel. 'Woensdagavond zat hij van negen tot twaalf uur in zijn studeerkamer zonder hem zelfs maar te hebben opengeslagen. Wat maakt u daaruit op?'

Elliot keek haar recht aan.

'Als u me nu eens vertelde wat u eruit opmaakt?'

'Goed dan. Een ander zou kunnen denken dat hij van streek was, maar u hebt gezegd dat meneer Paradine helemaal niet van streek was. Uw vrouw was het met u eens, net als Mark. Uw vrouw werd door hun gesprek geholpen en gerustgesteld. Mark werd vol begrip en genegenheid aangehoord. "Een hart dat zo op zijn gemak is dat het kan troosten en meeleven" vind je meestal niet bij iemand die zelf onder zware druk staat.'

Elliot grinnikte.

'Weet u, dat klinkt helemaal niet als meneer Paradine.'

Miss Silver kuchte.

'We hebben allemaal onze eigen manier van uitdrukken, meneer Wray. Het staat echter vast dat zowel uw vrouw als Mark een gewillig oor vonden.'

'Mark?'

'Ja. Hij was woensdagavond tussen elf uur en halftwaalf bij meneer Paradine. Ik denk dat u hem net bent misgelopen toen u met meneer Pearson naar beneden kwam. Er is een volkomen aannemelijke reden voor dat gesprek, maar laten we daar niet verder op ingaan. Laten we alstublieft terugkeren naar de *Times*. Ik geloof dat er twee redenen zijn waarom hij niet werd opengeslagen. De eerste is dat hij werd gebruikt om er iets onder te verbergen, en de tweede is dat meneer Paradine te druk was.'

'En waarmee was hij dan druk?'

'Ik geloof dat hij een aantal keren bezoek heeft gehad.'

'Een aantal keren?'

'Dat geloof ik inderdaad. Ten eerste waren er meneer Pearson en uzelf. Toen gedurende een minuut of twintig uw vrouw, ergens tussen tien uur en halfelf. Mark moet kort voor elven zijn gekomen, maar ik heb redenen om te geloven dat er om halfelf nog iemand op bezoek kwam, omdat uw vrouw naar het schijnt wat overhaast via de slaapkamer van wijlen mevrouw Paradine is vertrokken.'

Elliot keek haar aan.

'U was er neem ik aan bij?'

Miss Silver glimlachte en legde het uit alsof ze het tegen een domme klas had.

'Ze heeft haar vingerafdrukken op beide deuren van die kamer achtergelaten. Tenzij ze iemand wilde ontlopen die via de studeerkamerdeur binnenkwam, zou ze nooit langs die weg zijn vertrokken.'

'Kijk eens aan,' zei Elliot. 'U moet weten dat ze toevallig tot het type mensen behoort dat niet in staat is om te liegen. Reken het haar niet te zwaar aan.'

Het kuchje van miss Silver leek afkeuring in te houden voor die lichtzinnige opmerking. 'Ik weet natuurlijk niet wie die bezoeker was.'

'U verbaast me.'

'Maar ik ben er haast zeker van dat uw vrouw het wel weet. We zullen het echter voorlopig laten rusten en teruggaan naar de andere reden waarom de *Times* niet was opengeslagen. De belangrijkste reden.'

Er kwam een grimmige uitdrukking op Elliots gezicht.

'U zei dat hij op die plek was neergelegd om iets onder te verbergen. Bedoelde u dat hij daar was neergelegd om de koker met mijn blauwdrukken te verbergen?'

'Ja, meneer Wray.'

'En waarom denkt u dat?'

Miss Silver had haar breitas uit haar slaapkamer meegebracht. Ze haalde er de slobbroek voor de kleine Roger uit en begon te breien. Boven de donkergrijze wol en het klikken van de naalden bleef ze Elliot aankijken.

'Het is heel eenvoudig, meneer Wray. Om negen uur, het moment waarop de dames uit de eetkamer vertrokken, ging Polly Parsons, het tweede binnenmeisje, naar de studeerkamer om het vuur op te stoken. De *Times* lag toen op het krantentafeltje. Rond tien voor tien, toen u, meneer Pearson en Lane vlak na elkaar de studeerkamer binnenkwamen, lag de *Times* links van meneer Paradine op het bureau. Lane zegt dat het hem was opgevallen dat de krant niet was opengeslagen, en dat hij niet plat lag. Hij lag nog steeds opgevouwen toen uw vrouw kort na tienen binnenkwam, en ook toen Mark tegen elf uur arriveerde.'

'Wat dat betreft, daar lag hij de volgende ochtend nog steeds.'

'Over de koker met uw blauwdrukken?'

'Ja.'

Hij ging ineens rechterop zitten en schoof een eindje van het voeteneinde weg.

Miss Silver zei: 'Het is alleszins aannemelijk dat de koker daar werd neergelegd tussen negen uur, toen Polly het vuur kwam verzorgen, en ongeveer tien over tien, toen Lane de *Times* op de plek zag liggen waar hij iets aan het oog onttrok.'

Elliot stak zijn handen in de zak en zei: 'Dat bestaat niet.'

De naalden van miss Silver klikten. De slobbroek van kleine Roger groeide en groeide.

'Mag ik weten waarom u dat zegt, meneer Wray?'

'Omdat niemand van de familie de kans had om het daar in die periode neer te leggen. Niemand werd alleen gelaten.'

'Meneer Pearson?'

Elliot fronste zijn voorhoofd.

'Lane was al in de studeerkamer toen hij arriveerde. Bovendien...' Hij eindigde zijn zin met het optrekken van zijn schouder.

'Ik ben het met u eens dat het heel onwaarschijnlijk lijkt dat iemand dat tijdstip zou uitkiezen, omdat de Ambroses toen juist weggingen en de hele familie afscheid van elkaar nam.'

'Een heel ongeschikt moment,' zei Elliot. 'Bovendien kwam Lane als eerste. Zoals u zei, viel hem de *Times* toen al op.'

'Ja. Ik had ook niet serieus meneer Pearson in gedachten. Alles wijst in een andere richting. U zegt dat niemand de kans had om de koker tussen negen uur en kwart voor tien terug te leggen, omdat niemand alleen werd gelaten. Zelf denk ik dat we de tijd kunnen terugbrengen tot het kwartiertje vlak voordat de mannen zich bij de dames in de salon voegden. Ik weet zeker dat de koker er in dat tijdsbestek werd neergelegd, en er is maar een persoon die de kans had om dat te doen.'

'Geen van de mannen is uit de eetkamer weg geweest, miss Silver.'

'Daar ben ik me goed van bewust, meneer Wray. Maar

een van de dames heeft wel even de salon verlaten.'

Elliots blonde wenkbrauwen vormden een rechte lijn boven de ogen waarmee hij haar heel strak aankeek. 'Wie dan wel?' vroeg hij zo rustig dat de woorden bijna toonloos klonken.

Miss Silver keek even net zo strak terug. Toen zei ze: 'Juffrouw Paradine.'

34

Elliot gooide zijn hoofd achterover en lachte. Het klonk verre van aangenaam.

'U hebt lef, dat moet ik zeggen! Begrijpt u eigenlijk wel dat dit weleens midden in uw gezicht kan ontploffen?'

Miss Silver kuchte.

'Ik vertel u welke conclusies ik heb getrokken uit wat ik heb waargenomen, meneer Wray. Ik zou graag willen doorgaan.'

'En ik zou graag willen dat u doorgaat.'

Ze ging gewoon verder met breien.

'Als u de feiten eens onbevooroordeeld zou willen bekijken, moet u toegeven dat juffrouw Paradine het enige lid van de familie was dat de gelegenheid heeft gehad om uw koker terug te leggen. Tenzij u de voorkeur geeft aan de volgens u absurde veronderstelling dat meneer Pearson precies het moment waarop Lane iets te drinken binnenbracht en de andere leden van de familie bezig waren afscheid te nemen, uitkoos om zich naar zijn werkgever te haasten en de diefstal te bekennen.'

Elliot schudde het hoofd.

'Dat kunt u wel vergeten. Albert is de voorzichtigheid in persoon.'

'Dat meende ik ook al. Laten we daarom terugkeren naar juffrouw Paradine, die een paar minuten over negen uit de salon wegliep, volgens zeggen om de nieuwjaarsgeschenkjes te halen die ze voor haar gasten had klaargelegd. Ze was maar heel kort weg, maar het zou haar niet veel tijd hebben gekost om te doen wat ze volgens mij heeft gedaan. Ik denk dat ze via deze gang en de achtertrap naar de studeerkamer is gegaan. Het zou haar nauwelijks hebben opgehouden. Nadat ze de koker op het bureau van meneer Paradine had gelegd, hoefde ze alleen de groen beklede deur op een kiertje te zetten om te luisteren of er niemand in de hal was, voordat ze die overstak en met de cadeautjes naar de salon terugliep.'

Elliot liet een lang aanhoudend zacht gefluit horen.

'Grace Paradine!' zei hij. 'Waarom?'

'Weet u echt niet waarom, meneer Wray? Ik dacht van wel. Neemt u me niet kwalijk dat ik het zo openlijk zeg, maar ze haat u – ze is jaloers op u. Zij heeft ervoor gezorgd dat u en uw vrouw uit elkaar gingen. Ze is een vrouw met heftige gevoelens, en die zijn volledig op uw vrouw gericht. Het is vrijwel onmogelijk om met u drieën in één kamer te zijn zonder dat op te merken. Uw vrouw is zich er ook van bewust en het zit haar vreselijk dwars. Door haar opvoeding en door wat zij als trouw en haar plicht beschouwt, wordt ze naar de ene kant getrokken, terwijl haar instincten en gevoelens haar naar precies de tegenovergestelde kant trekken. Bedenk nu eens in welke positie juffrouw Paradine zich bevindt. Ze heeft datgene bereikt wat ze volgens mij wilde bereiken – een verwijdering tussen u en uw vrouw. Ik weet niet hoe ze dat heeft klaargespeeld, maar ze heeft een heel sterke wil en bovendien denk ik dat ze ten aanzien van haar gevoelens voor uw vrouw totaal geen scrupules kent. Ze is overheersend, heel bezitterig en erg overtuigd van haar eigen rechten. En dan komt u hier voor een zakenbezoek. Ze is bang voor de ontmoeting tussen u en uw vrouw... ze is bang dat er nog meer bezoeken zullen komen. Ze gaat meteen op zoek naar iets wat dat zal kunnen voorkomen. Dan dringt het tot haar door dat het verdwijnen van waardevolle plannen weleens tot een definitieve breuk tussen u en de Paradines zou kunnen leiden. Ik weet niet of dat inderdaad het gevolg zou zijn geweest, maar zij kan het heel goed hebben gedacht. U herinnert zich nog wel dat Richard Paradine woensdagmiddag bij haar op de thee is geweest. Volgens uw verklaring heeft meneer Paradine u verteld dat Richard wist dat zijn oom paperassen mee naar huis zou nemen die hij zo belangrijk vond dat hij ze geen ogenblik onbewaakt in zijn kantoor wilde achterlaten, zelfs niet toen hij zijn handen ging wassen, zodat hij Richard opdroeg om erbij te blijven. Op mij heeft Richard de indruk gewekt van een vriendelijke en nogal praatzieke jongeman. Ik geloof dat we te horen zullen krijgen dat hij met zijn tante over die paperassen heeft gepraat. Ik ben ervan overtuigd dat ze later de kans kreeg om ze weg te nemen, en dat meneer Paradine zich er heel goed van bewust was dat zij dat had gedaan. Hij zei toch tegen u dat hij wist wie ze had weggenomen, nietwaar?'

Elliot knikte.

De naalden klikten razendsnel terwijl miss Silver verder ging.

'Wat mij vooral heeft getroffen, is het feit dat meneer Paradine zich totaal geen zorgen leek te maken over het kwijtraken van dergelijke belangrijke blauwdrukken. Dat bent u toch met me eens?'

Elliot keek haar wat scherper aan.

'Ja.'

'U zei dat hij heel goedgehumeurd was.'

Hij zei grimmig: 'Dat is waar... hij leek reusachtig in zijn sas te zijn.'

De naalden klikten door.

'Ziet u dan niet wat dat inhoudt, meneer Wray? Er werd een waardevol geheim vermist. Als meneer Paradine er plezier om kon hebben, betekent het dat hij er volkomen zeker van was dat er geen vreemde mogendheden bij betrokken waren. Hij moet er bijvoorbeeld van overtuigd zijn geweest dat er geen gevaar bestond dat de blauwdrukken zouden worden gefotografeerd. Denk nu even na, dan zult u ook inzien dat hij nooit de zaak zou hebben getraineerd als hij op dat punt ook maar de geringste twijfel had gehad.'

Met uitdrukkingsloze stem zei Elliot: 'Ja.'

Over de rondgaande naalden leken de ogen van miss Silver op die van een vogel – op een vroege vogel die een worm in het vizier krijgt. Het hoofd, dat ze een tikje schuin hield, paste precies bij dat beeld.

Ze zei kortaf: 'Meneer Paradine wist dat uw blauwdrukken niet waren weggenomen omdat het blauwdrukken waren, maar puur om de reden dat ze van u waren. Na twintig jaar met haar te hebben samengewoond, mogen we aannemen dat hij aardig goed wist wat er in juffrouw Paradine en in het huis omging. We weten niet hoe hij wist dat zij de koker had weggenomen, maar het staat wel vast dát hij het wist. Hij heeft misschien van zijn zuster gehouden, maar er is geen twijfel aan dat hij heel boos was, en vastbesloten om haar te straffen en te vernederen. Ik denk dat we ervan kunnen uitgaan dat ze werd gestraft. Die toespraak die hij tijdens het diner hield, moet voor juffrouw Paradine iets verschrikkelijks zijn geweest. De hele familie had haar altijd met de grootste genegenheid en eerbied behandeld – dat viel uit alles op te maken. Zelfs juffrouw Ambrose had niets op haar aan te merken.'

'Ze hebben haar op een voetstuk gezet,' zei Elliot verbitterd. 'Daar moest ik het tegen opnemen. Tante Grace doet nooit iets verkeerds. Zo ziet de familie het. Ik ben de enige die er tegenin durft te gaan.'

Miss Silver knikte.

'Meestal bezwijkt het karakter onder het gewicht van onfeilbaarheid. Maar als je er eenmaal aan gewend bent om op een voetstuk te staan, valt het je heel zwaar om eraf te stappen, en het valt je nog zwaarder om er, misschien zelfs wel in het openbaar, te worden afgeduwd. Toen juffrouw Paradine op woensdagavond haar broer tijdens het diner hoorde zeggen dat hij wist wie die niet met name genoemde misdaad had begaan, moet ze inwendig enorm hebben geleden. Ze had geen flauw idee of hij niet meteen de hele familie zou vertellen dat zij de dader was. Ik denk dat u gerust kunt aannemen dat dat haar straf was.'

Uit Elliots strakke gezicht was alle kleur weggetrokken.

'Ze heeft erom gevraagd, of niet soms! Verwacht u nu echt dat ik medelijden met haar zal hebben? U weet wat ze mij en Phyllida heeft aangedaan. Zelfs als ik het nu van haar win – zelfs al is dat verdomde voetstuk verbrijzeld zodat ze er nooit meer op kan komen – dan heeft ze ons nog van een jaar beroofd.'

Hij stond op, liep naar het raam, bleef daar even staan, en kwam toen weer terug. Hij zag er onverbiddelijk maar beheerst uit.

'Heeft zij haar broer vermoord?'

De naalden van miss Silver klikten niet langer. Haar handen bleven stil in haar schoot liggen.

'Dat weet ik niet, meneer Wray.'

35

Er volgde een lange stilte totdat Elliot nogal abrupt zei: 'Hoezo weet u dat niet.'

Ze begon weer te breien.

'Precies zoals ik het zeg, meneer Wray. Ik weet zeker dat juffrouw Paradine de blauwdrukken heeft weggenomen en naderhand heeft teruggelegd. Ik weet niet zeker of ze meneer Paradine over de balustrade heeft geduwd. Ze had een motief, en misschien heeft ze de gelegenheid gehad, maar op dit moment is er geen bewijs dat ze het gedaan heeft.'

'Hoor eens, miss Silver,' zei Elliot, 'u zei dat ze die blauwdrukken heeft gestolen. Dat spreek ik niet tegen. Vervolgens zegt u dat ze ze heeft teruggelegd, en het enige tijdstip waarop ze dat kan hebben gedaan, lag tussen negen uur en kwart over negen. Goed, daar kan ik in meegaan. Maar wilt u me dan nu uitleggen waarom meneer Paradine in zijn studeerkamer bleef zitten wachten totdat iemand een bekentenis zou komen afleggen? U heeft aangetoond dat de blauwdrukken terug waren en op zijn bureau lagen. Hij wist wie ze had weggenomen. Waar zat hij dan nog op te wachten?'

Miss Silver glimlachte.

'Ik denk dat u zelf het antwoord op uw vraag wel weet, meneer Wray.'

'Hij nam er geen genoegen mee? Het was zijn bedoeling dat ze terug zou komen om het te bekennen?'

'Precies. Het was, denk ik, iets tussen twee mensen met allebei een sterke wil. Ik ben nog niet zover dat ik kan zeggen wie van hen beiden heeft gewonnen. Ze waren allebei even vastberaden en even koppig. Misschien heeft ze gedaan wat hij wilde, misschien ook had ze voor zichzelf uitgemaakt dat hij niet tot het uiterste zou gaan. Misschien heeft ze zichzelf ervan weten te overtuigen dat hij niet echt wilde weten wie ze had weggenomen.'

'Ja, goed, daar kan ik in meegaan,' zei Elliot, en verviel even in stilzwijgen. Daarna zei hij: 'Ik kan me niet meer herinneren wat ik u heb verteld toen we de eerste keer met elkaar praatten. Ik zal het nog eens herhalen. Er is iets... ik weet niet of het al dan niet belangrijk is...'

'Vertel me alstublieft waarom het gaat.'

'Ik heb u al verteld dat Albert Pearson bij me was. We kwamen kort na halftwaalf naar beneden om iets te drinken te halen. We liepen de trap af die naar de hal gaat. Op dat moment hoorde ik de voordeur dichtgaan. En ik hoorde een andere deur boven dichtgaan.'

'Aan welke kant van het huis, meneer Wray?'

Hij lachte even grimmig.

'Aan deze kant van het huis was er niemand om een deur dicht te doen. Voordat u hier kwam, waren Albert en ik de enigen die hier een kamer hadden.'

'Het was dus aan de andere kant?'

'Inderdaad. En zoals u weet zijn de enige twee slaapkamers aan die kant die van mijn vrouw en van juffrouw Paradine.'

Miss Silver keek hem schrander aan.

'Dat was om halftwaalf?'

'Iets later. Ik weet niet of het belangrijk is. Misschien was het haar bedoeling om beneden te komen, en is ze teruggegaan toen ze de voordeur en onze voetstappen hoorde. Ik vond alleen dat u het moest weten.'

'Dank u wel, meneer Wray.'

Hij maakte een gebaar alsof hij alles van zich af wilde zetten, en zei: 'Wat gaat er nu gebeuren?'

Miss Silver kuchte. 'Ik zou heel graag een gesprekje met uw vrouw willen hebben. Ik zou graag willen dat u erbij bent. Ik stel voor dat we Polly laten vragen of ze een paar minuutjes tijd voor me heeft. Wij gaan ondertussen naar mijn kamer om daar op haar te wachten.'

Dat deden ze.

Polly was bezig de kranen in de badkamer te poetsen. Nadat ze erop uit was gestuurd en miss Silver naar haar zin drie stoelen had gerangschikt, stelde ze Elliot een vraag.

'Toen u naar binnen ging om welterusten te zeggen, wat zei u toen tegen meneer Paradine, en wat zei hij tegen u? Kunt u zich dat nog herinneren?'

Ze dacht dat hij ietwat verstijfde.

'Niets bijzonders.'

Ze had een rechte stoel genomen en zat met haar rug naar het raam kalmpjes te breien. Elliot en zo meteen ook Phyllida zouden in het volle licht tegenover haar komen te zitten. Ze glimlachte vriendelijk tegen hem.

'Dat kan wel zo zijn, meneer Wray, maar ik zou heel graag willen weten wat meneer Paradine precies zei toen u hem opzocht. Gaf hij u de indruk dat hij iemand anders verwachtte?'

'Daar was het nog te vroeg voor – er werd nogal wat heen en weer gelopen. Als u het dan per se wilt weten, hij vroeg me of ik een bekentenis kwam afleggen en zei toen tegen me dat ik moest maken dat ik wegkwam omdat hij geen tijd had om me te vertellen hoe stom ik volgens hem wel was. Dat was een van die momenten waarop ik dacht dat hij in zijn schik was.'

Het leek miss Silver enorm te interesseren, maar ze zei verder niets meer. Haar naalden klikten. Er hing nu een stuk slobbroek van een centimeter of twintig aan. Ze zou al snel een nieuwe bol uit haar breitas moeten halen en de nieuwe draad aanhechten.

Ze zei opgewekt 'Kom binnen!' toen Phyllida aanklopte. Ze had de deur dichtgedaan en was al een eindje de kamer binnengelopen toen ze Elliot in de gaten kreeg, die tegen de schoorsteenmantel stond geleund. Ze mompelde iets over Polly en een boodschap, maar ze struikelde over haar woorden zodat er niets zinnigs uit haar mond kwam. Ze kreeg een enorme kleur en bleef stokstijf staan. Miss Silver zei sussend: 'Ga toch hier zitten, mevrouw Wray. Ik zal u niet lang ophouden.'

Phyllida ging zitten. Ze zat tegenover miss Silver, maar ze kon Elliot ook zien. Hij zei niets en negeerde de stoel die duidelijk voor hem was klaargezet. Hij stond haar gewoon aan te kijken. Vreemd genoeg vond ze dat geruststellend.

Miss Silver zei goedmoedig: 'Mevrouw Wray, waarom bent u woensdagavond via de aangrenzende slaapkamer uit de studeerkamer weggegaan?'

Phyllida zei 'O...' en verder niets.

Elliot lachte.

'Het heeft geen zin, Phyl... je zult nooit een goeie misdadiger worden. Je hebt op beide deuren je vingerafdrukken achtergelaten.'

Ze liet haar blik van hem naar miss Silver gaan en zei: 'Ik... ik ben gewoon op die manier weggegaan.'

'Dat was omdat er iemand anders voor de deur van de studeerkamer stond, hè? Meneer Paradine heeft u gezegd via de slaapkamer weg te gaan, is het niet?'

'O...' zei Phyllida weer.

Miss Silver boog zich iets naar haar toe.

'Dat denk ik tenminste. Zegt u het maar als ik het mis heb. Ik denk ook dat u weet wie die persoon was. U bent een donkere kamer binnengelopen – er zit geen lichtknop bij de deur. U kunt niet meteen zijn doorgelopen. Het zou heel normaal zijn geweest als u eerst even vlak bij de studeerkamer was blijven staan en dat u toen de naam van de nieuw aangekomene hebt horen noemen of de stem hebt herkend. Zo was het toch?'

Phyllida kreeg weer een kleur, maar ze zei niets.

'Het spijt me als ik u van streek maak, mevrouw Wray, maar het is echt beter om me te vertellen wat u weet. Op dit moment staat Mark Paradine onder verdenking.'

'Mark? O... maar het was Mark niet...'

Miss Silver knikte.

'Mark kwam wel terug om met zijn oom te praten, maar hij kwam pas rond elf uur.'

Phyllida keek haar met grote, bezorgde ogen aan.

'Het was Mark niet. Ik was om halfelf alweer in mijn kamer.'

'Wilt u ons dan vertellen wie het wel was, mevrouw Wray?'

Phyllida keek verward naar Elliot.

'Ik vind dat je het maar beter kunt zeggen, Phyl.'

Nauwelijks verstaanbaar zei ze: 'Het was Frank.'

'Meneer Frank Ambrose?'

'Ja.'

'Wilt u ons ook nog vertellen wat u hebt gehoord? Want u hebt toch wat gehoord?'

Phyllida's hand vloog onbewust en in een kinderlijk gebaar naar haar gezicht.

'Ja. Oom James zei: "Hallo Frank, kom je een bekentenis afleggen?" en Frank zei iets terug, maar dat heb ik niet kunnen verstaan. Ik wilde het ook niet horen. Ik wilde alleen maar weg.'

De naalden van miss Silver klikten.

'Dat is heel normaal, mevrouw Wray.'

Elliot zei stomverbaasd: 'Fránk? Ik geloof mijn oren niet.'

Miss Silver kuchte.

'Ik neem aan dat u bedoelt dat u niet kunt geloven dat Frank Ambrose de schuldige is, meneer Wray. Toch niet dat u twijfelt aan wat mevrouw Wray zojuist zei?'

'Keurig gezegd. Ik zei al dat Phyl niet kon liegen. Dat kan ze echt niet, dus heeft het ook geen zin dat ze het probeert. Ze kan maar beter door de zure appel bijten en gewoon de waarheid vertellen.'

'Elliot!' zei Phyllida protesterend. En daarna: 'Echt miss Silver... het heeft niets te betekenen... eerlijk niet. Dat oom James dat zei, bedoel ik, want hij zei precies hetzelfde tegen mij. Ik klopte op zijn deur, en hij zei "Kom binnen!" En ik vroeg of ik even mocht binnenkomen om met hem te praten, en hij zei "Ga maar zitten." En toen zei hij zomaar: "Nou Phyllida, kom je een bekentenis afleggen?" Ziet u nu wel dat het niets te betekenen had. U moet me echt geloven.'

'Tegen mij zei hij vrijwel hetzelfde,' zei Elliot. ' "Dus jij komt een bekentenis afleggen?" Een tikje grimmig, maar hij zal het wel grappig hebben gevonden.'

Miss Silver deed haar mond open om iets te zeggen, maar deed hem meteen weer dicht. Heel even ging er in haar hoofd zo'n grote lamp branden, dat die al haar aandacht opslokte. Nadat ze had verwerkt wat ze daar te zien had gekregen, luisterde ze weer naar Phyllida die in volle ernst zei: 'Iedereen vertrouwt Frank. Hij is niet altijd even gemakkelijk, maar hij is betrouwbaar... iedereen vertrouwt hem. Als hij dus terug is gekomen, moet dat zijn geweest omdat hij van oom James wilde horen wat er aan de hand was. Er kan geen andere reden zijn geweest... dat bestaat gewoon niet.'

Miss Silver keek haar vriendelijk maar aandachtig aan, en zei: 'Hij zal ongetwijfeld in staat zijn om uit te leggen wat hij van meneer Paradine wilde. Ik denk dat hij dat wel zal moeten doen.' Ze rolde haar breiwerk op, stopte het in de tas die ze met de kerst van Ethel had gekregen, en stond op. 'Ik wilde nog iets aan Lane vragen. Hij zal straks te druk zijn, dus kan ik dat maar beter nu doen.' Ze liep met de tas aan de arm naar de deur. Met haar hand op de deurknop draaide ze zich om en keek Phyllida weer aan. 'Maakt u zich maar geen zorgen, mevrouw Wray,' zei ze. 'Soms doet de waarheid pijn, maar geloof me, uiteindelijk blijkt het altijd het beste te zijn.'

36

Elliot en Phyllida bleven alleen achter. Ze verroerden zich niet totdat Phyl ineens haar ogen opsloeg en Elliot net zo'n bezorgde blik toewierp als eerder.

'Waarom heb je niet geschreven?' vroeg ze.

Hij stond tegen de schoorsteenmantel geleund maar vloog nu met een ruk overeind.

'Waarom ik niet heb geschreven?'

Ze bleef hem aankijken. Het blauw was uit haar ogen verdwenen. Ze waren nu zo grauw als water onder een bewolkte hemel. Alle kleur was uit haar gezicht getrokken. Ze zag er zo verloren uit, zo'n schim van zichzelf, dat het zijn hart zou hebben gebroken als hij niet zo woedend was geweest dat hij bijna niet uit zijn woorden kon komen. Ze zei: 'Ik dacht dat je wel zou schrijven... maar dat deed je niet...' Haar stem stierf weg.

'Wil je beweren dat je mijn brieven niet hebt gekregen?' zei hij.

Ze maakte een heel lichte beweging met haar hoofd, dat 'nee' betekende. Hij keek zo grimmig dat ze er bang van werd.

'Ik heb je twee brieven geschreven,' zei hij. 'In de eerste vertelde ik je alles wat Maisie Dale betrof. In de tweede vroeg ik je me te laten weten of je de eerste brief had ontvangen, en ik vroeg wanneer ik je kon opzoeken. Ik stelde voor elkaar in Birleton te ontmoeten omdat ik niet naar dit huis wilde komen. Op die brief kreeg ik per omgaande antwoord in de vorm van een heel duidelijk telegram: "Wil je nu en nooit meer zien. Beschouw dit alsjeblieft als mijn definitieve antwoord." Dat heb ik dus gedaan.'

Phyllida zat doodstil. Ze was zo koud en verstard dat ze zich niet meer kon bewegen. Ze bleef Elliot aankijken, omdat ze nergens anders naar kon kijken.

Op scherpe toon zei hij boos: 'Waarom kijk je me zo aan?'

Ze wist haar mond iets te bewegen en zei: 'Ik heb die brieven niet gekregen.' En even later: 'Ik heb dat telegram niet gestuurd.'

Ineens joeg zijn gezicht haar doodsangst aan. Ze was niet meer verstard, ze begon te beven. Haar trillende handen kwamen omhoog en werden voor haar gezicht geslagen. Met een zielig stemmetje zei ze: 'Kijk niet zo! Kijk alsjeblieft niet zo! Ik heb ze niet gekregen... echt niet.'

Ze voelde zijn handen om haar polsen en hij trok haar omhoog. Ze moest hem wel aankijken. De blik die haar zo'n angst had aangejaagd, was weg. Beheerst en lief zei hij: 'Doe niet zo gek... anders moet ik je nog een pak voor je broek geven. Dacht je nu echt dat ik boos op jou was? We moeten dit uitspreken. Als jij nu probeert jezelf weer in de hand te krijgen, dan zal ik je vertellen wat ik in die brief schreef die je nooit hebt gekregen. Wat denk je, zal dat je lukken?'

Hij hield haar zo stevig vast dat het pijn deed, maar het bezorgde haar een gevoel van veiligheid. Een gevoel van te worden vastgehouden. 'Ja,' zei ze.

Elliot duwde haar weer op haar stoel, trok die van miss Silver wat naar haar toe en ging tegenover haar zitten.

'Gaat het weer?'

Ze knikte.

'Ja. Ik gedroeg me als een dwaas.'

'Dat zijn jouw woorden! Goed, geen beschuldigingen meer. Luister! Over die ruzie... Ik ben toen weggelopen omdat ik iemand had kunnen vermoorden als ik was gebleven. Ik kan een afgrijselijk humeur hebben... dat zul je wel weten. Ik weet me meestal wel in toom te houden, maar die keer lukte me dat niet. Ik had nog net genoeg verstand om ervandoor te gaan. Ik ging terug naar Londen, en toen ik een beetje was afgekoeld, heb ik jou een brief geschreven. Ik zal je nu alles vertellen. Het heeft niet veel om het lijf. Ik ben er niet echt trots op, maar het is niet wat ze jou hebben verteld. Ik kan je precies vertellen wat er aan de hand was, maar ik kan je niet dwingen het te geloven. Ik kan je wel vertellen dat ik kan bewijzen wat ik je zo meteen ga vertellen, maar als je me zonder bewijs niet kunt geloven, dan is het tussen ons voorbij.'

Hij wachtte.

Phyllida sloeg haar ogen op en zei: 'Ik zal je geloven...'

'Goed, daar gaan we dan. Terug naar juni, voordat we trouwden. We kenden elkaar nog niet eens. We hebben elkaar pas in september ontmoet, toen meneer Paradine me onverwacht te eten vroeg. Ik weet nog steeds niet waarom. Ik kende je niet eens van gezicht. Ik werkte toen behoorlijk hard en gunde mezelf niet veel vrije tijd. Cadogan zei dat ik te hard werkte. Hij wilde dat ik een weekend vrij zou nemen, meteen. Nou, ik liep tegen een knaap op die ik nog van vroeger kende. Hij had wat verlof en vroeg me mee te gaan naar een weekend-party in zijn huis aan de rivier. Uiteindelijk gingen we er niet naartoe. We gingen naar een herberg... hij, ik en een paar meisjes. Hij had Doris, ik had Maisie. Het ging er nogal ruig toe. We bleven lang op en we zetten er flink de pas in. Meer was het niet wat Maisie en mij betrof. Ze was het soort meisje dat lol wil hebben en daar nooit genoeg van krijgt. Ze was nog niet zo oud, en ze was een en al levenslust... je kon de vonken er bijna zien afvliegen. Ze was een prima meid... Nou, daar bleef het bij. We gingen terug en ik had een beetje een kater... maar ik weet niet of het iets te maken had met wat er daarna gebeurde. In de regel drink ik niet. Ik neem aan dat er iets aan mijn reactievermogen mankeerde, maar zeker weten doe ik het niet. Hoe dan ook, we kregen een ongeluk. Uit een zijweg kwam een vrachtwagen die me verblindde, en ik reageerde net iets te traag. We sloegen om. De auto was niet beschadigd, maar Maisie raakte buiten westen. We brachten haar naar het dichtstbijzijnde huis, waar we natuurlijk onze namen en adressen moesten opgeven. Maisie kwam al gauw weer bij haar positieven, en toen de politie met ons klaar was, zijn we verdergegaan. Ik heb haar naar huis gebracht, en dat was alles wat mij betreft.'

Phyllida's lippen waren iets van elkaar gegaan. Ze ademde even diep in maar zei niets. Haar ogen weken niet van zijn gezicht.

Hij trok even zijn schouder op en zei: 'Goed, dan nu de rest. Dat gebeurde pas drie maanden later. Ik leerde jou kennen, en ik werd verliefd op je. Nadat ik hier eind september was geweest, wist ik wel haast zeker dat dit het was. Ik was in de zevende hemel. Toen liep ik tegen Doris aan... dat andere meisje. Ze zat in een restaurant, met een knaap die ik wel ken... niet dezelfde knaap. Ik ging naar hen toe en maakte even een praatje. Ze was nogal gespannen, en ze vloog me gewoon aan... ze zei dat ik wel lef had om nog tegen haar te durven praten na wat ik Maisie had aangedaan. Ik wilde weten wat ik dan had gedaan, en ze zei, wist ik dat dan niet? en ik zei nee, dat wist ik niet. Nadat ze weer wat was gekalmeerd, vertelde ze me dat ik haar zelf maar moest opzoeken. Dat deed ik dus. Ze was verlamd – na het ongeluk was er iets misgegaan met haar rug. Een hele poos merkte ze er niets van, maar op den duur werd het steeds erger. Ik vroeg haar waarom ze het me niet had laten weten, en ze zei dat het niet mijn schuld was, dus waarom zou ze. Ik vertelde haar dat ze schadevergoeding kon vragen bij mijn verzekering, en dat ik het voor haar zou regelen. Ik heb er een advocaat op gezet en ze heeft inderdaad schadevergoeding gekregen. Ik heb haar nog een paar keer opgezocht. Ze was heel dankbaar en heel flink. Zij en Doris woonden samen. Ik heb alles met Doris geregeld. Ik trof maatregelen om een deel van de huur te betalen. Maisie had geen familie meer, en ze wilde graag blijven waar ze was. Ze zei dat er daar voortdurend meisjes kwamen aanlopen, en dat ze liever dood was dan naar een ziekenhuis te moeten gaan. Dus heb ik dat met Doris geregeld.'

Phyllida haalde weer even diep adem. Dit keer wist ze een woord uit te brengen. 'Elliot...'

Hij keek haar fronsend aan.

'Je ziet dat juffrouw Paradine het volledig bij het rechte eind had toen ze je vertelde dat ik de huur voor Maisie betaalde. Ze had ook groot gelijk toen ze zei dat ik haar ben gaan opzoeken nadat we van onze huwelijksreis terug waren gekomen. Dat heb ik inderdaad gedaan. Maar ik zou wel graag willen weten hoe ze erachter is gekomen.'

Phyllida liet haar tong langs haar lippen glijden.

'Mevrouw Cranston heeft het haar geschreven... over dat ongeluk. Ze schreef die brief toen ze hoorde dat wij zouden gaan trouwen. De brief werd opgehouden... die kwam pas nadat we al weg waren.'

'Cranston? O ja, ik weet het alweer... die vrouw in dat huis... Met dat paardengezicht...'

Phyllida knikte.

'Ze zei dat ze het haar plicht vond. Zo is ze wel. Vroeger, toen ik nog klein was, stak ik achter haar rug mijn tong naar haar uit, en wanneer ik dan in bed lag, voelde ik me vreselijk slecht...'

Elliot bleef fronsen.

'Mevrouw Cranston heeft haar dus over dat ongeluk verteld. Maar wie heeft haar verteld dat ik de huur betaalde, en dat ik Maisie op tweede kerstdag heb opgezocht? Heeft ze een privédetective ingehuurd?'

Phyllida werd knalrood, boog het hoofd en hoorde Elliot lachen.

'Dat dacht ik wel! Kom op, Phyl, hou op met blozen en luister goed! Je moet nu alles even in het juiste perspectief zien. Ik ben bang dat het je niet zal bevallen, maar het is niet anders. Als juffrouw Paradine een detective had aangenomen om alles over Maisie aan de weet te komen, dan moet hij haar adres van mevrouw Cranston hebben gekregen. Ze had haar oren wijd open toen de politie onze verklaringen opnam. Nou, als hij heeft ontdekt dat ik haar huur betaal, dan moet hij er ook achter zijn gekomen dat Maisie verlamd is. Als juffrouw Paradine hem heeft ingehuurd, dan moet hij verslag aan haar hebben uitgebracht. Om het maar ronduit te zeggen, Phyl, ze wist dat ze je leugens vertelde. Ze wilde ons uit elkaar hebben, dus greep ze haar kans en hoopte maar dat het goed zou uitpakken. En het ging precies zoals ze wilde. Jij was verpletterd en ik speelde haar in de kaart door het huis uit te rennen. Toen wachtte ze op mijn brieven en drukte die achterover, en ze zette de puntjes op de i door me een telegram te sturen om te zeggen dat je me nooit meer wilde zien, of woorden van gelijke strekking. Dat is een koud kunstje als het je bedoeling is om je zin door te drijven. Anderen konden haar geen barst schelen. En kunnen haar nog steeds geen barst schelen. Miss Silver zal je vertellen dat ze mijn blauwdrukken heeft gestolen, en ze heeft gelijk... absoluut gelijk. Als ze haar zinnen op iets heeft gezet, zal ze het krijgen ook. En ze wil jou. Ze zal alles doen om jou te houden en mij kwijt te raken.'

De blos van schaamte was verdwenen. Ze was nu doodsbleek. 'Elliot...' zei ze.

'Zeg eens, Phyl... heeft ze je ooit voorgesteld om te gaan scheiden?'

Phyllida schudde het hoofd.

'Dat bewijst het wel, zie je dat dan niet? Ze wist verrekte goed dat er geen enkel bewijs was. Bovendien wilde ze niet dat je vrij zou zijn. Dan zou je met iemand anders kunnen trouwen, en ze wilde je helemaal voor zichzelf.'

'Elliot... toe nou...'

'Is het dan niet waar? Je weet dat het waar is.'

Ze keek hem weer aan. 'Ja...'

Hij pakte haar beet en trok haar overeind.
'Nu dan... wat doen we eraan? We kunnen je niet allebei hebben. Daar heeft zij wel voor gezorgd. Ze heeft alles verdraaid... dat komt nooit meer goed. Je moet kiezen, mijn vrouw of haar dochter. Het is jouw en mijn schuld niet dat je het niet allebei kunt zijn. Daar heeft ze zelf voor gezorgd.'
'Elliot!'
Hij liet een kort, boos lachje ontsnappen.
'Zo komen we d'r niet!' Hij liet haar los en zette een stap naar achteren. 'Ik zou er best voor kunnen zorgen dat je mij kiest. Dat weet ik, en dat weet jij ook. Maar dat doe ik niet... ik zal je niet eens aanraken. Je moet voor jezelf een keuze maken. Als je tijd nodig hebt om erover na te denken, nou die krijg je, zo lang je maar wilt.'
'Ik heb geen tijd nodig...' murmelde ze.
'Nou, kies dan!'
Er viel een stilte, die behoorlijk lang aanhield. En toen zei Phyllida: 'Je klinkt zo boos...'
'Ik ben ook boos.'
Weer een stilte. 'Is Maisie erg knap?'
'Nee!' zei hij heftig en ongeduldig.
Phyllida zei: 'Je kijkt alsof je me haat. Is dat zo?'
'Dat zal wel.' Zijn gezicht vertrok. Hij stak zijn handen uit en trok haar in zijn armen. 'Hou toch op, Phyl, doe niet zo verrekte stom!'

37

Miss Silver liep kordaat naar de eetkamer, waar ze Lane aantrof die bezig was de tafel voor de lunch te dekken. Haar zachte kuchje trok zijn aandacht. Hij ging rechtop staan en draaide zich naar haar om.
'Kan ik iets voor u doen, mevrouw?'
'Ja, Lane. Ik wil je verzoeken, twee vragen te beantwoorden. Je weet denk ik al dat Mark Paradine me heeft

gevraagd om de dood van zijn oom te onderzoeken?'

'Ja, mevrouw.'

'Ik zou graag willen weten hoe laat je woensdagavond met het blad met drinken naar de studeerkamer bent gegaan.'

Lane trok een zorgelijk gezicht.

'Dat zou ik niet zo precies kunnen zeggen, mevrouw. Het was na kwart voor tien, maar beslist nog geen tien uur, zou ik zeggen.'

'Was dat de gewone tijd?'

'Nee mevrouw. Tien uur was de gebruikelijke tijd, maar als meneer Paradine het blad eerder wilde hebben, belde hij. Woensdagavond ging zijn bel om kwart voor tien. Ik kwam juist terug nadat ik meneer Ambrose en zijn familie had uitgelaten, toen mevrouw Lane me vertelde dat de bel was gegaan.'

'Dank je wel,' zei miss Silver. 'Was meneer Paradine alleen in de studeerkamer toen je met het dienblad binnenkwam?'

'Nee, nee, mevrouw.'

Miss Silver keek hem vol verwachting aan.

'O nee? Wie was er dan bij hem?'

'Nou, meneer Pearson. Maar ik wil geen verkeerde indruk wekken. Hij liep juist de studeerkamer in toen ik vanuit de hal met het blad door de groene deur kwam.'

'En heeft hij je ook gezien?'

'Dat geloof ik haast niet. Hij liep de studeerkamer al in toen ik door die deur kwam.'

'Deed hij de deur achter zich dicht?'

'Daar had hij geen tijd voor, mevrouw. Hij heeft me denk ik horen aankomen voordat hij de deur kon dichttrekken.'

'Heb je hem met meneer Paradine horen praten, of heeft meneer Paradine iets tegen hem gezegd?'

Lane keek nog zorgelijker.

'Dat zou ik liever niet zeggen.'

Miss Silver keek hem onbewogen aan.

'Je bent heel wat jaren in dienst van meneer Paradine geweest, nietwaar?'

'Ja, mevrouw.'

'Hij werd vermoord,' zei ze.

Lane had een geslepen karaf in zijn hand, die ineens begon te trillen. Hij zette hem haastig neer.

Miss Silver praatte gewoon door.

'Op dit moment worden onschuldige mensen verdacht. Er is maar één schuldige. Ik hoop erachter te komen wie dat is. Iedere persoon hier in huis weet iets dat zou kunnen helpen. Als iedereen me wil vertellen wat hij of zij weet, zullen de onschuldigen niet langer onder verdenking staan. Was het meneer Pearson die iets zei, of meneer Paradine?'

Hij had zich een tikje afgewend om de karaf neer te zetten en zo bleef hij, met neergeslagen blik, staan. Hij zei heel zacht: 'Meneer Paradine.'

'Heb je gehoord wat hij zei?'

'Ja mevrouw.'

'Wil je me dan alsjeblieft vertellen wat je hebt gehoord?'

'Mevrouw...'

'Heus Lane, het is echt beter dat je het me verteld.'

Hij zei: 'Meneer Paradine zei... nou ja, hij zei "Hallo Albert, kom je een bekentenis afleggen?" Maar als ik zo vrij mag zijn, ik heb dat opgevat als een grapje van meneer Paradine. Ik ben zo lang bij hem in dienst geweest dat ik meen te kunnen zeggen dat hij het niet echt meende. Zo praatte meneer Paradine nu eenmaal... hij kon heel boos klinken en toch tegen je lachen. Ik heb u verteld wat hij zei, maar ik wil niet graag de verkeerde indruk wekken.'

Miss Silver kuchte.

'Dat heb je ook niet gedaan. Hoe lang ben je in de studeerkamer gebleven?'

'Niet langer dan nodig was om het blad neer te zetten en me terug te trekken.'

'En waar was meneer Pearson terwijl je daarmee bezig was?'

'Hij bleef bij de deur staan, mevrouw. Als ik het zeggen mag, hij leek nogal van streek, wat denk ik kwam omdat hij niet zo gewend was aan de manier van grapjes maken van meneer Paradine. Ik kan me nog goed herinneren dat ik er heel erg van schrok toen ik pas op River House was. Meneer Paradine kon heel onverwacht overkomen, als je niet aan zijn manier van doen gewend was.'

Miss Silver moest glimlachen.

'Ik kan dat heel goed begrijpen. Misschien zul je je wat prettiger voelen als je weet dat meneer Paradine die avond zelfs mevrouw Wray met die opmerking heeft begroet.'

Dat leek Lane erg op te luchten.

'Dan is er toch eigenlijk geen twijfel meer aan dat het een grapje was, mevrouw, want meneer Paradine hield echt veel van mevrouw Wray.'

Miss Silver knikte.

'Welnu, Lane, was dat alles? Je bent uit de studeerkamer vertrokken en hebt meneer Pearson bij meneer Paradine achtergelaten?'

'Zo mag u het wel zeggen, mevrouw. Feitelijk ging meneer Pearson voor me de kamer uit, maar toen ik naar buiten liep, riep meneer Paradine hem weer terug. Ik kon niet voorkomen te horen wat hij tegen hem zei. "Doe die brief aan Lewis nog niet op de post... misschien wil ik er nog wat wijzigingen in aanbrengen. Ik spreek je er een volgende keer wel over." En toen zei meneer Pearson welterusten, kwam naar buiten en deed de deur dicht.'

38

Toen miss Silver uit de eetkamer kwam, zag ze Mark Paradine op de trap. Hij kwam met twee treden tegelijk naar beneden met het gezicht van een man die gedwongen was een weg te bewandelen die hij nooit zelf zou hebben gekozen. Het viel te betwijfelen of hij zich van haar aanwezigheid bewust was. Dat gebeurde pas toen ze hem riep. Hij was zo verwikkeld in zijn eigen verbitterde gedachten dat hij langs haar heen had kunnen lopen zonder haar zelfs maar te zien. Maar haar 'Mark' bracht hem abrupt tot staan. Hij draaide zich om, keek even vaag haar kant uit en keerde toen weer tot de werkelijkheid terug.

'O... miss Silver! Wilde u me spreken?'

'Heel even, als dat zou kunnen.'

Omdat hij zich tot zijn schrik herinnerde dat de politie nog in de studeerkamer zat, deed hij na een lichte aarzeling de eerste deur aan de linkerkant van de hal open en nam hij haar mee naar de biljartkamer, een enorme kamer met half neergelaten rolluiken. Je kreeg het gevoel alsof er in deze verwarmde ruimte nooit frisse lucht werd toegelaten. Miss Silver vond het een heel mooie kamer, hoewel ze graag een raam had willen openzetten. Dit was echter niet het goede moment om op verkenning te gaan, dus richtte ze haar aandacht weer op urgentere zaken. Maar voordat ze iets kon zeggen, vroeg Mark met luide, vlakke stem: 'Nou, gaan ze me al arresteren?'

'Vindt u dat niet een wat voorbarige conclusie?'

'Ik dacht het niet. Eerlijk gezegd zie ik niet goed wat ze anders zouden kunnen doen. Blijft de vraag of ze het voor of na de lunch zullen doen. De notaris van mijn oom, meneer Harrison, komt om halfdrie om aanwezig te zijn bij het openen van de safe. Ik dacht dat ze misschien tot dan zouden willen wachten, hoewel ik echt niet zou weten waarom ze dat zouden doen. Voor zover ik weet, bewaarde hij er alleen wat privépaperassen in, plus de diamanten van mijn tante.'

Aan miss Silver was te zien dat dit haar enorm interesseerde.

'De diamanten die ze op het portret draagt?'

Ze waren blijven staan. Mark leunde tegen de rand van het biljart en had de handen diep in de zakken gepropt. Hij knikte.

'Precies. Niemand heeft ze na haar dood nog gedragen. Ze hadden bij de bank horen te liggen, maar hij wilde ze graag bij de hand hebben. Hij nam ze er zo af en toe uit om ze te bekijken. Ik heb op een avond eens gezien dat hij dat deed, en hij vertelde me er alles over – wat hij ervoor had betaald, hoeveel ze in waarde waren gestegen, en hoe goed ze tante Clara hadden gestaan.'

Miss Silver pikte het woord 'waarde' eruit en sprak het met een heel licht kuchje uit.

'Ze moeten heel waardevol zijn, meneer Paradine.'

'Dat zal wel...' Hij klonk nogal onverschillig.

Miss Silver kuchte opnieuw.

'Aan wie zijn ze nagelaten?'

'Ze worden tussen mijn neef Richard en mij verdeeld.'

Miss Silver leek in gedachten verzonken. Even later zei ze: 'Ze zullen voor de verificatie van het testament moeten worden getaxeerd. Zou u er iets tegen hebben als ze eerder werden getaxeerd?'

'Ik? Waarom zou ik? Ze interesseren me sowieso niet.'

Ze aarzelde heel even.

'Dan zou u er dus geen bezwaar tegen hebben als een taxateur aanwezig zou zijn bij het openen van de safe?'

Ze zag zijn gezicht vertrekken. Voor het eerst leken zijn ogen en hersens zich van haar bewust.

'Waarvoor?' vroeg hij geschrokken.

Ze zei ernstig: 'Meneer Paradine werd vermoord. Ik weet nog niet zeker wat het motief voor die moord was.'

'Ik dacht dat u zei dat Elliots blauwdrukken waren gestolen.'

'Dat is ook zo, maar ze werden ook weer teruggelegd. Het enige tijdstip waarop dat kon worden gedaan, ligt tussen negen uur en kwart over negen. De enige persoon die daartoe de gelegenheid had, was juffrouw Paradine. Ik heb daaruit geconcludeerd dat zij de blauwdrukken had weggenomen. Maar ik weet niet of ze later terugkwam en de dood van haar broer heeft veroorzaakt door hem over de balustrade te duwen.'

Marks handen kwamen uit zijn zakken. Hij was rechtop gaan staan.

'Wat zegt u daar nu? Welk motief kan zij in vredesnaam...'

'Ze wilde ervoor zorgen dat er een volledige breuk met meneer Wray zou komen. Ze verwachtte dat dit na het verdwijnen van de blauwdrukken zou gebeuren. Dat zou heel goed mogelijk zijn geweest. Wat zij het liefst van alles wilde, was voorkomen dat meneer en mevrouw Wray zich zouden verzoenen.'

Mark keek haar ontzet aan, niet omdat hij het niet kon geloven, maar omdat hij, hoe vreselijk hij het ook vond, moest toegeven dat het waar kon zijn. Hij haalde een zakdoek te voorschijn, veegde zijn bezwete voorhoofd af, en zei: 'Heeft ze het... echt gedaan?'

'Ik heb u al gezegd dat ik het niet weet. Ze had een heel sterk motief. Haar broer wist wat ze had gedaan. Als hij dat wilde, kon hij het vertrouwen dat de hele familie in haar had, in een klap vernietigen. U bent beslist in staat om te begrijpen wat dat voor haar zou hebben betekend.'

Hij zei: 'O goeie hemel, laat het niet waar zijn. Dat is echt verschrikkelijk. Ze kan het toch niet hebben gedaan!'

Miss Silver keek hem vol medelijden aan.

'Dan moeten we een ander motief bij iemand anders zoeken. Wilt u me vertellen wat meneer Paradine tegen u zei toen u woensdagavond de studeerkamer binnenkwam?'

Hij zag er eerst verbaasd, toen geschrokken en daarna opgelucht uit.

'Wat bedoelt u precies?'

'Ik wil weten wat hij zei toen hij u zag.'

Mark fronste het voorhoofd. Even daagde er iets van begrip op en vertrok er een spiertje in zijn wang. Hij zei: 'Hoe weet u dat?'

Miss Silver glimlachte.

'Hij zei tegen de drie anderen die hem die avond kwamen opzoeken, precies hetzelfde. Ik was nieuwsgierig of hij tegen u hetzelfde had gezegd. Wilt u me nu vertellen wat hij precies zei?'

Mark zette een stapje naar achteren. Hij greep zich vast aan de rand van de tafel, vlak boven de hoekzak.

'Hij vroeg me of ik een bekentenis kwam afleggen.'

Miss Silver straalde.

'Precies wat ik dacht. Hij maakte dezelfde opmerking tegen meneer Pearson, en tegen meneer en mevrouw Wray afzonderlijk.'

'Waarom?'

Miss Silver kuchte.

'Volgens meneer Wray genoot meneer Paradine van de situatie die hij had geschapen. Iemand die zo ironisch was als hij, zou het prachtig hebben gevonden om de reactie op een dergelijke vraag te zien. Hij had jullie allemaal behoorlijk laten schrikken toen hij zei dat een van jullie de familiebelangen had verraden. Daarbij doelde hij op de blauwdrukken, maar slechts een van de aanwezigen zou dat weten. Ik geloof dat het juffrouw Paradine was. De rest kon absoluut niet weten waar hij het over had – ze konden er alleen maar naar gissen. Het is nu eenmaal zo dat de meeste mensen wel iets hebben te verbergen. Er zijn dingen die diep worden weggestopt. Tweestrijd, fouten, mislukkingen, zonden, die we niet graag zouden willen tonen. De beschuldiging van meneer Paradine heeft niet alleen degene geschokt die de misdaad had begaan, maar heel wat anderen die haastig hun geweten en gedrag onder de loep namen. Ik vraag me af hoeveel bekentenissen er op die woensdagavond werden afgelegd. Ik geloof dat u dat ook hebt gedaan, is het niet? Ik geloof dat er heel vriendelijk op werd gereageerd. Maar veronderstel nu eens dat een van de bekentenissen die hij op die manier had uitgelokt, van zodanige aard was dat kwalijke gevolgen niet konden uitblijven. Welnu, dan hebben we een tweede motief voor de moord. Dat is wat ik bedoelde toen ik zei dat we moesten vaststellen of er iemand met zo'n motief was... juffrouw Paradine natuurlijk niet meegerekend. We weten wat haar motief was. Als zij haar broer niet vermoordde, moet er iemand anders zijn die een net zo sterk motief had, of misschien nog sterker. Als we de moordenaar willen vinden, zullen we dat motief moeten ontdekken. Het bestaat misschien niet eens – er is misschien niet eens een ander motief. Maar het feit dat er zeer waardevolle diamanten in huis worden bewaard, zou op een mogelijk motief kunnen wijzen. Omdat iedere mogelijkheid moet worden onderzocht, stel ik voor dat die juwelen door een deskundig iemand worden gecontroleerd. Weet u toevallig of er een gedetailleerde lijst bestaat en waar meneer Paradine die bewaarde?'

Nog steeds op die onverschillige manier zei Mark: 'De lijst ligt in de safe. Ik geloof niet dat er ook maar een schijn van kans bestaat dat er iets ontbreekt. Mijn oom haalde ze er voortdurend uit om ze te bekijken – hij vond het prettig om ze in zijn vingers te hebben. Als u dat wilt, zullen we een taxateur laten komen, maar hij zal alleen kunnen constateren dat alles in orde is. U zult ergens anders naar een motief moeten zoeken, en de politie zal niet verder kijken dan mijn persoon. Als u het mij vraagt, zullen ze me meteen arresteren zodra Harrison ze duidelijk maakt hoeveel ik wel uit de erfenis van mijn oom krijg. Ik krijg ongeveer driekwart van alles, weet u... dat was oom James' idee om de familiedynastie in stand te houden. Dat is het soort motief waar de politie dol op is... een doodgewone moord zonder franje in ruil voor een hoop geld. Zodra ze eraan denken om Harrison naar de inhoud van het testament te vragen, zal ik aan de beurt zijn. Ze zullen me vermoedelijk nog wel de kluis laten openen voordat ze me arresteren, maar meer ruimte zal ik wel niet krijgen. Het is nu halfeen, en Harrison komt om halfdrie. Ik heb nog twee uur. Enig idee wat ik met die tijd aan moet?'

Miss Silver verkoos dat als grapje op te vatten, hoewel grapjes als regel niet op verbitterde toon worden gedebiteerd. Ze zei glimlachend: 'Ik geloof dat het nuttig voor u zou zijn om de zaak eens met juffrouw Pennington door te spreken.'

39

De daaropvolgende dertig minuten was miss Silver heel druk. Nadat ze tien minuten bij kolonel Bostock en hoofdinspecteur Vyner in de studeerkamer had doorgebracht, ging ze terug naar haar slaapkamer, waar niemand was. Ze stelde Polly Parsons, die op haar bellen kwam, een aantal vragen die uitmondden in hartverscheurend gesnik en een paar interessante bekentenissen. Nadat haar verteld was haar ogen te drogen, haar mond te houden en Louisa te roepen, verdween ze, nog steeds nasnikkend, oprecht blij dat ze weg mocht.

Mark, die alleen in de biljartkamer was achtergebleven, bleef enige tijd humeurig naar niets in het bijzonder staan kijken. Vanbinnen werd zijn aandacht echter volledig gevangengehouden door de afscheidswoorden van miss Silver. Als hij zou worden gearresteerd, had hij een halfuur de tijd om Lydia nog eens te spreken. Want daarna zou er worden geluncht, en daarna zou de politie terugkomen... als ze al van plan waren om weg te gaan. Harrison zou komen en dan kon de zaak ieder ogenblik tot ontploffing komen.

Lydia was op Meadowcroft. Normaal kostte het een minuut of zeven om er over het pad langs de rivier en de voetbrug te komen. Hij kon dat tot vijf minuten terugbrengen. Hij liep de voordeur uit en holde naar beneden, naar het pad langs de steile rivieroever.

Meadowcroft stond midden in de akkers aan de overkant van de rivier. Het was een verbouwde boerderij, een comfortabel, plezierig ogend huis. Hij had altijd gevonden dat het aan Frank en Irene verspild was, want die hadden het met opzichtige, moderne meubels ingericht, met allemaal bankstellen.

Hij dacht niet aan het meubilair toen hij de deur opendeed. Als Lydia niet in de salon was, zou hij bellen en zeggen dat hij haar wilde spreken. Ze mochten ervan denken wat ze wilden. Hij moest haar nog een keertje zien voordat hij niet langer vrij man was, maar eentje die van moord werd beschuldigd.

Hij liep door de hal zonder iemand tegen te komen, deed de deur van de zitkamer open en zag Dicky aan de andere kant van de kamer met zijn hand op Lydia's schouder en zijn hoofd gebogen om haar te kussen. Bij iedere andere gelegenheid zou hem dat hebben tegengehouden. Maar deze keer niet. Hij liep naar binnen, deed de deur achter zich dicht, en stak de kamer door naar de haard, waar zij ook stonden.

Dicky zei: 'Hallo Mark!' en toen 'Nou, ik ga maar eens.'

Hij had net zo goed niets kunnen zeggen, want het gleed toch allemaal langs Mark af. De woorden drongen niet eens tot hem door. Lydia keek wat vaagjes, glimlachte, zei iets wat niet meer dan onverstaanbaar gemurmel was, en verviel tot stilzwijgen. Dicky liep de kamer door en ging weg.

Toen de deur dichtging, liep Mark naar de schoorsteenmantel, leunde er tegenaan en keek in de vlammen. Na het allereerste moment, waarop hij haar gezicht had gezien dat naar Dicky was opgeheven om te worden gekust, had hij haar niet meer aangekeken. Hij was hier gekomen om haar te zien, maar nu hij er was, kon hij haar niet aankijken. Er moest zo veel worden gezegd, en dat zou nu nooit meer gebeuren. Ze zou met Dicky trouwen en gelukkig worden. De familie had het toch al op die manier beraamd.

Lydia's stem verbrak deze vrolijke gedachten.

'Mark... wat is er aan de hand?'

Zonder op te kijken, zei hij: 'Ik wilde je zien,' en fronste vervolgens wanhopig het voorhoofd, want wat had het voor zin om dat nu nog te zeggen? De impuls die hem hierheen had gebracht, had het laatste beetje energie verbruikt. Het was misgegaan, en hij voelde zich volkomen leeg.

Lydia zei: 'Als je me wilt zien, heeft het geen zin om koppig in het vuur te blijven staren, schat. Je kijkt de verkeerde kant uit.'

Hij ging rechtop staan, keek op haar neer en zag dat ze erg bleek was. Over zijn eigen woorden struikelend zei hij: 'Waarom zie je er zo uit?'

'Hoe bedoel je?'

'Zo bleek?'

'Ach lieverd, mijn kleur komt uit een doosje, dat weet je toch. Make-up is niet geschikt voor een begrafenis... daar ga ik tenminste van uit.'

'O, juist...' zei hij nogal afwezig.

'Waarom ben je hier gekomen, Mark?'

'Ik geloof dat ze me gaan arresteren. Ik wilde je nog even zien.'

'Waarom zouden ze jou arresteren?'

'Dat heb ik je verteld. Ik ben teruggegaan. Ik heb mijn zakagenda op het bureau laten liggen... de agenda die tante Grace me gaf. Iemand heeft hem herkend. Ik was tot halftwaalf bij hem, en hij was vóór twaalf uur dood. Ik krijg het grootste deel van wat hij heeft nagelaten. Ze moeten me wel arresteren. Ik zie niet wat ze anders kunnen doen.'

'Waarom ben je teruggegaan?'

'Ik wilde weg... uit het bedrijf... uit Birleton, dat had ik hem al eerder verteld. We kregen er toen ruzie om. Ik dacht dat ik het nog eens moest proberen. Ik vertelde hem waarom ik weg wilde. Hij zei goed, als ik over een maand nog steeds weg wilde, zou hij zijn best doen om me te laten gaan.'

'Heb je dat aan de politie verteld?'

'Min of meer.'

'Heb je hun verteld waarom je weg wilde?'

'Nee.'

'Wil je het mij vertellen?'

Hij schudde het hoofd.

'Dat denk ik niet. Het doet er niet meer toe, ik kwam alleen... om afscheid te nemen...'

Het werd even stil. Lydia keek hem aan en wendde toen haar blik af.

Ze keek in het vuur. De vlammen schitterden en dansten zo erg dat ze er duizelig van werd. Ze kon zich niet herinneren wanneer ze voor het laatst had gehuild, maar ze was bang dat ze nu zou moeten huilen. Haar stem was witheet van woede toen ze zei: 'Doe toch niet zo stom! Waarom zou je afscheid komen nemen?'

'Dat heb ik toch al gezegd. Ik kan nu maar beter gaan. Ik wil niemand meer spreken. Ga je met Dicky trouwen?'

Er verschenen twee vurige blosjes op haar wangen die niet uit een doosje kwamen. Ze keek hem aan en zei: 'Waarom zou ik?'

'Hij kuste je toen ik binnenkwam.'

'Ach schat, ik zou in de gevangenis belanden als ik met iedereen zou trouwen die me weleens heeft gekust. Dat is bij de wet verboden.'

'Waarom kuste hij je dan?'

Lydia's prachtige ogen keken hem onschuldig aan. Het beetje vocht dat de vlammen had doen schitteren, maakte de groene kleur nog dieper.

'Wil je dat echt weten?'

'Ja.'

Ze zei heel ingetogen: 'Ik beloofde hem dat ik zijn nichtje zou worden.'

'Wát!'

Ze knikte. De zwarte wimpers verhulden het fonkelende groen.

'Een aangetrouwde nicht. Hij had me onder dwang gezet. Hij zei dat hij me elf keer ten huwelijk had gevraagd en dat hij best het dozijn vol wilde maken, maar als ik nee zei, dan was het afgelopen. Hij is echt dol op Daisy Carter en hij dacht dat ze samen heel gelukkig konden worden, maar hij wilde me nog een laatste kansje geven. Dus zei ik: "Goed schat, dan zeg ik nee." Die kus was als afscheid bedoeld, gewoon vriendelijk. Geen gebroken harten, en met Daisy in het vooruitzicht en de zegeningen van de geldbuidels van de Carters.'

'Je gaat dus niet met hem trouwen?'

De wimpers vlogen weer omhoog.

'Je bent wel een beetje traag van begrip, hè schat?' Ze kwam dicht bij hem staan, op haar tenen, en hief haar gezicht naar hem op.

'Je houdt toch van me?'

'Ja.'

'Verschrikkelijk veel?'

'Verschrikkelijk veel.'

'Al heel lang?'

'Altijd al.'

'Wilde je daarom weggaan?'

'Ik dacht dat je met Dicky ging trouwen – ik kon het niet verdragen.'

'Heb je er nooit aan gedacht om me zelf te vragen? Je lijkt me een tikje geremd. Je zou Dicky eens moeten vragen hoe je het moet doen. Het is echt heel gemakkelijk.'

Hij keek haar aan zonder iets te zeggen. Ze bracht haar armen omhoog, sloeg ze om zijn nek en zei half lachend en half huilend: 'Probeer het maar eens, schat!'

40

Ongeveer tien minuten later deed Irene de deur open, zei geschrokken 'O!' en bleef aarzelend staan omdat ze niet wist of ze nu moest weggaan of doorlopen. Lydia, die zich stevig vasthield aan de arm die Mark nog vlak ervoor om haar middel had geslagen, merkte met enige trots op: 'Het geeft niet, we zijn verloofd. Kom hier en zeg: "Mijn hartelijke gelukwensen, kinderen." Ik ga met hem mee naar

River House om te lunchen, dus krijg jij de kans om wat bonnen uit te sparen. Schiet nu eens op met je felicitaties, want zo meteen komen we te laat, en je weet hoe erg tante Grace dat vindt.'

Irene staarde haar aan, hield even haar adem in en maakte de meest opzienbarende blunder van haar leven. 'Ik dacht dat je Dicky wilde!'

'Niet Dicky,' zei Lydia gedecideerd. 'Mark wel, maar dat wist hij niet. Je krijgt tijd genoeg om bij de sagopudding iets vrolijkers te bedenken, schat, want het zal eeuwen duren voordat ik terugkom.'

Toen ze op River House arriveerden, zat iedereen al aan tafel, maar de lunch was nog niet ver gevorderd. Grace Paradine trok heel licht haar wenkbrauwen op, Lane zette een bord naast dat van Mark, en daarna werd er verder gegeten.

Op het moment dat hij de groente serveerde, vroeg juffrouw Paradine zacht: 'Waar is Louisa?' en hij antwoordde net zo zacht: 'Ze voelt zich niet zo goed, mevrouw.' De hand onder het bord waarop ze aardappels schepte, trilde even.

Haar wenkbrauwen gingen weer iets omhoog.

Niemand wilde langer dan nodig was aan tafel blijven, maar door de afwezigheid van Louisa verliep de bediening traag. Phyllida en Elliot Wray waren tegenover elkaar geplaatst. Elliot keek niemand aan, at wat voor hem werd neergezet, en sprak alleen met Mark, die herhaaldelijk een verkeerd antwoord gaf. Phyllida hield haar ogen op haar bord gericht. Ze had een lief kleurtje, en af en toe vertrok haar mond tot een lachje. Grace Paradine, die haar er een keer op betrapte, verstijfde en hield op met eten.

Mark en Lydia zaten naast elkaar. Ze keken elkaar niet aan. Ze hielden zo van elkaar dat het haast niet te verdragen was. Ze waren allebei verschrikkelijk gelukkig en daaraan kon ieder ogenblik een einde komen. Voor Mark was het niets nieuws om te zwijgen, maar als de anderen niet zo in hun eigen gedachten verdiept waren geweest, zou het feit dat Lydia nauwelijks haar mond opendeed, ongetwijfeld zijn opgevallen. De enige die zich echt op haar gemak leek te voelen, was miss Silver. Ze praatte genoeglijk met Albert Pearson, die voor een keer maar weinig te zeggen had.

Iedereen was blij dat de maaltijd achter de rug was. Mark ging telefoneren. Lydia liep met Phyllida de kamer uit. Miss Silver, Albert en Elliot Wray wilden achter hen aan lopen, toen juffrouw Paradine, die naar het raam was gelopen, zich omdraaide en Elliot aansprak.

'Wil je even hier blijven. Ik moet je iets zeggen.'

Hij deed de deur achter de anderen dicht en bleef staan.

'Wat dan, juffrouw Paradine?'

'Ik zou graag willen weten wanneer je hier denkt te vertrekken.'

Hij had al zo strak gekeken dat het nauwelijks mogelijk leek dat het nog strakker kon worden, maar toch gebeurde dat. Hij zei: 'Ik ben hier op uitnodiging van meneer Paradine gekomen... en het was een dringende uitnodiging. Ik blijf op verzoek van Mark. Ik zal vermoedelijk tot na de begrafenis blijven. Was dat alles?'

'Nee. Ik wil dat je weggaat. Je bent hier niet welkom.'

'Ik ben niet uw gast, juffrouw Paradine.'

Ze was bleek geweest, heel bleek, maar nu kwam de kleur weer terug in haar gezicht.

'Hou je dan helemaal geen rekening met Phyllida?'

'U wel dan?'

'Dat is zeer ongemanierd.'

Elliot lachte. 'Ik ben bang dat u zult moeten kiezen. Als we het op beleefd zijn houden, kunt u me niet in Marks huis de deur wijzen. Als we ons beperken tot de wat gemakkelijker status waarin we gewoon zeggen wat we denken, dan mag ik ook bepaalde dingen zeggen. Wilt u die horen? Of zullen we weer terugkeren naar de status van gastvrouw en gast?'

Rood van woede liep ze naar de deur, maar ineens bleef ze staan, draaide zich om en leunde tegen de deurpost. De kleur was weggetrokken, waardoor ze weer bleek was geworden.

'Wat heb je dan te zeggen?'

Ze stonden nu dicht bij elkaar, op nog geen armlengte. Dat was veel te dichtbij wat Elliot betrof. De woede leek hem bij de keel te grijpen. Hij liep achteruit totdat hij door de tafel werd tegengehouden. Vanaf die veiliger afstand zei hij: 'Dat zal u niet aanstaan.'

'Wat heb je dan te zeggen?'

Hij stond haar even aan te kijken voordat hij antwoord gaf. Alle lijnen in haar gezicht waren aangescherpt. Alle spieren stonden gespannen. Haar ogen spuwden vuur. Hij zei: 'Ik denk dat u dat wel weet. U wilde Phyllida helemaal voor uzelf. U probeerde ons van elkaar te scheiden, en u dacht dat het u was gelukt. U wist heel goed dat u haar niets dan leugens vertelde. U had niet kunnen weten dat ik Maisie hielp, zonder te weten dat ze verlamd was. U drukte de brieven achterover die ik aan mijn vrouw heb geschreven... en uit haar naam hebt u me een vervalst telegram gestuurd. U dacht dat u had gewonnen. En toen kwam ik hier voor zaken, en u kon dat niet over uw kant laten gaan. Als u dat wel had gedaan, was u misschien aan de winnende hand gebleven... dat weet ik niet. U kreeg de schitterende ingeving dat door het wegraken van mijn blauwdrukken mijn privérelatie met de familie nog meer zou afbrokkelen. Ik weet niet hoe dat idee bij u is opgekomen. Misschien heeft uw broer het over de blauwdrukken gehad, of misschien heeft Dicky u verteld dat meneer Paradine ze mee naar huis had genomen... ik denk haast Dicky. Hoe dan ook, u hebt ze weggenomen. Ik weet niet hoe meneer Paradine wist dat u het was geweest, maar hij wist het wel. Hij liet mij komen en zorgde dat ik bleef logeren. En toen liet hij bij het diner die bom ontploffen, en u wist dat uw plannetje was mislukt. U legde de blauwdrukken terug voordat wij uit de eetkamer weggingen… u had de gelegenheid toen u naar boven ging om de cadeautjes voor de vrouwen te halen. U hebt uw broer toen niet gesproken… hij was nog steeds in de eetkamer. Hebt u hem later wel gesproken? Ik hoorde boven een deur dichtgaan toen Albert en ik rond halftwaalf door de hal liepen. Was u van plan om naar beneden te gaan en hem op te zoeken? Als dat het geval was, hebt u ons beslist door de hal horen lopen, waardoor u terugging en wachtte met naar beneden te gaan totdat wij uit de buurt waren. Bent u later inderdaad naar beneden gegaan?'

Ze hoorde hem aan. Toen hij was uitgesproken, vroeg ze: 'Is dat alles?'

'Is het niet genoeg?'

Ze draaide zich stijf om en liep de kamer uit.

41

Polly deed de deur van juffrouw Paradines zitkamer open en zag haar aan de schrijftafel zitten. Zonder het hoofd om te draaien, vroeg Grace Paradine: 'Ben jij dat, Louisa?'

'Nee, mevrouw, ik ben het.'

'Waar is Louisa?'

'Ze voelt zich niet goed, mevrouw.'

Juffrouw Paradine zat met een pen in de hand, maar ze had niet zitten schrijven. De punt was opgedroogd en het vel papier dat voor haar lag, was onbeschreven.

Op afwezige toon zei ze: 'Ja… dat was ik vergeten…' En even later: 'Wil je naar beneden gaan en vragen of mevrouw Wray bij me wil komen? Als ze in de zitkamer is, ga dan naar de deur en vraag of je haar even kunt spreken. Pas wanneer ze de kamer heeft verlaten, mag je haar mijn boodschap doorgeven. Kun je dat onthouden?'

'Jawel, mevrouw.'

'Mooi.'

Ze had zich niet omgedraaid om Polly aan te kijken. Ze bleef maar met de pen in de hand zitten zonder iets te schrijven, verstard en bewegingloos. Haar gedachten waren nog nooit zo helder geweest, en ze had nog nooit zo zeker geweten wat ze van plan was. Daarachter lag een ijskoude woede verborgen. Nog nooit had iemand haar toegesproken zoals Elliot Wray dat had gedaan. Nog nooit had ze zich zo vastberaden gevoeld, zo krachtig.

Toen de deur weer openging en Phyllida binnenkwam, was ze zover dat ze zich kon omdraaien om haar met een glimlach te begroeten.

'Heb ik je gestoord, lieveling?'

Phyllida's 'Nee, tante Grace' klonk zacht en haperend. Ze zag er bezorgd uit.

'Wat is er, Phyl,' vroeg Grace Paradine snel. 'Heeft hij je van streek gemaakt?'

'Nee nee.'

'Ik geloof van wel. Daarover wilde ik met je praten, schat. Dit kan zo niet doorgaan. Het maakt jou van streek... ons allemaal eigenlijk. God weet dat we zonder hem al genoeg aan ons hoofd hebben.' Ze trok een zakdoek uit haar mouw en depte er haar ogen mee. Haar hand trilde een beetje.

'Tante Grace, alstublieft...' zei Phyllida.

De hand met de zakdoek kwam omlaag en bleef op de ander liggen.

'Vergeef me, schat... het is zo'n schok voor me geweest. Zelfs van Elliot Wray had ik niet verwacht dat hij dit moment zou uitkiezen om de zaken er voor mij nog erger op te maken.'

Phyllida zei niets. Wat viel er te zeggen? Ze had er geen flauw idee van. Ze stond maar naar Grace Paradine te kijken alsof ze een droombeeld was – iets dat niet bestond.

Grace Paradine stond op en liep naar haar toe.

'Ik zou dat beschamende gedrag nog kunnen verdragen als het alleen mij betrof, maar ik zal niet toelaten dat jij eraan wordt blootgesteld. Ik heb hem gevraagd om weg te gaan – omwille van jou, schat – maar hij zei dat hij Marks gast was, niet de mijne. Ik zal dus met Mark moeten praten, maar ik wilde het jou eerst vertellen. Ik wil niet dat je denkt dat ik iets achter je rug om doe.'

Phyllida huiverde even. Als het een droom is, kun je wakker worden. Als het geen droom is, moet je het maar zien te verdragen. Ze zei: 'Toe nou, tante Grace... het helpt echt niet...'

'Wat bedoel je, Phyllida?'

Phyllida wendde haar blik af.

'Het helpt echt niet. Ik weet alles. Waarom hebt u het gedaan?'

Als ze Grace Paradine had aangekeken, zou ze hebben gezien dat haar ogen oplichtten en dat er een beetje kleur op haar wangen kwam. Ze was van plan om het gevecht aan te gaan, en ze was van plan om te winnen. Ze voelde zich helemaal warm worden. Ze zorgde ervoor dat haar stem heel vriendelijk klonk.

'Wat bedoel je toch, schat? Wil je me dat alsjeblieft vertellen? Heeft hij iets gezegd? Als dat zo is, vind ik dat je het me moet vertellen.'

Phyllida keek haar aan maar wendde meteen haar blik weer af. Ze wilde absoluut niet weten wat er op het gezicht van Grace Paradine te lezen zou zijn. Zolang ze zich kon herinneren, was het liefde geweest, beschutting. Begrip, vriendelijkheid, bescherming. Dat kon ze nu niet verdragen. Ze zei bijna fluisterend: 'Toe nou, tante Grace...'

Maar ineens vond ze de moed. Wanneer je iets moet doen, vind je vanzelf de moed.

'Ja, ik wil het u toch vertellen... ik moet het gewoon. Elliot en ik hebben gepraat. Ik weet dat hij me heeft geschreven... twee keer. Ik weet wat er in die brieven stond. Ik heb ze niet ontvangen. Ik weet nu waarom niet. En ik weet alles over Maisie,' zei ze.

'Je weet wat hij je heeft verteld.'

'Ja.'

'Denk je nu echt dat hij je de waarheid heeft verteld, schat? Denk je nu echt dat mannen eerlijk zullen zijn over dat soort zaken? Hij is het meisje nu beu... ik geloof dat ze ziek is geweest... en hij wil jou terug. Waarom ook niet? Je bent jong en knap, en je krijgt een aardige som geld uit de erfenis van oom James. Natuurlijk wil hij je terug.'

Phyllida zei op beheerste toon: 'U zei dat Maisie ziek is geweest. Weet u niet dat ze al maandenlang verlamd is?'

'Is dat wat hij je vertelde? En jij geloofde hem? O schat, wil je hem nu weer de kans geven om je hart te breken? Hij wil je op dit moment... maar hoe lang zou hij je nog willen als je net zo ziek was als dat arme meisje? Hij zet haar aan de kant... hij schaamt zich niet eens om je dat te vertellen. Wat voor vertrouwen blijft er nog voor jou over? Ik neem aan dat zij dacht dat er iets tussen hen was. En wat blijft er dan voor jou over?'

Phyllida sloeg haar ogen op. Er stond onmetelijk verdriet in te lezen. Ze zei: 'Het helpt echt niet. Zo was het niet... ik denk dat u dat ook wel weet. We houden van elkaar. U moet niet langer proberen ons uit elkaar te houden.'

Het werd stil. En toen zei Grace Paradine met haar diepe, tragische stem: 'Dat is het dus?'

Opnieuw volgde er een stilte.

Grace Paradine wendde zich af. Even later zei ze: 'Ik wil dat je me goed begrijpt. Wil je goed naar me luisteren, Phyl?' Het klonk vriendelijk, lief zelfs.

Phyllida had zoveel medelijden met haar dat haar adem in haar keel bleef steken.

'Natuurlijk.'

Grace Paradine keek haar niet aan. Ze stond half afgewend en keek naar de paperassen op de schrijftafel.

'Het is zo moeilijk om het iemand duidelijk te maken. Dat is de tragedie van oudere mensen. Ze hebben zelf geleden... sommigen zelfs vreselijk. Heel vaak is het hun eigen schuld geweest. Ze hadden te hoge verwachtingen, te veel vertrouwen, ze maakten fouten omdat ze te weinig wisten, omdat ze dachten dat ze alles wisten. Wat ze het allerliefste willen, is hun kinderen, van wie ze houden, ervoor behoeden dezelfde fouten te maken en dezelfde pijn te moeten ondergaan. Wat denk je hoe het voelt als de kinderen niet willen luisteren, hen niet willen geloven... wanneer ze zich afzijdig moeten houden en toezien hoe ze hun ondergang tegemoet gaan?'

'Niemand kan het leven van een ander leven, tante Grace, hoeveel je ook van ze houdt... je moet ze hun eigen leven laten leven.'

Grace Paradine draaide haar hoofd om. Ze was ontzettend bleek, maar ze glimlachte. 'Het is wel jouw stem, maar het zijn niet jouw woorden, Phyl. Kom eens hier, schat.' Toen Phyllida bij haar was, legde ze haar hand op haar schouder. 'Kijk Phyl... dit is de eerste foto die ik van je heb gemaakt nadat je bij me was gekomen. Je was toen anderhalf jaar oud. Ik heb je helemaal zelf verzorgd. Je was de liefste baby ter wereld. Later kwam er een kindermeisje, maar ik heb je bijna altijd zelf gewassen en aangekleed. Hier is het miniatuurtje dat ik van je heb laten maken toen je vijf was. Je lijkt er nog steeds heel veel op. Hier is je eerste schoolfoto... in dat vreselijke gymnastiekpakje, maar je was er zo trots op. Hier is er eentje in de jurk voor je eerste bal. Ik heb ze allemaal bewaard. De meeste liggen wel ergens hier in de kamer. Iedereen lacht me erom uit... Dicky noemt het mijn Phyllida-galerij. Maar het kon me niet schelen dat ze me uitlachten. Alles wat met jou te maken had, was te kostbaar om er afstand van te doen... ik wilde alles bewaren. Want zie je, jij bent mijn leven geweest.'

Phyllida verzette haar voeten even en er klonk een geluidje alsof ze iets wilde zeggen, maar de woorden wilden niet komen. Grace Paradine klonk nog meer aangedaan toen ze verder ging.

'Het is het enige leven dat ik ooit heb bezeten. Dat kun

jij niet begrijpen, hè? Daarom vertel ik het je, schat, want ik wil dat je het begrijpt. Jij bent altijd gewenst geweest, er is altijd van jou gehouden, maar dat geldt niet voor mij.'

'Tante Grace!'

Grace Paradine zei op zachte, beheerste toon: 'De plek die ik nu heb, heb ik voor mezelf geschapen.' Ze keek Phyllida recht aan. 'Hebben ze je ooit verteld dat ik als kind ben geadopteerd?'

Phyllida schrok er duidelijk van.

'O nee!'

'Ik neem aan dat de meeste mensen het zijn vergeten... het is ook al zo lang geleden. De moeder van James heeft een dochtertje verloren, en toen hebben ze mij geadopteerd. Ik geloof wel dat ze veel van me hield, maar ze stierf voordat ik vijf jaar was. De anderen waren wel vriendelijk, maar ik hoorde er niet bij. Ik was vast van plan mijn eigen huis te krijgen. Toen ik verloofd raakte, dacht ik dat ik dat zou krijgen. Ik neem aan dat je weet dat ik met Robert Moffat verloofd was?'

'Ja.'

'Een maand voor de bruiloft ontdekte ik dat er een meisje in Birstead was... iemand heeft me dat verteld. Hij ontkende het niet, hij zei alleen dat het allemaal voorbij was. James en zijn vader wilden dat ik met hem trouwde, zij leken te denken dat het er niet toe deed. Phyl, schat, ik vertel dit niet om je van streek te maken, maar om aan te tonen waarom ik me zo voelde wat Elliot Wray betrof.'

'Ja, dat begrijp ik wel,' zei Phyllida zacht. 'Maar dit ligt anders...'

'Is dat zo? Ik geloof van niet. Mijn leven was kapot, en er was niemand om het wat gemakkelijker voor me te maken, zoals ik wel heb geprobeerd het gemakkelijker voor jou te maken. Er was niemand die mij met liefde en tederheid omringde. Er volgden tien afschuwelijke, lege jaren. En toen kwam jij. En alles begon van voren af aan. Het was net alsof ik een nieuw leven begon. Maar je kunt geen stukje van je leven loslaten zonder ook een beetje te sterven. Daarom heb ik al je kleren bewaard, en al je foto's. Ik kon het niet verdragen om er iets van weg te doen... het zou net zijn geweest alsof ik stukjes en beetjes van mijn eigen leven zou moeten missen. En toen kwam Elliot.'

Pas toen ze Elliots naam noemde, kreeg Phyllida het gevoel dat ze het niet langer meer kon verdragen. Ze was lief, maar ze was niet stom. Al die gevoelens, al die pijn, werd als wapen tegen Elliot gebruikt. Gevoelens die je niet kunt delen, worden onverdraaglijk. Zo dicht bij Grace Paradine te staan, het gewicht van haar hand lijfelijk te moeten voelen, zelfs dat werd onverdraaglijk. Maar om zich nu los te trekken... dat kon ze niet.

Grace Paradine was even opgehouden, alsof Elliots naam haar tot zwijgen had gebracht. Maar nu ging ze weer verder.

'Hij kwam op uitnodiging van James. Als ik niet weg was geweest, had hij nooit de kans gekregen om jou pijn te doen... daarvoor zou ik wel hebben gezorgd. Maar toen ik terugkwam, was het al te laat... je was al verloofd. En James steunde hem. Dat heb ik hem nooit vergeven. Ik mocht hem niet en ik vertrouwde hem niet, maar ik kon het niet tegenhouden. Ik wilde een langere verloving, maar James koos weer zijn kant. En toen het te laat was, omdat jullie al getrouwd waren, kreeg ik Agnes Cranstons brief. Ik kan je niet vertellen hoe vreselijk het was om juist die brief te laat te krijgen.'

De hand op Phyllida's schouder voelde koud aan. Zwaar en koud. Ze kon hem door de stof van haar jurk voelen. Hoeveel medelijden ze ook voelde, ze kon het niet langer verdragen. Ze zette een stap naar achteren, waardoor de hand omlaag viel. Langzaam trok er een dofrode kleur over het gezicht van Grace Paradine.

Phyllida deed haar uiterste best om haar stem niet te laten trillen, toen ze zei: 'Alstublieft, tante Grace... ik kwam hiernaartoe om u iets te zeggen. Mag ik dat dan nu doen? Het heeft geen zin om te praten over wat er is gebeurd. We zijn verkeerd begonnen... we moeten helemaal opnieuw beginnen. Elliot en ik gaan dat proberen. Wilt u dat ook proberen? Iedereen kan toch altijd opnieuw beginnen. Het is niet verkeerd om te trouwen en je eigen huis te krijgen. Mijn echte moeder zou blij zijn geweest...'

Ze had geen rampzaliger woorden kunnen vinden. Een oude, smeulende jaloezie vlamde op. Phyllida kreeg een gezicht te zien dat ze nog nooit had gezien... de zelfbeheersing die door woede werd verdreven, een mond die woorden vormde die haar op een afgrijselijke, mompelende manier werden toegevoegd. Ze stond te trillen van ontzetting.

En toen riep Grace Paradine 'Verdwijn!' en ze rende de kamer uit met maar een gedachte in het hoofd. Ze moest zo snel mogelijk buiten het bereik van de storm zien te komen die ze zelf had ontketend.

42

Beneden in de studeerkamer zei Frank Ambrose vermoeid: 'O ja, ik ben teruggegaan. Ik wil u dat best vertellen... ik neem aan dat het toch wel moest uitkomen.'

Hij zat waar Mark Paradine eerder had gezeten, in een stoel die naar de zijkant van het bureau was getrokken. Miss Silver zat tegenover hem aan de andere zijkant bedaard te breien. Hoofdinspecteur Vyner zat over het vloeiblad gebogen en maakte aantekeningen. Tegenover hem zat kolonel Bostock te fronsen en hij wilde maar dat hij al die mensen niet zo vreselijk lang kende. Verdraaid vervelende situatie... verdraaid vervelende zaak.

Miss Silver kuchte en zei: 'Ik denk dat het wel zo verstandig zou zijn, meneer Ambrose.'

Frank Ambrose trok zijn schouders recht. Hij zag eruit als iemand die geen kant meer op kon. Hij wist slechts met de grootste moeite zijn grote lijf overeind te houden.

Zijn grote, uitdrukkingsloze gezicht zag er weggetrokken uit. De blanke huid leek wel grijs. Hij zei: 'Het is eigenlijk doodsimpel, maar door de dood van mijn stiefvader zijn al die simpele, normale dingen die in een familie gebeuren, ineens verdacht geworden. U moet dus begrijpen dat ik u wel kan vertellen wat er is gebeurd, maar ik kan u niet dwingen me te geloven. Ik kan mijn woorden niet met bewijzen staven. U hebt alleen mijn woord. Ik kwam terug omdat ik vreselijk bezorgd en van streek was door wat mijn stiefvader tijdens het diner had gezegd. Hoe meer ik erover nadacht, hoe meer ik ervan overtuigd raakte dat ik het er niet bij kon laten zitten. Ik besloot om terug te gaan en het met hem door te praten. Mijn stiefvader en ik stonden elkaar heel na, dat kunt u aan iedereen vragen die ons kende. In sommige opzichten behandelde hij mij als een zoon, in andere als een vriend. Ik bedoel daarmee te zeggen dat hij altijd alles met me besprak. Daarom kwam ik ook terug. Hij was sarcastisch en had een sterk karakter. Ik wilde voorkomen dat hij iets deed wat een breuk in de familie tot gevolg kon hebben.'

'Hoe vond hij het dat u terugkwam?' vroeg kolonel Bostock.

Frank Ambrose bleef even stil. Toen zei hij: 'We hebben gepraat. Ik bleef ongeveer twintig minuten. Daarna ben ik weggegaan.'

Vyner keek op en zei: 'Heeft hij u verteld dat de blauwdrukken van meneer Wray waren verdwenen?'

Opnieuw was het even stil. Toen zei Frank Ambrose: 'Ja.'

'Vertelde hij u ook wie ze had weggenomen?'

'Ik ben bang dat ik u dat niet kan vertellen.'

'U kunt natuurlijk weigeren om op dit ogenblik mijn vragen te beantwoorden, maar ze kunnen u altijd ergens anders worden gesteld, wanneer u onder ede staat.'

'Dat besef ik natuurlijk ook wel. Toch ben ik bang dat ik u op dit moment niet meer kan vertellen.'

Toen de deur achter hem was dichtgegaan, zei miss Silver: ‘Lieve hemel!’ Kolonel Bostock snoot luidruchtig zijn neus.

‘Nou, wat maak je daaruit op? Hij weet iets.’

Vyner deed zijn aantekenboekje dicht.

‘Dat staat haast wel vast.’

‘Hij ziet eruit alsof hij in geen week heeft geslapen. Tussen twee haakjes,’ zei de commissaris terwijl hij zich tot miss Silver wendde, ‘zijn vrouw, dat meisje Irene, heeft er niets mee te maken. Daar ben ik blij om. Moord is iets akeligs voor een jonge vrouw. Dat past helemaal niet. Vyner zal het u wel allemaal vertellen.’

De hoofdinspecteur richtte zijn vriendelijke blauwe ogen op miss Silver.

‘Ik heb navraag laten doen bij dokter Horton. De beide dienstbodes slapen samen op een zolderkamer aan de voorkant. Nou, een van hen zegt dat ze ergens na elf uur uit het raam heeft gekeken en Irene Ambrose heen en weer zag lopen, precies zoals ze ons vertelde. U herinnert zich nog wel dat de maan scheen totdat het om twaalf uur begon te regenen. Ze is er tamelijk zeker van dat het Irene Ambrose was. Ze maakte er nog een grapje over tegen het andere dienstmeisje. Het blijkt dat ze dokter Horton voortdurend opbelt over de kinderen, en het betrof hier het meisje dat de boodschappen aanneemt, dus daarom maakten ze er een grapje over, en ze keken nog een paar keer naar buiten om te zien of ze er nog was. Ze waren nog laat op omdat het andere meisje de volgende dag naar de bruiloft van haar zuster zou gaan, en zij was nog bezig haar jurk af te maken. Ze zeggen dat Irene Ambrose er om tien voor twaalf nog was. Ik denk dat we daarmee wel genoegen kunnen nemen.’

Miss Silver knikte.

‘O zeker.’ Ze keek de beide mannen over de klikkende naalden met een heldere blik aan. ‘Ik denk dat we mogen stellen dat we nu wel weten wat er tussen kwart voor tien en middernacht is gebeurd. Het zou misschien helpen als we een tijdschema voor ons hadden. Misschien wil de hoofdinspecteur wel zo vriendelijk zijn om er eentje te maken...'

9.45 – vertrek van Frank en Irene Ambrose, Brenda Ambrose en Lydia Pennington.

9.50, ongeveer – vertrek van Mark en Richard Paradine.

9.52 of 9.53 – Albert Pearson gaat naar studeerkamer om welterusten te wensen, onmiddellijk gevolgd door Lane die hem zowel naar binnen als naar buiten zag gaan.

Een paar minuten later – Elliot Wray gaat naar studeerkamer om welterusten te zeggen. Hij blijft maar kort. Bij het naar buiten gaan treft hij Albert Pearson aan die hem staat op te wachten. Samen gaan ze naar de kamer van Elliot Wray.

10.10 – Phyllida Wray gaat naar studeerkamer om met haar oom te praten.

10.30 – Frank Ambrose klopt op deur van studeerkamer en wordt binnengelaten – Phyllida Wray moet daarom via de aangrenzende, ongebruikte slaapkamer vertrekken.

10.50 – Frank Ambrose vertrekt. Tussen dat tijdstip en

11.00 – komt Mark Paradine de studeerkamer in. Voor

11.30 – vertrekt Mark Paradine. Elliot Wray en Albert Pearson komen naar beneden, naar de eetkamer om iets te drinken te halen; Elliot Wray hoort de voordeur dichtgaan; hij hoort ook boven op de gang waar juffrouw Paradine en Phyllida Wray slapen, een deur dichtgaan.

11.53 – Elliot Wray en Albert Pearson gaan terug naar boven. Daar scheiden zich hun wegen; Elliot Wray gaat een bad nemen.

Hoofdinspecteur Vyner hield op met schrijven en keek met een zeer verbaasd gezicht op.

'Zei u elf uur drieënvijftig, miss Silver?'

De donkergrijze slobbroek van de kleine Roger draaide onder de bezige naalden rond.

'Dat zei ik inderdaad, hoofdinspecteur.'

De blik van Vyner bleef aan haar gezicht gehecht.

'Elliot Wray en Albert Pearson hebben allebei verklaard dat het op de klok in Elliot Wrays kamer acht over twaalf was toen ze weer boven kwamen.'

Miss Silver kuchte.

'Er is met de klok geknoeid.'

'Goeie genade!' zei kolonel Bostock.

Miss Silver bleef doorbreien.

'Albert Pearsons alibi heeft vanzelfsprekend mijn interesse opgewekt. Het was, als ik het zo mag zeggen, nogal onwrikbaar. Aan de andere kant maakte hij er geen geheim van dat hij het zorgvuldig had geregeld. Als u zijn verklaring naleest, zult u zien dat hij dat openlijk zegt: "Na de manier waarop meneer Paradine zonder namen te noemen een lid van de familie had beschuldigd, kon ik het me niet permitteren dat iemand ook maar zou suggereren dat hij het wel over mij zou hebben gehad. Daarom wachtte ik meneer Wray op en zorgde ervoor om tot ruim na middernacht in zijn buurt te blijven, omdat meneer Paradine had gezegd dat hij tot twaalf uur in zijn studeerkamer zou blijven wachten. Het liep tegen tien over twaalf toen meneer Wray en ik voor zijn kamerdeur afscheid van elkaar namen." '

Vyner had ondertussen zitten meebladeren en knikte.

'Zo staat het er letterlijk, miss Silver,' zei hij.

Ze neigde even het hoofd.

'U ziet dat hij er heel openhartig over is, en dat wat hij zegt, heel redelijk klinkt. De rest van de familie mag hem niet erg. Hij is een ver verwijderd familielid, en hij wordt eigenlijk nogal op afstand gehouden. Alleen de jongere familieleden noemt hij bij de voornaam. Verder is het juffrouw Paradine, meneer Ambrose en juffrouw Ambrose. Iedereen zou opgelucht zijn als hij de dader was. Het was dus heel normaal en heel onschuldig dat hij een alibi wilde hebben. Aan de andere kant zou het weleens niet zo onschuldig kunnen zijn. Als hij een motief had om zijn werkgever te vermoorden, zou zijn onschuldig klinkend alibi hem heel goed van pas komen. Tot op heden is er geen motief aan het licht gekomen, maar als we zo'n motief zouden ontdekken, dan zijn de volgende punten van belang.' Ze wikkelde nog wat meer donkergrijze wol af, draaide het breiwerk een slag en ging verder. 'Ten eerste. Als u de verklaring van Albert Pearson nog eens wilt nalezen, zult u zien dat hij beweert dat Lane al in de studeerkamer was toen hij meneer Paradine welterusten kwam zeggen. Lanes verklaring lijkt dat te bevestigen, maar toch niet helemaal. Elliot Wray, Phyllida Wray, Frank Ambrose en Mark werden alleen met dezelfde, half sarcastische, half oubollige opmerking door meneer Paradine begroet: "Kom je een bekentenis afleggen?" Ik zou weleens willen weten of Albert Pearson op dezelfde manier was begroet. Als dat zo was, en als hij ook maar iets ernstigs op zijn geweten had, zou die vraag hem er heel goed van hebben kunnen overtuigen dat zijn misstap bekend was, waarna hij de dood van meneer Paradine heeft beraamd. Alles hangt er natuurlijk van af of hij echt iets ernstigs te verbergen heeft. Bij navraag zei Lane dat hij nog niet in de studeerkamer was toen Albert Pearson daar binnenging. Hij kwam met een blad door de klapdeur toen Albert, die van de andere kant van de gang was gekomen, voor hem uit de studeerkamer binnenging. Hij hoorde meneer Paradine zeggen: "Hallo Albert, kom je een bekentenis afleggen?"'

'Goeie genade!'

De naalden van miss Silver klikten.

'Het heeft geen zin om er verder op in te gaan. We weten niet of Albert Pearson al dan niet iets op zijn geweten had. Hij kreeg niet de tijd om meneer Paradine te antwoorden omdat Lane binnenkwam, en hoewel hij even terug werd geroepen toen Lane weer wegging, was hij alweer in de gang voordat de klapdeur was dichtgevallen. Ik wil echt niet te veel nadruk op dit punt leggen, maar ik vind wel dat we het in gedachten moeten houden.'

Vyner zei: 'Met "dit punt" bedoelt u, waarom Albert Pearson zei dat Lane al in de studeerkamer was toen hij binnenkwam?'

'Ja.'

'Misschien was dat wel omdat hij zich ongerust maakte over zijn reputatie.'

'Dat was me niet ontgaan, hoofdinspecteur.' Ze kuchte even en ging weer door. 'Nu komen we bij het tweede punt. Als het alibi van Albert Pearson onbetrouwbaar is, dan moet er met de klok in de kamer van Elliot Wray zijn geknoeid. Ik heb geprobeerd te beredeneren wanneer dat kan zijn gedaan. Niet voor het diner, want toen was er nog geen aanwijzing dat iemand in die kamer zou slapen, of dat meneer Paradine die beschuldiging zou uitspreken, wat hij in feite pas na het diner deed. Niet tussen het tijdstip waarop die beschuldiging werd uitgesproken en kwart voor tien, omdat Albert Pearson zich gedurende die tijd bij de rest van het gezelschap bevond. De eerste gelegenheid ervoor zou liggen tussen het tijdstip waarop Lane hem uit de studeerkamer zag komen nadat hij meneer Paradine welterusten had gewenst, en het moment waarop Elliot Wray hem in de gang op hem vond wachten. Hij zou in die korte periode de tijd hebben gehad om via de achtertrap naar boven te rennen en de klok in Elliot Wrays kamer te verzetten.'

Kolonel Bostock gromde protesterend.

'Wat die knaap kan hebben gedaan, is nog geen bewijs, mevrouw!'

Miss Silver keek met onverstoorbare gelijkmoedigheid naar zijn gefronste gezicht. Ze zei haastig dat ze het met hem eens was.

'Precies. Dat valt niet te bewijzen. Ik vertel u alleen waarom ik ging onderzoeken of er enig bewijs te vinden was. Ik ben gisteravond om kwart voor tien naar mijn kamer gegaan. Een paar minuten later kwam Polly Parsons, het jonge tweede binnenmeisje, mijn bed openslaan. Nadat ik er nog eens over na had gedacht, kwam het bij me op dat ze, als ze dat ook op woensdagavond had gedaan, misschien wel op de klok in de kamer van Elliot Wray had gekeken. Ik kreeg de gelegenheid om haar er vandaag vlak voor de lunch naar te vragen, en ze vertelde me het volgende. Ze had woensdagavond met de afwas geholpen, vanwege het diner, maar toen Frank en Irene Ambrose om kwart voor tien weggingen, stuurde Louisa haar naar boven om de bedden van de beide heren terug te slaan en een paar warmwaterkruiken in het bed van Elliot Wray te leggen, omdat er geen tijd was geweest het te luchten. Ze ging over de achtertrap aan de kant van de keuken naar boven, passeerde de kamers van Phyllida Wray en juffrouw Paradine, en zag Albert Pearson uit de kamer van Elliot Wray komen en over de gang naar de achtertrap aan die kant van het huis hollen. Ze zei dat ze zich nog had afgevraagd wat hij in Elliot Wrays kamer had te zoeken. Ze ging naar binnen, sloeg het bed terug en legde er de heetwaterkruiken in, en toen ze rechtop ging staan, zag ze de klok op de schoorsteenmantel en dacht: "Tjee, het is echt al laat!" omdat de wijzers op tien over tien stonden. Toen ging ze door de gang naar de kamer van Albert Pearson en daar stond de klok op vijf minuten voor tien. Ze dacht nog dat meneer Paradine daar erg boos over zou zijn, omdat alle klokken gelijk hoorden te staan, en ze zegt dat ze daarna naar beneden ging, naar de keuken, en er met Gladys, het andere meisje, en met Louisa over praatte.'

Kolonel Bostock perste zijn lippen op elkaar en floot even.

Vyner zei: 'Een van de eerste dingen die we hebben gedaan, was alle klokken controleren. Die in de kamer van Elliot Wray liep donderdagochtend tot op de seconde gelijk, maar dat spreekt natuurlijk vanzelf.'

Miss Silver knikte.

'Albert Pearson heeft de wijzers teruggezet toen Elliot Wray in de badkamer was. Hij komt als een zeer grondige jongeman op me over.' Ze wachtte even, liet een zwak kuchje horen, en ging door. 'Er is nog iets. Elliot Wray zegt dat hij en Albert Pearson vlak na halftwaalf naar de eetkamer gingen om iets te drinken. Toen ik hem vroeg of hij wat preciezer kon zijn, zei hij, o ja, hij had op de klok gekeken, had gezien dat de wijzers op dertien of veertien minuten over halftwaalf stonden, en dat hij toen had voorgesteld om naar de eetkamer te gaan. Toen ze in de hal kwamen, hoorde hij de voordeur dichtgaan. Maar Mark Paradine zegt dat hij om ongeveer halftwaalf is weggegaan, en dat hij de deur had dichtgetrokken. Dat zou beslist met elkaar in tegenspraak zijn geweest, ware het niet dat we nu weten dat de klok in de kamer van Elliot Wray een kwartier voorliep. Dat wordt door Polly's verhaal bevestigd.'

Kolonel Bostock floot weer even. Vyner zei: 'In de hal is een klok, en ook een in de eetkamer. Elliot Wray zou toch zelf moeten hebben gemerkt dat de tijd niet klopte?'

Miss Silver schudde het hoofd.

'Dat geloof ik niet. De hal is maar heel zwak verlicht, en wat de eetkamer betreft, kan Albert Pearson heel gemakkelijk hebben voorkomen dat de klok op de schoorsteenmantel gevaar zou opleveren door alleen het licht boven het buffet aan te knippen. Dat zou heel normaal lijken, omdat daar de flessen met drank stonden. Maar ik denk niet dat Elliot Wray erg veel aandacht voor zijn omgeving had. Hij had na een scheiding van een jaar voor het eerst zijn vrouw teruggezien, en zijn gedachten werden heel erg in beslag genomen door zijn eigen besognes.'

Vyner knikte.

'Dat is absoluut waar. Welnu, miss Silver, meneer Harrison kan nu ieder ogenblik arriveren.' Zijn ogen straalden scherpzinnigheid uit. 'We zullen die safe moeten openen. Denkt u dat we daar een motief voor Albert Pearson zullen aantreffen?'

Miss Silver keek hem ingetogen aan.
'Dat zou ik niet durven beweren, hoofdinspecteur.'

43

Meneer Harrison arriveerde zeer punctueel om precies halfdrie. Om precies kwart voor drie opende hij de safe van James Paradine. Het was oorspronkelijk de bedoeling geweest dat Mark en Richard Paradine erbij aanwezig zouden zijn, maar met het oog op de recente ontwikkelingen werd besloten dat zoveel mogelijk familieleden moesten worden uitgenodigd. Miss Silver was er ook, net als een onopvallende meneer Jones, hiernaartoe gestuurd door het meest vooraanstaande taxatiebureau van Birleton. Juffrouw Paradine keek even naar hem, boog zich toen naar Mark en vroeg zacht of hij een kantoorbediende van meneer Harrison was. Nadat ontkennend was geantwoord, leek ze wel wat verbaasd te zijn, maar ze stelde verder geen vragen.

Nadat hij de kluis had geopend, zette meneer Harrison een stapje achteruit om ruimte te maken voor hoofdinspecteur Vyner, die de verschoten roodlederen cassettes, die meneer Paradine op de avond van zijn dood nog in handen had gehad, eruit tilde en op het bureau zette. Hij had voor alle zekerheid handschoenen aangetrokken voordat hij ze aanraakte. Iedere keer dat hij een cassette neerzette, drukte hij op het slotje, waardoor het deksel openvloog.

'Voordat we verder gaan, zullen we eerst deze controleren,' zei meneer Harrison.

Hij haalde een lijst te voorschijn en las hardop voor:

'Diamanten tiara – drie jaar geleden op £ 4000 geschat.
Diamanten oorringen, solitair – idem dito £ 1000.
Diamanten ring, solitair – £ 500.
Ring met diamantjes – £ 200.

Diamanten ring, marquise – £ 150.
Diamanten ring, creool – £ 200.
Stel diamanten armbanden – £ 1000.
Sierbroche – £ 2000.
Diamanten staafbroche – £ 100.
Diamanten zonnetje – £ 400.
Diamanten vlinder – £ 150.
Driebladige broche met diamanten – £ 200.'

'Allemaal aanwezig en in orde bevonden,' zei Vyner. Hij keek wat achteloos achterom. 'Meneer Jones, als u zo goed wilt zijn...'

Iedereen had naar de diamanten staan kijken. Grace Paradine had ze in geen twintig jaar meer gezien. Vreemd om te bedenken dat ze in het donker opgesloten hadden gezeten en toch hun schoonheid en hun straling hadden weten te bewaren, net als hun waarde. Clara's diamanten, vloog het heel even door haar hoofd. Ze had Clara nooit echt gemogen. Ze brachten Frank Ambrose terug naar de laatste keer dat hij zijn moeder ermee had gezien. Ze had er ziek en frêle uitgezien. Boven al die schitteringen hadden haar ogen dof en vermoeid gestaan, en vriendelijk. Richard, Lydia, Phyllida en Elliot Wray hadden ze nog nooit eerder gezien, behalve dan natuurlijk op het portret boven de schoorsteenmantel. Mark had ze gezien en in handen gehad. Hij bekeek ze zonder enige interesse. Hij wilde maar dat dit formele gedoe voorbij was, want dan zou hij weten of ze hem al dan niet gingen arresteren. De diamanten zeiden hem op dit moment net zoveel als stukjes grind. Albert Pearson, van wie je toch enige professionele belangstelling had mogen verwachten, leek er bijna onverschillig onder te blijven. En toch was dat misschien niet helemaal juist omschreven. Hij stond wat aarzelend aan de rand van het gezelschap dat zich om het bureau had verzameld, en leek zich ongemakkelijk te voelen, alleen al door erbij te zijn. Als familielid had hij hier nauwelijks iets te zoeken. Als de secretaris van James Paradine dan misschien? Maar niemand vroeg hem om iets te doen. Hij knipperde een paar keer met zijn ogen achter de dikke brillenglazen en duwde zijn zwetende handen diep in de zak.

Meneer Jones zei: 'Staat u me toe,' en liep langs hem heen.

Miss Silver, die keurig rechtop aan de zijkant van het bureau zat, zag hem aankomen. Ze zat niet te breien. Haar handen lagen in haar schoot. Haar ogen stonden helder en gespannen. Ze sloegen meneer Jones gade – een kleine man met een blanke huid, met iets onbestemds over zich, met een ouderwetse pince-nez die scheef op zijn neus zat, en met een glimmend kunstgebit dat de oorzaak was van zijn lispelende manier van spreken. Hij kwam regelrecht naar het bureau, boog zich over de cassettes, onderwierp ieder stuk aan een uiterst nauwkeurig onderzoek, en zei met vriendelijke, lispelende stem: 'Ik neem aan dat u weet dat enkele van deze stenen kopieën zijn, meneer Paradine?'

Die woorden wisten in één klap Marks belangstelling te wekken. Hij ging rechtop staan, zette een stap naar voren, waardoor hij op gelijke hoogte met meneer Jones en de hoofdinspecteur kwam te staan, en zei geschrokken: 'Wat bedoelt u?'

Meneer Jones pakte een pen van het bureau, en gebruikte hem als aanwijsstok. Die bleef boven de driebladige broche hangen.

'Dat is een kopie – een heel goede vervalsing. Hetzelfde geldt voor de vlinder en de staafbroche. De grote steen in het midden van de sierbroche is ook vervangen door een vervalsing.'

'Wat!' zei Mark, en toen: 'Weet u dat zeker?'

Meneer Jones toonde met een medelijdend lachje zijn glimmende gebit.

'Er is geen twijfel aan, meneer Paradine.'

Het werd doodstil in het vertrek. De blik van hoofdinspecteur Vyner ging naar miss Silver. Zijn ogen net zo duidelijk alsof hij het hardop had gezegd: 'Daar hebt u uw motief.'

Miss Silver kuchte en alsof het zo was afgesproken, keken ze allebei naar Albert Pearson. Niet alleen zijn handen zweetten. Zijn voorhoofd was nat en zelfs voor de meest oppervlakkige waarnemer zag hij er ziek uit, en zeer onrustig.

Vyner wendde zich tot meneer Jones.

'Is de rest van de stenen wel echt?'

Meneer Jones haalde een zakloep te voorschijn en bekeek de stenen stuk voor stuk. Er leek geen einde aan te komen. Maar uiteindelijk komt aan alles een eind. De loep verdween weer in het borstzakje. Meneer Jones lispelde geruststellend en mocht vervolgens vertrekken. De deur die achter hem in het slot viel, klonk Albert Pearson onheilspellend in de oren. Zijn hart klopte zo zwaar dat hij er misselijk van werd. Zijn haar lag klam op zijn voorhoofd. Door zijn beslagen brillenglazen zag hij dat iedereen zich naar hem had omgekeerd. Het was een pure nachtmerrie. Hij hoorde hoofdinspecteur Vyner zijn naam noemen.

'Wilt u even bij het bureau komen, meneer Pearson. Ik wil u graag een paar vragen stellen. Daarbij is het wel mijn plicht om u te waarschuwen dat alles wat u zegt, zal worden opgeschreven en als bewijs tegen u kan worden gebruikt.'

Hij liep naar voren, botste tegen een stoel en nadat hij was gaan zitten, begon hij automatisch zijn beslagen bril te poetsen. Nadat hij hem weer had opgezet, zag hij een keurige jonge politieagent met een opschrijfboekje vlak bij hem staan. Hij zag ook dat iedereen hem stond aan te staren – behalve dan Phyllida, die eruitzag alsof ze in huilen zou uitbarsten. Juffrouw Paradine trok een gezicht alsof ze een oneerlijke keukenmeid ging ontslaan. Ze keek zo hooghartig op hem neer dat er niets van wraakzucht was te zien, maar er viel wel iets van tevredenheid te bespeuren. Hij stond nu niet alleen buiten de familie, hij was al berecht en veroordeeld voordat hij zelfs maar zijn mond had opengedaan. Hij had het gevoel dat hij werd ingesloten en op het punt stond vervloekt te worden. Nu zouden ze doen wat hij altijd al had gevreesd: ze zouden hem tot zondebok maken. Nou, hij had een alibi – laat ze maar eens proberen om dat te vernietigen. Hij was ze te slim af geweest. Hij rechtte zijn schouders, boog zich naar voren, legde zijn armen op het bureau en zei: 'Ik zal met plezier alle vragen beantwoorden die u maar hebt.'

Iedereen keek hem aan. De hoofdinspecteur en Mark stonden naast elkaar boven de uitgestalde cassettes, waar de diamanten het licht vingen, Lydia Pennington stond aan de andere kant van Mark, kwam wat dichterbij en liet haar hand door zijn gebogen arm glijden. Elliot Wray stond met zijn arm om Phyllida die stond te trillen – verdorie nogantoe, waarom moest zij nu zo trillen? Recht onder het portret van zijn moeder stond Frank Ambrose met een somber gezicht te kijken, maar hij keek niet zozeer naar hem als wel naar de kamer achter hem. Aan de andere kant van het bureau, op de hoek en tegenover de hoofdinspecteur, zat de kleine, onaantrekkelijke miss Silver, met die belachelijke eikenhouten broche en met die kleine, heldere oogjes die dwars door je heen keken. Op de andere hoek stond een ernstige en geschokt kijkende meneer Harrison. Achter hem stonden juffrouw Paradine en Richard, en natuurlijk de jonge politieagent met het opschrijfboekje.

Albert Pearson kwam tot een besluit, klemde zijn nogal zware kaken op elkaar, keek in al die geschokte, beschuldigende ogen en zei stug: 'Nou... waar gaat het om.'

44

Vyner zei: 'Meneer Pearson, er zijn een paar voor de hand liggende redenen waarom deze ontdekking voor u nogal belastend is. Het vervangen van de stenen door vervalsingen kan niet zomaar door iedereen zijn gedaan. Het kon alleen worden gedaan door iemand die toegang had tot deze kamer, en de sleutels van wijlen meneer Paradine. Voor u gaat het allebei op. Daarom ben ik verplicht u te vragen of u iets te zeggen hebt.'

Albert had zich goed in de hand. Hij zei op zijn bekende, ernstige en zeurderige manier: 'Dat begrijp ik. Maar ik ben bang dat ik u niet kan helpen. Ik weet er niets van af.'

'De diamanten zijn weg, meneer Pearson, ter waarde van zo'n tweeduizend pond. Ze hebben geen vleugeltjes gekregen.'

'Nee, dat zal wel niet, hoofdinspecteur. Maar is het niet bij u opgekomen dat meneer Paradine ze misschien zelf heeft laten vervangen?'

'Wilt u zeggen dat u dat op zijn bevel hebt gedaan?'

'Beslist niet. Ik zeg alleen dat u moeilijk zult kunnen bewijzen dat het niet in opdracht van meneer Paradine werd gedaan. U zult natuurlijk de cassettes op vingerafdrukken controleren, maar ik vrees dat u daar een teleurstelling wacht. Want ziet u, meneer Paradine had ze voortdurend zelf in de handen. Hij vond het prettig om de juwelen eruit te halen en ze te bekijken – waardoor het alleen al daarom voor een ander moeilijk zou zijn om ermee te knoeien.'

Het was even stil voordat Vyner zei: 'U bent wel heel goed op de hoogte, meneer Pearson.'

De grote ronde brillenglazen bleven hem recht aankijken. 'Wat had u dan gedacht?' zei Albert. 'Ik was zijn secretaris.'

'Goed dan. Ik zei dat er wat voor de hand liggende redenen waren waarom u onder verdenking komt te staan. Er zijn er nog meer, maar die zijn niet zo voor de hand liggend. Hebt u in uw functie van secretaris woensdagavond de klok op de kamer van meneer Wray een kwartier vooruit gezet?'

Alberts gezicht werd vlekkerig rood. Zijn huid werd

klam. Zijn handen lagen open en bloot op het bureau. Het kostte hem alle moeite om ze niet voor iedereen zichtbaar tot vuisten te ballen. Hij zei wat ruwer: 'Ik weet niet waar u het over hebt.'

'Ik geloof van wel. Polly Parsons, het tweede binnenmeisje, zag u uit de kamer van meneer Wray komen toen ze naar boven kwam om de bedden te doen. Het verbaasde haar dat de klok in die kamer tien over tien aangaf, terwijl de klok in uw eigen kamer op vijf minuten voor tien stond. Een verschil van vijftien minuten, meneer Pearson. U hebt er goed voor gezorgd dat u een alibi had voor de tijd dat meneer Paradine in zijn studeerkamer zat te wachten. Toen u hem vlak na tien voor tien welterusten ging zeggen, hoorde Lane, die vlak na u binnenkwam, meneer Paradine zeggen: "Hallo Albert, kom je een bekentenis afleggen?" U had geen tijd om hem te antwoorden omdat Lane met het dienblad binnenkwam. Ik neem aan dat u samen niet meer dan een paar minuten in dit vertrek was, waardoor u precies genoeg tijd had om naar boven te rennen, de klok te verzetten en weer naar beneden te hollen om op meneer Wray te wachten en bij hem te blijven totdat de klok die u had verzet, op acht minuten over twaalf stond. Toen was het echter pas zeven minuten vóór twaalf. Meneer Paradine zou dus nog zeven minuten in de studeerkamer aanwezig zijn. U wenste meneer Wray welterusten, die meteen naar de badkamer ging en de kranen opendraaide. U wist dat meneer Paradine nog in de studeerkamer zou zitten. U had dus tijd genoeg om hem daar te pakken te krijgen en de vraag te beantwoorden die hij u had gesteld. Als u een bekentenis wilde afleggen, had u nog ruimschoots de tijd. Als u geen bekentenis wilde afleggen, had u tijd genoeg om via een van de ramen op de begane grond op het terras te komen. Er zit een vingerafdruk van u op het badkamerraam. Net als iedereen hier in huis wist u dat meneer Paradine onveranderlijk naar het terras ging voordat hij zich voor de nacht terugtrok. Iemand stond daar op hem te wachten, meneer

Pearson. Iemand heeft hem over de balustrade geduwd. Het is mijn plicht u te zeggen...'

Albert Pearson schoof zijn stoel zo ruw naar achteren dat die omviel. Het vlekkerige rood was helemaal verdwenen. Zijn donkere huid zag nu bijna groen. Hij steunde met beide handen op het bureaublad. Hij was het toonbeeld van doodsangst. Maar er was nog iets anders – en dat maakte dat miss Silver haar hand op de arm van de hoofdinspecteur legde. Hij wilde net een stap terug zetten om achter Mark langs te lopen, maar werd door haar hand tegengehouden. Ze zei: 'Wacht even! Hij wil iets zeggen.'

En op het bureau steunend zei Albert zwetend en trillend wat hij te zeggen had. Hij keek over het bureaublad en over miss Silvers hoofd naar Frank Ambrose die lang en somber tegen het zwarte marmer van de schoorsteenmantel stond geleund.

'U mag dit niet toelaten, meneer Ambrose... u kunt me niet laten arresteren! U mag uw mond niet meer houden, en ik ook niet. Ik ben onschuldig, dat weet u heel goed. U was er ook, net als ik, en we hebben allebei gezien wat er gebeurde. U kunt niet langer uw mond houden! Als dit niet was gebeurd, had ik mijn mond wel gehouden, maar nu niet meer... niemand kan dat van mij verlangen! Als u het niet zegt, doe ik het. Zou het niet beter zijn als het uit uw mond kwam?'

Er heerste een geschrokken stilte. Alle gezichten wendden zich naar Frank Ambrose, die er alleen maar moe en futloos uitzag. Toen hoofdinspecteur Vyner scherp: 'Meneer Ambrose?' zei, ging hij moeizaam rechtop staan en beantwoordde de verkapte vraag.

'Ja, er is inderdaad iets dat ik moet vertellen. Pearson heeft gelijk. Ik geloof niet dat ik hem kan laten arresteren. Want ziet u, ik ben weer teruggekomen.'

Miss Silver kwam overeind, verschoof haar stoel en ging weer zitten. Door haar hoofd naar links of naar rechts te draaien, kon ze nu zowel Albert Pearson als

Frank Ambrose zien. Op dit moment was haar aandacht op de laatste gericht.

Vyner zei: 'In de verklaring die u vanmiddag heeft afgelegd, meneer Ambrose, zei u dat u rond halfelf hiernaartoe kwam om meneer Paradine te spreken. Dat werd door mevrouw Wray bevestigd, die hoorde dat haar oom uw naam noemde toen u binnenkwam. U zei verder nog dat u ongeveer twintig minuten was gebleven en toen naar huis bent gegaan. Klopt dat?'

'Dat klopt, ja... alleen ging ik niet naar huis.'

'U hebt dit huis wel verlaten?'

'Ja, maar ik ging niet naar huis. Ik zal proberen het uit te leggen. Ik was van plan om naar huis te gaan, maar ik wilde niet zo snel terug. Ik was behoorlijk van streek door wat mijn stiefvader van plan was. Ik was bang dat er een serieuze breuk in de familierelaties zou ontstaan. Hij had me verteld wat hij van plan was, en ik begreep dat het naar alle waarschijnlijkheid tot een breuk zou leiden. Het weer was toen nog prima. Ik wilde nadenken, daarom ging ik over de stenen brug naar huis – dat is ongeveer vijf kilometer. Toen ik bij mijn huis kwam, keek ik op mijn horloge. Het was nog geen tien voor twaalf. Ik wilde eigenlijk helemaal niet naar binnen, ik had het gevoel dat ik terug moest gaan om te kijken wat er daar gebeurde. Ik wist dat mijn stiefvader nog op zou zijn, en ik was van plan om over het terras te gaan, zodat ik hem te pakken kon krijgen als hij naar buiten kwam, of anders op de glazen deur te kloppen zodat hij me binnen kon laten. Ik ging over de voetbrug en langs het rivierpad terug. Overdag doe ik er zeven minuten over. Nu duurde het denk ik tien minuten... ik had niet zo'n haast. Ik had voor mezelf uitgemaakt dat het beter zou zijn om te wachten totdat hij het terras opkwam... er kon nog iemand bij hem in de studeerkamer zijn. Ik bereikte het terras en was het al half overgestoken toen ik ineens bleef staan. Achter me was de hemel bewolkt, maar de rivier werd nog wel een beetje verlicht, hoewel het hier en daar behoorlijk donker was.

Ik zag de balustrade tegen het lint van de rivier afgetekend, en ik kon de ramen in de witte muur van het huis onderscheiden. Ik zag dat het raam van de badkamer van mijn stiefvader omhoog werd geduwd. Het is een schuifraam. Iemand leunde over de vensterbank naar buiten.'

'Kon u zien wie het was?'

'Nee. Op dat moment dacht ik dat het Lane was. Het was beslist niet mijn stiefvader. Je kon je onmogelijk in zijn lengte vergissen.'

'Kan het meneer Pearson zijn geweest?'

Op onverschillige toon zei Frank Ambrose: 'O ja, het was beslist Pearson, maar dat ontdekte ik pas later.'

Miss Silver nam de gelegenheid waar om langs het bureau naar Albert Pearson te kijken. Hij stond stijf rechtop, met een hand in de zak en de andere onderweg ernaartoe. Uit het feit dat hij er een grote witte zakdoek in hield, maakte ze op dat hij zijn voorhoofd had afgeveegd. De groenige kleur was verdwenen. Hij zag eruit alsof hij gratie had gekregen. Ze liet haar blik langzaam terugglijden, over de jonge politieagent die druk bezig was alles in steno op te schrijven, over Richard Paradine, die aandachtig luisterde, over juffrouw Paradine, die kaarsrecht stond en heel bleek zag, over meneer Harrison, die er nog geschokter uitzag, naar Frank Ambrose, die eruitzag alsof hij aan het eind van zijn Latijn was gekomen.

Achter haar zei Vyner: 'Wilt u doorgaan, meneer Ambrose?'

Iedere aanwezige zou zich de pauze herinneren die daarop volgde. Wat nu zou worden gezegd, zou onherroepelijk zijn, want er bleek een ooggetuige te zijn van de dood van James Paradine. Of het nu een bekentenis of een beschuldiging zou zijn, de woorden, eenmaal uitgesproken, zouden nooit meer herroepen kunnen worden.

Frank Ambrose zei met vermoeide en vlakke stem: 'Deze kamer en de kamer hiernaast, van mijn moeder, zijn identiek. Ik zag de glasdeur van mijn moeders kamer openzwaaien. Iemand kwam het terras op...'

'Niet meneer Pearson?'

'Nee, niet Pearson. Ik hoorde de klok van het weeshuis verderop de eerste slag van twaalven slaan. Even later kwam mijn stiefvader uit zijn kamer en liep over het terras naar de balustrade. De persoon die uit mijn moeders kamer was gekomen, liep achter hem aan. Ik wilde niet tussenbeide komen, dus bleef ik staan waar ik was. Ik had nooit kunnen raden wat er toen gebeurde... aan dat soort dingen denk je pas op het moment dat het gebeurt. Ik zag dat mijn stiefvader een duw kreeg, en ik zag hem vallen. Degene die hem die duw had gegeven, rende terug naar mijn moeders kamer. Het gebeurde allemaal zo snel dat ik niet eens had bewogen. En toen begon het te regenen. Ik had een zaklamp in mijn zak. Ik haalde die te voorschijn, en liet hem over het terras zwaaien. De lichtstraal reikte ver en trof ook Pearson in het raam van de badkamer. Hij wist dat ik hem had gezien, maar ik wist tot zo-even niet dat hij mij ook had herkend. Ik liep naar de rand en keek naar beneden. Het goot van de regen... en ik zag niets. Ik liep omlaag, naar het pad langs de rivier, en trof daar mijn stiefvader aan, dood. Toen ik heel zeker wist dat hij dood was, ben ik naar huis gegaan.'

Weer viel er een stilte. Vyner zei: 'U had dat aan de politie horen te vertellen, meneer Ambrose.'

Frank Ambrose gaf het uitgeblust toe. 'Ja, dat weet ik.'

'U hebt het niet gedaan omdat u een heel goede reden had om uw mond te houden?'

Dit keer kreeg hij geen antwoord.

'Meneer Ambrose... ik moet u vragen of u de persoon heeft herkend die uit de kamer van wijlen mevrouw Paradine kwam.'

Albert Pearson, nors en gedrongen, die naast het bureau stond, zei op zijn beste schoolmeestertoontje: 'Natuurlijk heeft hij die herkend. Ik ook.'

Vyner wendde zijn blik naar hem toe.

'U zegt dat u die persoon hebt herkend. Wilt u dan uitleggen hoe dat mogelijk was? Meneer Ambrose heeft zojuist verklaard dat er niet voldoende licht was om u te herkennen. Dat gebeurde pas toen de lichtstraal van de zaklantaarn over u heen gleed.'

Albert knikte.

'Er brandde licht in de kamer waar ze uit kwam, daarom kon ik het zien. Ik zag haar toen ze naar buiten kwam, en toen ze weer naar binnen ging. Het licht scheen recht in haar gezicht.'

Het bezittelijk voornaamwoord veroorzaakte een elektrische schok. Elliot Wray sloeg zijn arm nog stijver om zijn vrouw. Lydia hield scherp haar adem in.

'Zegt u dat het een vrouw was?' vroeg Vyner.

'Ja, natuurlijk.'

'Welke vrouw?'

Frank Ambrose zette een stap naar voren en zei: 'Pearson!'

Maar Albert schudde het hoofd.

'Het heeft geen zin, meneer Ambrose, u kunt het niet verborgen houden. Ik ben niet van plan ervoor te hangen, zo is dat. Dat zouden jullie maar wat graag willen, dat weet ik wel. Daarom heb ik met de klok gesjoemeld. Ik wist dat jullie, als ik geen alibi had, allemaal zouden zeggen dat ik iets had gedaan wat ik moest opbiechten. Maar daar werk ik niet aan mee – niet wanneer het om de strop gaat. Ik zag wie uit die deur kwam, en ik wil het best vertellen.'

Hij wendde zich naar Vyner en zei met een stem die ineens veel luider klonk dan zijn bedoeling was geweest: 'Het was juffrouw Paradine.'

45

Er viel een verbijsterde stilte. Zelfs de jonge politieagent hief met een ruk het hoofd en staarde over zijn aantekeningen in steno naar de familie waarin de bom tot ontploffing was gekomen. Met een snelle blik liet hij zijn hazelnootkleurige ogen over hen heen gaan. Meneer en mevrouw Wray, die tegenover hem stonden... Goh, wat keek hij grimmig! En zij had haar mond wijd open alsof ze wilde schreeuwen, maar er kwam geen geluid uit. Juffrouw Pennington en Mark Paradine... Hij zag er heel beroerd uit, alsof hij een klap had gekregen en je nog niet zeker wist of hij wel of niet zou omvallen. Vyner... Nou, had die het verwacht? Of toch niet? Dat kon je eigenlijk niet zeggen. Die miss Silver... Bij haar kon je het eigenlijk ook niet met zekerheid zeggen – wel een heel eigenaardig exemplaar als je het hem vroeg. En meneer Ambrose... Kijk, dat verbaasde hem nou niks... hij had het allang zien aankomen... veel te veel spanning... hoewel hij dat probeerde te verbloemen. Nou ja, wanneer zoiets in je eigen familie gebeurde, dan zou iedereen wel zo reageren, vermoedde hij.

En dat gebeurde allemaal met het oudste hulpwerktuig dat er bestond – de beelden in het hoofd. De wetenschap had nog niets uitgevonden dat dat kon evenaren. Al die beelden verschenen in het korte ogenblik waarin hij zich net als alle anderen had omgedraaid om naar Grace Paradine te kijken. Ze zat onbeweeglijk in de rechte stoel. Ze was al zo bleek geweest dat ze niet nog bleker kon worden. Haar handen lagen in haar schoot. Doodstil. Niets aan haar leek te veranderen of te bewegen, maar in die verschrikkelijke gespannenheid, in dat volkomen ontbreken van enige beweging lag niets van zwakte, en alles van onverzoenlijke zelfbeheersing. Heel even was in haar ogen te zien wat er moest worden onderdrukt... het was een niet te beschrijven blik van... Gewelddadigheid, dat kwam nog het meest in de buurt. Enigszins verrast dacht hij bij zichzelf: gossie... ze heeft het echt gedaan!

Het kuchje van miss Silver verbrak de stilte. Ze boog zich iets voorover en zei dwars over de tafel iets tegen Elliot Wray.

'Meneer Wray... mag ik iets voorstellen... het is niet noodzakelijk dat mevrouw Wray erbij blijft.'

Toen kwam Grace Paradine in beweging. Ze volgde de blik van miss Silver en liet haar ogen even op het wasbleke gezicht tegen Elliots schouder rusten. Toen zei ze met diepe, rustige stem: 'Phyllida blijft.'

Elliot bukte zich. Je kon zijn lippen zien bewegen. Phyllida schudde het hoofd.

Grace Paradine zei: 'Nu ze deze monsterlijke beschuldiging heeft gehoord, zou ik graag willen dat ze ook mijn antwoord hoort.' Ze richtte die woorden tot de hoofdinspecteur.

Dwars door de wereld die in dichte mist om haar heen leek te draaien, hoorde Phyllida hoe hij haar waarschuwde. De woorden die tegen Albert waren gezegd, werden opnieuw uitgesproken... 'alles wat u zegt kan... opgeschreven en tegen u gebruikt...' De kamer leek met kolkende nevelen gevuld. Ze kon geen gezicht meer onderscheiden, van niemand. Ze liet het hoofd tegen Elliots schouder rusten en voelde zijn arm die haar overeind hield. Diep onder al die afschuwelijke dingen overheerste het gevoel van zijn nabijheid.

Juffrouw Paradine luisterde beheerst naar de officiële woorden. Toen zei ze: 'Dank u, hoofdinspecteur. Ik wil vanzelfsprekend graag alles doen om deze zaak op te helderen. Ik had eigenlijk gedacht dat een dergelijke beschuldiging, uitgesproken door iemand die zelf toegeeft aanwezig te zijn geweest...'

Meneer Harrison, die naast haar zat, boog zich naar haar toe en zei iets op zachte toon. Ze keek hem niet aan maar schudde heel even ontkennend het hoofd.

'Dank u... ik zou graag verder willen gaan. Die beschuldiging berust vanzelfsprekend op fantasie. Het motief van meneer Pearson lijkt me duidelijk.' Haar blik bleef even op de diamanten rusten. 'Hij geeft toe dat hij een alibi in elkaar heeft gewrocht. Hij geeft toe dat hij erbij was toen mijn broer viel. Ik weet echt niet wat u nog meer wilt.'

Vyner keek haar recht aan.

'Er is behalve meneer Pearson nog iemand getuige van geweest.' Hij draaide zich abrupt om. 'Meneer Ambrose...'

Ook Grace Paradine draaide zich om.

'Wel Frank, zo te zien ligt de beslissing bij jou. Je kunt met een paar woorden een einde aan die onzin maken.'

Ze keken elkaar aan. De hare stonden gebiedend. Geen woede op dit moment, geen gewelddadigheid – een kalm, glimlachend verzoek. Het was het verschrikkelijkste moment van zijn hele leven. Als ze niet zo zeker van hem was geweest, en niet zo zeker van zichzelf, dan zou het gemakkelijker zijn geweest. Ze keek hem glimlachend aan en wachtte totdat hij haar zou vrijpleiten. Dat kon hij. Hij hoefde alleen maar te zeggen dat de persoon die uit Clara Paradines kamer was gekomen, een vreemde was... te lang, te klein, te fors, te slank, en dat het niet Grace Paradine kon zijn geweest. Hij hoefde alleen maar te zeggen dat hij het gezicht van een vreemde had gezien. Hij werd er beroerd van. Hij kon het niet. Nu die glimlachende blik op hem rustte, nu kon hij het niet. Oorzaak en gevolg – wat je doet en wat dat voor uitwerking heeft, voor jezelf, voor alle anderen... wat je gerechtigheid noemt, wat je misdadig noemt, de onvermijdelijke schakel tussen die twee... de dode man van wie hij meer had gehouden dan de meeste zonen van hun eigen vader... de koppige kern van zijn geaardheid die niet verder wilde buigen... al die dingen hielden hem tegen. Hij wist dat glimlachende verzoek te weerstaan, en zag de glimlach in woede veranderen.

Met die diepe, volle stem zei ze: 'Kom nu Frank... iedereen zit te wachten. Je kunt me niet hebben gezien, omdat ik er niet was. Dat is het enige dat je hoeft te zeggen.'

Hij zei: 'Dat kan ik niet...'

De woorden vielen als bakstenen in de stilte die op hen wachtte. Hij had ze uitgesproken, en hij kon ze niet meer terugnemen. Hij voelde zich ineens verschrikkelijk opgelucht.

Vyner zei: 'Hebt u juffrouw Paradine herkend?'

'Ja...' Het woord was nauwelijks te verstaan.

Grace Paradine stond op.

'Wacht eens even, hoofdinspecteur. Ik vind dat ik het recht heb om deze buitengewone aantijging aan een test te onderwerpen. Nu mijn neef zegt dat hij me uit de slaapkamer van mijn schoonzuster zag komen, moet ik wel aannemen dat hij dat werkelijk denkt. Ik kan bewijzen dat hij zich vergist, en ik zou graag de gelegenheid krijgen om dat aan te tonen. Maar voordat we verder gaan, zou iemand me misschien willen vertellen wat voor motief ik daarvoor moet hebben gehad? Uiteindelijk pleegt niemand een misdaad zonder daarvoor een motief te hebben, en aangezien ik dat niet had...'

Vyner zei: 'U had wel een motief, juffrouw Paradine. Toen meneer Paradine u allen vertelde dat een van de familieleden de belangen van die familie had verraden, had hij het over de diefstal van de blauwdrukken van meneer Wray. Ze werden woensdag achter in de middag uit zijn attachékoffertje weggenomen. Ze werden tussen negen uur en kwart over negen op de hoek van dit bureau teruggelegd – we hebben getuigen, waardoor het tot die periode kan worden teruggebracht. U bent het enige lid van de familie dat gedurende die tijd even alleen was. U was de enige die in de gelegenheid was om die blauwdrukken terug te leggen.'

Ze keek hem met iets van minachting aan.

'Dat is te gek voor woorden. Ik kan me er nu echt niet druk over maken. Wat ik wel graag zou willen doen, is de beweringen van meneer Pearson en meneer Ambrose aan een proef onderwerpen. Ik stel voor dat we naar het terras gaan... of liever dat meneer Ambrose naar buiten gaat... en gaat staan waar hij volgens zijn zeggen op woensdagavond stond. Meneer Pearson zou dan naar de badkamer moeten gaan en van daaruit naar buiten kijken. Ik zal dan uit de kamer van mijn schoonzuster komen, naar de balustrade lopen en daarna terugkeren.'

Vyner keek haar scherp aan.

'Wat denkt u daarmee te bewijzen, juffrouw Paradine? Omdat het nu klaarlichte dag is, zal die proef geen enkele waarde hebben. De proef hoort na het vallen van de avond te worden uitgevoerd, en zo zal het ook gebeuren.'

Grace Paradine glimlachte. Het was het lichte, bijna spontane lachje van de gastvrouw die haar gasten de weg wijst, er zonder meer van uitgaand dat haar voorstellen worden opgevolgd. Het sprak uit haar hele manier van doen. Vyner was er niet ongevoelig voor. Ze zei toegevend: 'Natuurlijk zult u uw eigen proeven willen doen, hoofdinspecteur, maar ik geloof stellig dat u me dit niet zult weigeren. Het hoeft maar even te duren, en ik denk dat ik zelfs bij daglicht zal kunnen aantonen dat het echt onmogelijk was dat meneer Ambrose of meneer Pearson het gezicht van de persoon die uit de slaapkamer kwam, had kunnen onderscheiden.'

Als ze niet zo zelfverzekerd had gesproken, dan was het heel goed mogelijk geweest dat Vyner het haar zou hebben geweigerd. Haar zelfbeheersing, haar redelijk en rustig klinkende stem, het feit dat ze er zo van overtuigd was dat hij zijn toestemming zou geven dat ze zelfs al een stapje in de richting van de deur had gezet... dat alles deed de weegschaal naar haar kant doorslaan. Hij zei: 'Goed dan, juffrouw Paradine, dat zal ik u niet weigeren. Maar volgens mij heeft het geen enkele zin.'

Meneer Harrison was overeind gekomen. Diep geschokt en vol twijfels keek hij zijn cliënte na. Hij nam tenminste aan dat ze zijn cliënte zou worden. Het was allemaal niet te geloven, en echt vreselijk. Hij dacht niet dat zijn firma ooit een moordzaak had behandeld. Hij hoopte van ganser harte dat ze konden voorkomen om die nu wel te moeten aannemen.

Miss Silver was ook opgestaan. Net als meneer Harrison keek ze Grace Paradine na die naar de aangrenzende slaapkamer was gelopen, op de voet gevolgd door de jonge politieagent die aantekeningen had gemaakt. Ze konden hun stemmen horen, en even later hoorden ze de gordijnringen ratelen.

Vyner zei: 'Kom, meneer Ambrose... we moesten maar eens gaan.'

Terwijl de beide mannen naar de glazen deur liepen, deed miss Silver haar mond open en toen snel weer dicht zonder dat ze iets had gezegd. De kamer liep snel leeg. Albert Pearson liep weg, vermoedelijk om zijn plaats aan het badkamerraam in te nemen. Richard Paradine, meneer Harrison, Mark en Lydia waren achter Vyner en Frank Ambrose aan naar het terras gelopen. De glazen deur bleef open staan. Elliot en Phyllida waren net binnen de deur blijven staan.

Miss Silver liep naar hen toe, legde een hand op Elliots arm en sprak hem zacht maar indringend toe.

'Hou haar hier, meneer Wray. Laat haar niet naar buiten gaan.'

Geschrokken door haar woorden draaide hij zich om en keek haar aan.

Ze hoorden Vyner roepen: 'Nu dan, juffrouw Paradine...'

Iedereen die op het terras stond, keek naar de ramen van de kamer van mevrouw Paradine – de twee grote ramen en de glazen deur van de erker. De gordijnen waren voor die erker dichtgetrokken, maar terwijl in de studeerkamer de gordijnen de erker afsneden, liepen ze in de slaapkamer vlak langs de ramen. Je kon hier en daar zien dat de roze gordijnvoering tegen de ruiten kwam.

Ze zagen allemaal het roze bewegen. In het midden ontstond een donker gat. De deurknop van de glazen deur bewoog, de deur ging open, en Grace Paradine kwam naar buiten. Ze moest een paar treetjes af. Ze liep eraf en was al halverwege het terras voor ze eerst naar rechts keek, naar waar Frank Ambrose vlak bij het dichtstbijzijnde raam van de zitkamer stond, en toen naar links, waar Albert Pearson uit het raam van de badkamer hing. Haar blik gleed langs het groepje familieleden buiten de studeerkamer. Ze draaide zich om.

Phyllida was er niet bij. Maar Phyllida moest erbij zijn. De donkere, heerszuchtige ogen gingen op zoek totdat ze haar vonden, nog net in de studeerkamer. Maar ze keek niet naar buiten... ze keek zelfs niet deze kant uit. Ze moest kijken... ze moest het zien... ze moest het zich voor eeuwig herinneren. Als ze haar tijd gaven tenminste. Maar de jonge politieman liep vlak naast haar. Vyner kwam al naar haar toe. Ze riep met galmende stem: 'Phyllida!'

Er was geen tijd meer – er was helemaal geen tijd meer. Ze zag Phyllida bewegen en zich naar het terras omdraaien.

Vyner zei: 'Wat is er, juffrouw Paradine?'

Ze hoorden het haar allemaal zeggen. 'Niets.'

Maar Phyllida keek nu, Phyllida kwam naar buiten.

Nú dan...

Phyllida had niet meer dan die ene stap richting terras gezet toen Elliot haar ruw terugtrok, haar hoofd tegen zijn schouder drukte en het daar vasthield.

Dus zag ze niet wat Grace Paradine haar per se wilde laten zien... het snelle stapje op de balustrade, het snelle stapje eroverheen, en omlaag. Ze zag het niet, maar toch wist ze het. Ze huiverde en werd slap en koud in Elliots armen.

46

Diezelfde avond laat zaten drie mensen samen met miss Silver in Phyllida's zitkamer: Mark Paradine, Lydia, en Elliot Wray. Phyllida was er niet bij. Ze lag op haar bed in de kamer erachter, alle tranen vergoten, met een hoofd dat nog niets kon bevatten, maar met de wetenschap dat Elliot aan de andere kant van de deur zat, en dat hij haar nooit meer alleen zou laten. Ze kon zijn stem horen, en die van Mark, en van Lydia, en van miss Silver. Ze hoorde geen woorden, alleen het geluid van hun stemmen. Ze vond het prettig om naar dat geluid te luisteren, maar ze wilde geen woorden horen. Binnenkort zou ze er weer over kunnen denken om met Elliot weg te gaan, en ze zou over Lydia en Mark kunnen nadenken. Ze hield van Elliot, ze hield ook van Lydia en Mark. Binnenkort zou ze weer kunnen denken dat ze van hen hield. Maar nu kon ze alleen hier liggen en het geluid van hun stemmen over zich heen laten gaan.

Aan de andere kant van de deur zei Mark: 'Ik heb met kolonel Bostock en Vyner gesproken. Ze hebben de telefoondraden roodgloeiend laten staan. Het is precies zoals je zei, Elliot... het ministerie wil dat er zo min mogelijk ruchtbaarheid aan wordt gegeven. De blauwdrukken mogen niet eens worden genoemd. Alles moet in het werk worden gesteld om publiciteit te vermijden. Ze willen kijken of ze wat oom James betreft de uitspraak 'dood door schuld' erdoor kunnen krijgen, en voor haar zelfmoord als gevolg van tijdelijke geestelijke ontwrichting. Er zal een hoop gepraat worden, maar dat gaat wel weer over.' Hij slaakte een diepe zucht. 'Ze zal wel krankzinnig zijn geweest.'

Miss Silver kuchte. De slobbroek van de kleine Roger was bijna af. Hij bungelde in een rare bocht aan het laatste teentje aan haar naalden.

'Niet in de gebruikelijke betekenis van het woord. Ze wist wat ze deed, en ze had controle over al haar handelingen. Maar ze had, denk ik, zichzelf jarenlang laten regeren door het heilloze en ongebreidelde verlangen alle gevoelens en emoties van iedereen om wie ze gaf, op te slorpen. Haar verloving met meneer Moffat werd niet om morele redenen verbroken, maar vanwege dat verlangen om de eerste, en in feite de enige te zijn die recht had op zijn genegenheid.' Tegen Elliot Wray zei ze: 'Dat bleek, dunkt me, wel heel duidelijk uit het laatste gesprek dat uw vrouw met haar had. Dat kwam ook tot uiting in die allerlaatste poging om de aandacht van uw vrouw te trekken, wat echt verschrikkelijk was. Ze wist dat ze haar kwijt was, maar ze wilde desondanks de dominerende factor in haar leven blijven. Daarom deed ze het, hoe afschuwelijk het ook was.'

Elliot zei bars: 'Ik wil er niets over horen... het is te afgrijselijk voor woorden.'

Miss Silver keek hem met haar vriendelijke, heldere ogen aan en bleef doorpraten alsof hij niets had gezegd.

'Gelukkig is ze er niet in geslaagd. U reageerde heel snel, meneer Wray.'

Lydia zat in een van de grote stoelen. Haar blonde haar glansde onder het licht, haar gezicht was bleker dan ze ooit iemand had laten zien – er zaten donkere kringen onder de groene ogen. Maar ook al was het smalle, puntige gezicht bleek, ze zag er wel ontspannen uit. Haar lippen trilden aandoenlijk.

Mark zat op de armleuning van haar stoel en had zijn hand op haar schouder liggen. Je kon niet naar ze kijken zonder te merken hoezeer ze zich van elkaar bewust waren, hoezeer ze zich bij elkaar op hun gemak voelden. Mark zei moeizaam: 'Ik ben met Frank gaan praten. Hij is verschrikkelijk de kluts kwijt. Hij heeft me alles verteld. Ik zei dat ik het jullie drieën zou vertellen, en verder niemand. Het ging als volgt. Toen hij de eerste keer terugkwam – hij zei dat hij dat aan de politie had verteld...'

Miss Silver kuchte.

'Dat klopt, meneer Paradine, ik was erbij.'

'Hij heeft niet zoveel gezegd, heb ik begrepen... alleen dat hij terugging en dat ze hebben gepraat. In feite vertelde oom James hem alles. Hij had een hoge pet op van Frank, en Frank had veel eerbied voor hem. Hij vertelde hem wie de blauwdrukken had weggenomen. Hij zag haar vanuit de kamer van tante Clara... hij deed juist de deur open om naar de studeerkamer terug te gaan, toen zij binnenkwam. Hij bleef staan waar hij stond omdat hij haar niet wilde zien. Ze hadden eerder op de dag woorden gehad – over Elliot – en hij wilde niet dat alles van voren af aan zou beginnen, dus bleef hij waar hij was. Zijn attachékoffertje stond op het bureau. De koker met de blauwdrukken zat erin. Die lag bovenop. Ze liep regelrecht naar het bureau, deed het koffertje open, haalde de koker eruit, en was in een flits weer weg. Hij liet haar gaan. Toen ging hij zitten bedenken hoe hij haar zou kunnen vernederen. De langdurige spanningen tussen hen beiden was eindelijk tot een climax gekomen. Hij vertelde Frank precies hoe hij over haar dacht. Hij zei dat zij Elliot en Phyllida uit elkaar had gedreven en haar uiterste best deed om zijn huwelijk met Irene kapot te krijgen. Hij zei dat hij zich een jaar lang afzijdig had gehouden omdat hij bang was de zaken te verergeren, maar dat hij het niet langer kon verdragen. Hij vertelde Frank dat ze de blauwdrukken had weggenomen omdat ze dacht, daarmee een definitieve breuk tussen Elliot en het bedrijf te kunnen bewerkstelligen, en om hem op die manier uit Birleton weg te houden. En hij zei dat hij haar zou laten zien wat ze er wel mee had bereikt. Hij zei dat hij er genoeg van had. Frank was er verschrikkelijk door geschokt en was heel erg van streek. Hij probeerde hem tot bedaren te brengen. Wat hij nog het allerliefst wilde voorkomen, was dat ze die avond een gesprek zouden hebben terwijl ze allebei zo opgewonden waren. Uiteindelijk kreeg hij oom James zover dat hij de voorwaarden die hij haar ging stellen, op papier zette. Hij zei dat hij dacht dat alles beter zou zijn dan dat ze elkaar nog zouden spreken. Oom James gaf hem een kopie van de brief, en die heeft hij aan mij gegeven. Hier is hij. Ik zal hem voorlezen, en dan zullen we hem verbranden. De politie heeft ook een kopie, maar die zullen ze niet gebruiken.'

Hij vouwde een velletje briefpapier van de zaak open en las hardop voor wat de oude James Paradine op oudejaarsavond had geschreven:

'Beste Grace,
Ik heb gezien dat je de koker met Elliots

blauwdrukken hebt weggenomen. Ik begrijp dat je de gelegenheid hebt gevonden om ze terug te leggen, maar daarmee is de kous niet af. Ik denk dat het misschien beter is als we vanavond niet met elkaar praten. Daarom doe ik je schriftelijk mijn voorwaarden toekomen.

(1) Je houdt ermee op tussen Elliot en Phyllida te komen. Wat de problemen tussen hen beiden ook waren, ze houden heel veel van elkaar en moeten de kans krijgen om hun eigen zaken te regelen, zonder verdere tussenkomst van jou.

(2) Binnen een redelijk tijdsbestek – niet meer dan een paar maanden – zul je gaan verlangen naar een flat of een huisje van jezelf. Ik zal dit huis als hospitaal aanbieden en zelf naar een flat in Birleton verhuizen.

Als je me nog steeds wenst te spreken, zal ik tot twaalf uur in de studeerkamer zijn. Maar aan de voorwaarden valt niet te tornen. Ik raad je aan er een nachtje over te slapen.'

Lydia haalde sissend adem.

'Heeft hij haar die brief doen toekomen? Hoe dan?'

Frank heeft hem naar boven gebracht en onder haar deur door geschoven. En toen is hij weggegaan. Ik kwam eraan toen hij wegging. We passeerden elkaar op de oprit.'

Lydia haalde weer even snel adem.

'O! Daar heb je nooit iets over gezegd...'

Hij moest er even vluchtig om lachen.

'Frank ook niet, schat.'

Hij stond op, liep naar het vuur, gooide het velletje papier op een scheefgezakt blok hout en keek toe hoe het eerst zwart werd en daarna vlam vatte. Terwijl hij naar de opkrullende restanten stond te kijken, waar de vonken vanaf vlogen, zei hij: 'Ik vraag me af wat ze deed toen Elliot haar om halftwaalf de deur hoorde dichtdoen.'

De naalden van miss Silver klikten.

'Het kan zijn dat ze op dat moment van plan was om naar beneden te gaan en met meneer Paradine te praten. Toen ze de voordeur achter u hoorde dichtgaan en zich ervan bewust werd dat meneer Wray en meneer Pearson door de hal liepen, zal ze natuurlijk weer naar haar kamer zijn gegaan.'

Mark bukte zich en duwde met zijn voet tegen het stuk hout. De as verkruimelde, de vonken vlogen op, de brief was verdwenen. Hij zei: 'Weet u, ik moet er maar steeds aan denken dat als ze toen naar beneden was gegaan en met hem had gepraat, het misschien allemaal anders was gelopen... dan had ze het misschien nooit gedaan.'

De naalden klikten weer.

'Daarover kunnen wij niet oordelen, Mark. We moeten niet denken aan wat had kunnen gebeuren. We kunnen het verleden niet terugroepen, maar we kunnen wel voorkomen dat het de toekomst zal vergiftigen.'

Hij zei 'Ja' en liep terug naar de armleuning van Lydia's stoel.

Elliot zei abrupt: 'Dat was dan dat. Maar hoe zit het met Albert?'

Mark hief een hand en liet die toen weer op zijn knie vallen.

'Ik heb wat hem betreft met de politie moeten knokken. Ik zei dat ik hem niet wilde vervolgen, en Vyner stak toen een verhaaltje af over het medeplichtig zijn aan een misdrijf. Ik wees hem erop dat we geen bewijs hadden om aan te tonen dat er een misdrijf was gepleegd. Albert heeft volkomen gelijk. Het had net zo goed het werk van oom James zelf kunnen zijn. We weten natuurlijk best dat mijn oom het niet heeft gedaan, maar we weten ook dat we dat niet kunnen bewijzen, en ik durf erom te wedden dat Albert zijn sporen goed heeft uitgewist. Maar goed, veronderstel eens dat we dat bewijs vonden – waar zou ons dat dan brengen? Midden in de troep die we allemaal zo graag willen omzeilen. De oude Bostock kwam tussenbeide en zei dat ik gelijk had en dat het een verrekt vervelende zaak was, wat ik overigens wel wat zachtjes vond uitgedrukt. Hoe dan ook, hij heeft Vyner de pas afgesneden en Albert gaat het leger in.'

Elliot liet een kort lachje horen.

'Dan is de oorlog zo goed als gewonnen!'

Mark zei: 'Toen ik dat had rechtgezet, ben ik teruggegaan en heb met Albert gesproken. Ik vertelde hem dat hij maar beter schoon schip kon maken, en dat heeft hij gedaan. Ik weet niet hoeveel ervan is gelogen. Niet al te veel, denk ik, maar hij deed natuurlijk zijn best om zichzelf zoveel mogelijk te sparen. Het is een heel verhaal, maar ik durf niet te zeggen of het waar is, of dat het zo dicht bij de waarheid ligt dat het niet veel uitmaakt. Zijn moeder was ziek en ze waren verschrikkelijk arm. Hij werkte voor een firma die goed stond aangeschreven. Ze kregen een heleboel waardevolle spullen ter reparatie of om te veranderen. Hij begon hier en daar een steentje weg te pikken en er iets voor in de plaats te zetten dat niet helemaal van dezelfde kwaliteit was – wel echt, dus geen vervalsing – lichtere stenen van een mindere kwaliteit. Hij zegt dat dat heel vaak gedaan wordt – dat hij op die manier het klappen van de zweep heeft leren kennen. En toen stierf zijn moeder en kwam hij hiernaartoe. Hij zegt dat hij absoluut niet van plan was geweest om hier iets te gaan uithalen. Hij was van plan hard te werken en zich behoorlijk te gedragen, omdat hij hoopte dat hem dat heel wat meer zou opleveren dan op de rand van de misdaad te balanceren. Jammer genoeg werd hij door zijn verleden achterhaald, in de persoon van zijn vriend Izzy. Albert zegt dat Izzy hem chanteerde. Dat geloof ik eigenlijk niet. Ik denk dat Izzy een voorstel deed ten aanzien van de diamanten van tante Clara, en dat Albert ervoor door de knieën ging. Op dat moment lagen diamanten goed in de markt. Onze belangrijkste geldwolven raakten wat nerveus bij het vooruitzicht van naoorlogse naheffingen van de belasting, en probeerden hun kostbare goedje om te zetten in diamanten. Die van tante Clara waren net getaxeerd, dus de kans was gering dat ze zouden worden gerevalueerd, zelfs niet als er een testament moest worden geverifieerd. Hij regelde alles met Izzy en wachtte op een gelegenheid. Nou, die kreeg hij toen oom James vorig jaar een tijdje buiten bedrijf was. Hij kreeg zelfs de opdracht om de cassettes uit de kluis te halen. Het was een fluitje van een cent. Hij fotografeerde de hele handel, mat alles zorgvuldig op, Izzy zorgde voor de imitaties en Albert verruilde ze voor de echte stenen. Hij zei nog vol trots dat hij een heel bedreven vakman was – ik moest hem nog een slag voor zijn om niet een heel college over dat onderwerp te krijgen.'

Miss Silver kuchte.

'Het feit dat meneer Pearson niet over zijn vroegere beroep wilde praten, zorgde ervoor dat mijn aandacht op de diamanten werd gevestigd.'

'Dat was verschrikkelijk slim van u,' zei Lydia.

Miss Silver neeg even bescheiden en een tikje afwijzend het hoofd.

'O nee,' zei ze. 'Want ziet u, het alibi van meneer Pearson was natuurlijk heel verdacht, maar anderzijds kon het heel goed op een onschuldige manier worden uitgelegd, omdat het een jongeman betrof die duidelijk vastbesloten leek carrière te maken. Wat hij tegen meneer Wray zei, is de waarheid. Hij is geen aantrekkelijk persoon. Niemand houdt van hem, en niemand zou het hebben gespeten als kon worden aangenomen dat hij de persoon was die de boosheid van meneer Paradine had opgewekt. Het kwam dus hierop neer: als hij een motief had om meneer Paradine te vermoorden, als het alibi kon worden aangevochten, als kon worden bewezen dat het vals was, dan was de zaak zo goed als beslecht. Toen ik op zoek ging naar een mogelijk motief, dacht ik vanzelfsprekend aan de diamanten, en ik stelde dan ook voor dat de kluis in aanwezigheid van een taxateur zou worden geopend.'

'Het was echt heel slim van u,' zei Lydia. 'We dachten

werkelijk dat Mark ieder moment kon worden gearresteerd. Het was net alsof je aan de rand van een heel diepe kloof stond te wachten totdat je eindelijk zou vallen. Ik had nooit gedacht dat het zo afschuwelijk kon zijn. Maar u hebt ons gered.'

Mark legde zijn hand weer op haar schouder.

Miss Silver keek hen stralend aan.

'Het is heel prettig om geprezen te worden, zelfs al is het een tikkeltje overdreven. Ik geloof niet dat meneer Mark echt gevaar liep. Want ziet u, hij was onschuldig... dat was vanaf het begin duidelijk genoeg. Hij was geschokt, en hij had verdriet. Er was geen spoortje van schuld of wroeging te zien. Maar gedurende de eerste avond in dit huis werden me twee dingen duidelijk. Meneer Pearson was zenuwachtig, en wilde niet over juwelen praten. Juffrouw Paradine was erg opgewonden, zeer vijandig ten opzichte van meneer Wray en zeer bezitterig ten opzichte van mevrouw Wray. Ik ben nogal ontvankelijk voor dergelijke gevoelsstromingen, en heb gemerkt dat het me bij mijn werk goed van pas komt. Dit soort sterke emoties duiden zelfs nog meer dan tastbare bewijzen op een motief voor moord. Ik hield juffrouw Paradine in gedachten, maar ook meneer Pearson. Omdat meneer Paradine had nagelaten de naam van de beschuldigde te noemen, gaf dat iedereen die iets op zijn geweten had de kans om de vinger op zichzelf te richten. Ik ontdekte al snel dat juffrouw Paradine de blauwdrukken had weggenomen, maar dacht dat het nog steeds mogelijk was dat niet zij maar meneer Pearson de moord had gepleegd. Hoe langer ik over zijn alibi nadacht, hoe belastender het werd. Na Polly's getuigenverklaring leek het heel moeilijk om nog in zijn onschuld te geloven, en toen meneer Jones verklaarde dat er met de diamanten was geknoeid, werd het helemaal onmogelijk.'

Al die tijd had Elliot Wray zijn mond gehouden. Maar nu zei hij: 'En toch heeft hij het niet gedaan. Of wel soms?'

Mark schrok op, en Lydia zei: 'O!'
Miss Silver richtte haar volle aandacht op hem.
'Dat is een heel interessante opmerking, meneer Wray. Mag ik vragen waaruit die voortspruit?'
Elliot leunde naar voren.
'Wat had Albert in de badkamer te zoeken?'
Miss Silver kuchte even.
'Dat heb ik me ook afgevraagd.'
'Hij had er geen enkele reden voor... tenzij hij stond te wachten totdat meneer Paradine op het terras zou komen. Hij heeft minstens vijf minuten staan wachten. Als hij niet op meneer Paradine stond te wachten, waarop dan wel? Als hij meneer Paradine wilde spreken, hoefde hij alleen de deur van de studeerkamer te openen en naar binnen te gaan. Maar dat deed hij niet. Nee, hij hing uit het raam van de badkamer en wachtte. Ik durf wel te zeggen dat hij maar op één ding kan hebben gewacht.'
Miss Silver neigde het hoofd.
'Dat is waar. Maar u vergeet wat de heer Frank Ambrose heeft gezien. Hij zag juffrouw Paradine uit de slaapkamer van haar schoonzuster komen, en hij zag hoe ze haar broer over de balustrade duwde. Meneer Pearson mag zich buitengewoon gelukkig prijzen dat meneer Ambrose het heeft gezien, want door het ontdekken van zijn vingerafdrukken op het raamkozijn was al vastgesteld dat meneer Pearson in de badkamer was geweest.'
'Maar wat deed hij daar?' drong Elliot koppig aan.
Miss Silver sloeg weer aan het breien. Het donkergrijze teentje was bijna af en er bleven steeds minder steken over.
'Ik kan u mijn mening wel geven,' zei ze, 'maar ik kan niet zeggen of het ook zo is gegaan. Dat kan alleen meneer Pearson weten. Maar ik heb begrepen hoe hij in elkaar steekt en ik heb geprobeerd me in zijn situatie te verplaatsen. Bedenk eens hoe hij zich moet hebben gevoeld toen meneer Paradine tijdens het diner die beschuldiging uitsprak. Hij kan er geen ogenblik aan hebben ge-

twijfeld dat hij ermee werd bedoeld. Zijn misdaad was ontdekt. Bedenk eens wat dat voor hem betekende. Hij was een ijverige jongen geweest, en een ijverige jongeman, hij had een vertrouwenspositie bemachtigd, en hij had goede vooruitzichten, en in een klap zag hij al die dingen uit het raam vliegen, terwijl hij geruïneerd zou achterblijven. Ik geloof dat hij vol wanhoop naar de studeerkamer ging, vastbesloten om het ergste aan de weet te komen. De manier waarop meneer Paradine hem begroette, het "Hallo Albert, kom je een bekentenis afleggen?" moet het laatste beetje hoop hebben vernietigd. Maar omdat Lane vrijwel meteen binnenkwam, kreeg hij niet de kans om te antwoorden, en ik geloof dat in de daaropvolgende minuten, terwijl ze nog alle twee in de kamer waren, een plannetje bij hem opkwam. Meneer Paradine riep hem terug om een wijziging voor te stellen in een brief die hij eerder op de dag aan hem had gedicteerd. Dat kostte nauwelijks tijd. Nog voordat Lane buiten gehoor was, had meneer Pearson de studeerkamer al verlaten en rende hij via de achtertrap naar boven om de klok te verzetten. Hij wist toen al hoe zijn alibi eruit zou zien. Ik weet niet of hij ook de dood van meneer Paradine al had beraamd, of dat dat later bij hem opkwam, tijdens de uren die hij in uw gezelschap doorbracht, meneer Wray, terwijl hij zat te wachten op de klok van twaalf. Ik geloof dat hij inderdaad de dood van meneer Paradine had beraamd. Net als u kan ik geen andere verklaring vinden voor het feit dat hij in het badkamerraam zat te wachten. Maar hoe het ook zij, hij heeft geen poging ondernomen om zijn plannen ten uitvoer te brengen. Hij bleef in het raam zitten toekijken terwijl meneer Paradine bij de balustrade stond. Hij kon er niet van uitgaan dat hij daar lang zou blijven staan, en toch heeft hij niets ondernomen. Ik denk dat hij niet genoeg voorstellingsvermogen heeft. Hij had een plannetje beraamd, maar hij had er geen idee van hoe hij zich bij de uitvoering ervan zou voelen. Hij heeft het niet in zich om een moordenaar te zijn.

Zijn gedachten gaan langs ordelijke en uitgebalanceerde wegen. Ik kan alleen maar herhalen dat ik niet geloof dat hij meneer Paradine zou hebben vermoord.' De laatste steek gleed van de laatste naald. De slobbroek van de kleine Roger viel kant en klaar op de schoot van miss Silver. 'Laten we het eens over wat plezieriger dingen hebben,' zei ze. 'U neemt uw vrouw mee, meneer Wray?'

'Zodra de zitting van de lijkschouwer en de begrafenissen achter de rug zijn.'

'Dat is heel verstandig.'

Ze wendde zich tot Mark en Lydia.

'Ik wens u beiden alle geluk ter wereld toe.'

Lydia zei: 'Dat hebben we aan u te danken.' En Mark zei: 'Ze neemt ontslag en gaat Alberts plaats innemen. En zodra al deze ellende is afgehandeld, kunnen we gaan trouwen. Ik zal dit huis afstaan om er een hospitaal van te maken, of een herstellingsoord, of waar ze het ook maar voor nodig hebben, en wij gaan in mijn flat wonen. Dat is om te beginnen goed genoeg.'

Miss Silver rolde de slobbroek van de kleine Roger op en stopte hem, samen met de naalden en een voor de helft gebruikte bol donkergrijze wol, in haar breitas. Toen stond ze op en keek glimlachend neer op de drie jonge mensen.

'Ik wens u veel geluk,' zei ze.

Patricia Wentworth

Het luisterende oog

'"Het is morgen. De secretaris verlaat de bank om twaalf uur. Wij kunnen niets doen terwijl hij op de hoofdweg is, maar zodra hij de laan indraait komt onze kans."'

Pauline Paine is stokdoof, maar ze kan geweldig goed liplezen. Daardoor 'hoort' ze hoe twee mannen een roofmoord beramen. Ze vertelt haar verhaal aan miss Silver, maar die raadt haar aan de politie in te schakelen. Daar krijgt Pauline echter de kans niet meer toe; ze wordt doodgereden.

Patricia Wentworth

De gestolen brief

'De ogen die ze opendeed zagen haar niet. Ze waren strak op iemand anders gericht.'

Jenny Hill krijgt een baantje als kindermeisje aangeboden op het landgoed Alington. Daar luistert ze toevallig een gesprek af dat haar zo bang maakt dat ze wegvlucht. Ze vertelt niemand wat ze heeft gehoord. Maar dan wordt er in het dorp waar ze zich schuilhoudt een moord gepleegd. En miss Silver vermoedt dat Jenny de dader kent.

PATRICIA WENTWORTH

Het lege huis

'Er was maar één ding dat zij wél wist, en dat er onder aan de trap een dode lag.'

Een jong meisje staat in het donker op een keldertrap in een vreemd huis. In paniek vlucht ze weg. Ze weet niet hoe ze daar gekomen is. Ze weet niet wie ze is. Ze kent alleen haar eigen voornaam: Anne. Het enige aanknopingspunt met haar verleden is een brief in haar tas. Op advies van miss Silver gaat ze naar het adres dat in de brief genoemd wordt. Maar daar wachten haar nieuwe verschrikkingen…